당신의 무의식을 치료하는

연애편지
점성술

당신의 무의식을 치료하는

연애편지 점성술

윤향기 지음

이담
Books

훔쳐보기

밤새워 쓴 긴긴 연애편지를 들고 당신에게 갑니다. 구두코를 슬쩍 들이미는 갸륵한 용기로, 흰긴수염고래처럼 흘러오는 운명으로, 시각적 오락의 총체였던 명화를 그리던 바람소리로……. 당신과 함께 걸어다닌 밤이 사온 올리브잼 같은 책입니다. 사랑, 그 혹독한 고행 끝에 당신 손금을 들여다봅니다. 서로의 흉터를 덮을 시간입니다. 당신이 언질도 없이 다녀간 자리에 노을이 들어와 일렁입니다. 오래된 그리움이 울음을 틀어놓고 커피 물을 끓입니다.

신 앞에 그리워한 사랑 모두 내려놓고 가면도 조용히 벗어놓습니다. 당신 안의 순수한 아이가 연보랏빛 무꽃처럼 스아스아 숨을 내쉽니다. 풀밭에 누워 흘러가는 구름을 바라보며 휘파람 부는 것은 당신 안의 개구쟁이, 큰 평수로 이사 간 친구를 보며 시기하고 분노하는 이는 당신 속의 폐가 같은 어른입니다.

현대에 와서 교양이 되어버린 유명한 시와 회화작품일수록 명료한 설명을 허용하기는커녕 해석을 거부하고 중요한 의미를 숨기며 짐짓 딴청을 피우기 일쑤입니다. 사랑의 자연사박물관인 이 책은 이중인격

자입니다. 수수께끼를 내고 심지어 거짓말도 일삼습니다. 이 책은 이 중인격자입니다. 동료의 승진에 두 개의 가면을 쓰고 박수 치다 질투하고, 외제차를 산 친구의 집들이에 예쁜 화분을 사다주고 와서 밤새 잠 못 드는 이 책은 당신이기 때문입니다.

　당신이라는 연애편지의 이 욕구된 욕구(Die begehrte Begierde)야말로 가장 인간다운 욕구 중의 하나입니다. 연인의 가장 내밀한 곳을 가슴 떨리게 쓰다듬던 행간의 마법은 그러나 안타깝게도 @의 등장으로 실시간의 정보공유를 획득한 대신 현대의 편지개념은 내밀한 감수성이나 가슴 떨리던 어떤 글쓰기를 잃어버렸습니다. 그렇지만 살다 살다 힘들고 지쳐서 나 자신이 너무 하찮아 보일 때, 사랑의 독이 듬뿍 묻은 가시에 찔렸을 때, 자신의 불안정한 감정을 누구에게 토로하고 싶을 때, 그리고 행복한 결론을 얻고 싶을 때, 이 책은 당신에게 희망한 단을 선사하는 연애편지가 될 것입니다. 이 책은 '당신의 무의식을 치유하는 점성술사'입니다. 당신이 어떻게 살아가야 할지 문제의 방향에 따라 점성술의 선택방법은 달라집니다. 당신이 원하는 것을 고르십시오. 자, 별 점·카드 점·물 점·흙 점·견갑골 점·찻잎 점·커피 점·배꼽 점 등등이 다 있습니다. 마음대로 골라잡으세요. 초자연적인 것에 대한 두려움과 존경이 종교의 기원을 이뤄왔듯이 모든 문화활동, 종교, 기술, 과학, 예술 등은 대부분 주술(la magie)에서 나왔기 때문입니다. 점성술사야말로 인간과 신을 이어주는 매개체이니까요. 앞장에서부터 넘기든, 뒷장에서부터 넘기든 그것은 당신의 마음대로입니다. 언제 취직이 될까, 언제 결혼할 수 있을까, 하는 사업은 잘될까에 대한 대답을 원하신다면 먼저 이 책에 나오는 여러 유형의 연애방식이 들어 있는 명시와 명화를 은밀하게 훔쳐보시기만 하면 됩니다. 그러면 내일 아침, 잠에서 깨어난 당신은 더 먼 존재의 깊은 끝까지 새로운 무의식의 새들로 왁자지껄할 것입니다.

2013년 4월 풍무리 송헌시랑에서
윤향기

contents

연애편지 점성술

그대에게 가는 길

　입술마크가 선명하게 찍힌 연애편지! 당신은 몇 살 때 그런 연애편지를 받으셨나요? 설렘으로 밤잠을 이루지 못한 지가 얼마나 되었나요? 당신의 무의식을 한순간에 마비시키는 이상한 연애편지를 찾아 프랑스로 go go!

　프랑스 어느 고성에서 한 통의 연애편지를 둘러싸고 벌어지는 기

묘한 독살사건. 매년 편지 축제가 열리는 우르공 성에서는 올해도 어김없이 편지 왕을 뽑는 대회가 열린다. 그러던 어느 날 뭇 여성의 가슴을 사로잡는 편지 한 통이 낭송되고, 뒤이어 편지를 둘러싼 뜻밖의 독살사건이 일어난다. 문제의 편지가 사라지면서 사건은 점점 더 미궁으로 빠져든다. 그러나 인터넷도 전화도 없는 고립된 성 안에서 사람들이 주고받은 수십 통의 편지로 점차 성castle과 이 기묘한 연애편지를 둘러싼 진실이 밝혀지고…….

17세기에서 21세기로 이어지는 이상한 연애편지! 과연 이 연애편지의 정체는 무엇일까?

작가들의 개인 편지를 문학 장르로 인정하는 서양과 달리 우리나라는 작가의 개인편지를 문학작품으로 인정하지 않는다. 때문에 서간체소설이 크게 발달하지 못하고 있는 것이 우리 문학의 현실이다. 근대와 현대에 걸쳐 작품 속에 서간이 삽입되어 있는 정도이거나, 편지를 통한 자기고백에 가까운 중단편은 더러 있으나 여러 편지들을 결합한 본격적인 다음성적PolyPhonic 서간체 장편소설은 없었다. 그런 의미에서 첫 페이지부터 마지막 장까지 오직 58통의 편지로 구성된 서간체소설epistolary novel 『이상한 연애편지』1) 출현은 시사해주는 바가 많다.

『이상한 연애편지』는 추리소설 기법을 도입한 서간체 장편소설이다. 이 소설은 시간적으로는 편지가 처음 쓰인 17세기에서 현실세계인 21세기를 넘나들며 독살사건의 불안을 비비대는 소리를 내고, 공간적으로는 한국과 프랑스를 긴밀히 오가며 마음을 설친다.

세상에 연애편지 한 장 써보지 않은 사람은 없을 것이다. 편지는 자신

---

1) 김다은, 프랑스8대학 문학박사, 제3회 국민일보 문학상, 『러브버그』, 『사인사색』, 『위험한 상상』, 『푸른 노트 속의 여자』, 「쥐식인 블루스」 외 다수, 추계예술대학교 교수.

을 드러내는 가장 강력한 수단이다. 그래서 사람들은 자신의 본심을 다른 사람에게 잘 설명해야 할 필요가 있을 때 편지를 쓰게 된다. 사실 편지는 두 사람 간의 물리적 거리를 넘어서 소통하는 수단이다. 떨어져 있는 사람들끼리 서로의 생각을 전달한다.

그러나 물리적 거리만이 아니라 편지는 심리적 거리를 좁혀 준다. 편지로 자신의 본심을 표현하고 그리하여 멀어져 있던 두 사람 사이의 심적인 소통을 가능하게 해준다. 가장 대표적인 예가 연애편지일 것이다. 이렇듯 편지는 폴리포닉^{Polyphonic}한 문화답게 그 성질 자체가 사람 지향적이다.

편지가 이렇게 자신을 드러내 멀어져 있는 상대와 소통하고 심리적으로 가까워지게 하는 유효한 수단이 될 수 있는 것은 편지가 가지고 있는 매체적 특성 때문이다. 편지는 편지를 쓰는 사람이 대화하고 있는 상대와 같은 현장에 있지 않다는 중요한 성격을 가지고 있다. 그렇기 때문에 상대의 반응과 태도로부터 자유로울 수 있다. 상대의 반응 때문에 하지 못하거나 할 수 없었던 자신의 말을 자유롭게 할 수 있다는 것이다.

그렇기에 아주 섬세한 자신의 내면이나 제어할 수 없는 자신의 욕망을 진실하고도 과감하게 표현할 수 있다. 편지가 문학이라는 예술적 글쓰기가 될 수 있는 이유도 여기에 있다. 한 인물의 내면을 섬세하게 표현하는 심리소설에 서간체 형식이 쓰이거나 편지가 삽입되는 것은 바로 이와 관련이 깊을 것이다.

이와 반대로 편지는 숨기는 기능을 한다. 그래서 사람들은 숨겨야 할 것이 많을 때 편지를 쓴다. 둘만이 공유해야 할 비밀은 편지로 써

줄리안 올덴 위어, 〈편지〉, 1890, 개인소장

야 훨씬 내밀해진다. 이 역시 편지라는 매체가 가지는 특성 때문이다. 특별한 경우가 아니면 편지는, 편지 쓰는 사람과 편지 읽는 사람, 둘 사이만의 소통수단이다. 그렇기 때문에 많은 것은 감춰진다. 두 사람만이 알고 있는 정황이나 주변 이야기는 구태여 표현될 필요가 없다. 그래서 편지에 표현된 쓰는 사람의 이야기나 생각은 훨씬 내밀한 성격을 갖게 된다.

이러한 성격으로 인해 편지 형식은 난점과 매력을 동시에 가지게 된다. 둘만이 공유하는 이야기로 모든 정황과 주변 사정을 전부 설명해야 하기 때문에 상당한 난점을 갖는다. 그래서 자칫 난해해지거나 형식적인 무리가 따르기도 한다. 사건 전개를 위해, 편지를 쓰는 사람이 도저히 알 수 없는 사실을 편지 내용에서 쓴다거나 하는 논리적 오류를 범하는 경우가 종종 일어나는 것도 이 때문이다.

하지만 이런 특성이 편지의 매력을 만들기도 한다. 복잡한 사건의 추이를 오직 편지 쓴 이의 관찰과 생각을 통해서 하나하나 밝혀나가는 것은 독자들에게 큰 흥미를 유발할 수 있다. 또한 한 인물에 의한 다른 인물의 설명은 훨씬 실감나는 성격 표현을 가능하게 한다. 편지글 문학작품이 가지는 예술성은 상당 부분 이러한 숨김의 특성에서부터 기인하는 것일 수도 있다.

상상력의 필연적 함축인 작가들의 연애편지는 그 자체로 소중한 문학텍스트다. 그럼에도 불구하고 아직까지 국내에서 서간문書簡文은 독립된 문학 장르로 대접받지 못하고 있다. 편지가 하나의 문학 장르로 인식되지 못한 것은 공개되지 않았기 때문이다. 편지가 하나의 문학 장르로 인정받기 위해서는 편지가 공개되고, 독자가 그 편지를 읽

제임스 캐롤 베크위드, 〈편지〉, 1899

음으로써 보편성과 대중성을 동시에 얻어야 된다. 그렇지만 워낙 편지라는 것이 내밀하고 개인적인 얘기가 담겨 있어서 작가 생전에는 공개를 꺼리는 것이 사실이다. '연서에 대한 금기와 관념을 바꿔 놓을 수 없을까' 이러한 생각이 『이상한 연애편지』를 쓰게 된 계기라고 작가는 말하고 있다. 서양은 물론 에도시대부터 개인 서신을 문학적 글쓰기로 받아들인 일본과 달리 한국과 중국은 왜 작가의 편지에 무관심했을까? 유럽 국가는 작가의 생전에도 연서를 적극적으로 공개하는 데 비하여 우리나라는 작가의 개인편지는 문학의 장르로 인정하지 않는다. 뿐만 아니라 작가들의 연애편지를 문학의 백미로 여기지 않는 건 당연한 결과인 것이다.

서간체소설의 정의와 변천과정을 살펴보고, 최초의 본격적인 장편 서간체소설이라 할 수 있는 김다은의 『이상한 연애편지』를 텍스트로 해서 바로 이러한 편지글의 특성이 어떻게 예술적 성취를 하게 되는지를 분석하고, 아울러 서간체소설의 위상과 의의를 세우는 것을 목적으로 한다. 동시에 현대 서간체 장편소설의 확립에 기여한 다음성의[PolyPhonic] 위상을 살피는 데 초점을 두고자 한다.

편지의 역사

커트 보네거트의 소설 『타임 퀘이크』에서 "예술가에게 사명이 있다면 그것은 사람들에게 살아 있음을 고맙게 여기도록 하는 것이다"라고 말한다.

서간체소설 역시 발신자와 수신자의 존재를 전제로 자기 고백을 하며 살아 있음을 찬양한다. 1인칭 시점을 택하고 있다 해도 회상소설, 자전소설처럼 독백이 아닌 이기주의적 본성인 고백이 된다. 서간체소설은 자신의 진실을 보증받을 수 있는 대상을 전제로 하여 자기 내면의 내밀함을 드러내는 행위이다. 맨 처음 소리를 수리하고 이야기를 들어주며 용서, 위로, 화해, 벌하는 대상이 가까이 현존하지 않으면 고백은 일어날 수 없기 때문이다.

작가들의 개인 편지를 문학 장르로 인정하는 서양에서는 서간체소설에도 관심이 높다. 서간체소설은 영국의 리처드슨의 처녀작 『파멜라』[1741]가 커다란 성공을 거둔 후에 유행하기 시작한 장르다. 『파멜라』는 한 사람이 또 다른 사람에게 느끼는 사랑이라는, 단 하나의 동기[motive]에 의해 과정을 줄곧 이끌어가는 스토리를 구성한 서간체소설이다. 『파멜라』를 시작으로 독일에서는 괴테의 『젊은 베르테르의 슬픔』[1774], 프랑스에서는 라클로의 『위험한 관계』[1782][2] 등 세계적인 서간체 작품이 등장한다. 특히 『젊은 베르테르의 슬픔』은 나폴레옹이 이집트 원정까지 가지고 가서 7차례나 되풀이해서 읽고, 출간 당시 베르테르의 노란 조끼를 입고 권총 자살을 하는 모방젊은이들이 생길 정도로 세상에 쇼크를 주었다. 그뿐만 아니라 이 소설은 우리나라에서 1923년 처음으로 번역된 이후 4번이나 다시 번역되어 소개된 작품으로 우리나라 서간체소설에 많은 영향을 끼쳤다.

우리나라에서 문학적 특성을 보이는 최초의 서간은 신라시대 최치원의 『답절서주사공서答浙西周司空書』로 알려져 있다. 고려시대와 조선시대에는 율곡, 이황, 조식, 김정희 등의 서간이 문집으로 남아 있으며, 선비가 출세를 해야 하는 명분, 과거제도, 정치와 여론제도 등에 대한 내용이 담겨 있다. 조성기와 임영, 퇴계와 고봉처럼 학자 사이에 혹은 학자와 정치가 사이에 혹은 남성과 남성 사이에서는 한문으로 서간들이 오갔다.

한글 창제 후에는 남성과 여성 혹은 여성과 여성 사이에서 한글 서간이 누드러지게 많아졌다. 효종비 인선왕후의 한글서간, 명성황후가 친정 조카인 민영소와 주고받은 서간, 인종의 후궁 숙빈 윤양제의 서간, 순천 김씨 묘에서 출토된 그녀의 어머니 신천 강씨의 서간, 이응태의 묘에서 출토된 그의 부인의 애절한 한글편지가 남아 있다.

조선시대 작가의 편지로는 소설가 허균, 실학자이자 소설가인 연암 박지원의 편지를 꼽을 수 있다. 선조 광해 연간의 시인 권필의 『석주집石洲集』에는 권필에게 너무 모나게 살지 말라는 친구들의 권유에

---

2) Les Liaisons dangereuses. 이재용 감독의 〈스캔들〉이란 우리나라 영화의 원작.

대한 답장이 들어 있으며, 조선후기를 대표하는 시인이자 산문가인 이덕무는 가족문집에 예술성이 담긴 산문편지들을 남겨 놓았다.

1910년대 신문학에서는 이광수가 『어린 벗에게』로 서간체 단편을, 최남선이 『해에게서 소년에게로』로 서간체 시를 처음 시도했다. 1919년 3·1운동 직후 일제 문화정치와 함께 일본에서 유행했던 서간체소설이 일본 유학생에 의해 유입되었다. 자연스럽게 부추겨진 연애감정 때문에 한국에서도 편지 붐이 일었다. 당대 최고의 인기를 누렸던 연애서간집 『사랑의 불꽃』은 19편의 서간을 모아 1923년에 출간한 베스트셀러였다. 이 작품은 연애의 다양한 모습을 사실 그대로 편지로 표현한 것으로 구식결혼 제도를 벗어나 낭만적 사랑에 관심을 갖고 있던 사람들에게 열렬한 환영을 받은 당시의 문화적 아이콘이었다.

1920년부터 1945년까지 총 60여 편의 서간체소설이 발표되었다. 최서해의 『탈출기』[1925], 『무서운 인상』[1926], 『전아사』[1927]도 이 시기에 발표된 작품이다. 서간체소설 『탈출기』는 최서해의 자전적 요소가 강한 출세작이다. 화자인 자신이 가정을 탈출하지 않을 수 없었던 이유를, 수신자인 김 군에게 편지형식으로 서술하고 있다.

1920년대를 전후한 민족수난사의 한 단면을 역사적 증언에 의미를 두고 억압받은 개인의 부조리한 빈궁을 박진감 넘치는 필치로 그려내고 있는 이 작품은 궁극적으로 고백을 통한 자기 미화를 보여준다. 발신자의 의도와 상관없이 고국을 등지고 간도 땅으로 살길을 찾아나섰던 빈농이 차디찬 현실에 꿈이 좌절당하는 과정을 통해 최서해는 당시 유행하기 시작한 신경향파로서 각광을 받는다.

이때 박종화는 『개벽』의 '신춘 창작 평'에서 고백소설인 서간체소

조지 셸리든 놀즈, 〈사랑노래〉, 1903

설의 특징은 예술적 가치가 전무한 것이라고 혹평한 바 있다. 그러나
이제 와서 1920년대가 서간체소설의 융성기였던 것을 반추해본다면

그의 혹평은 주류적 시대 흐름을 잘못 인식한 견해라는 생각이 든다. 현대에 와서는 출판문화의 다양화로 고승들이 제자들과 주고받은 서간, 성서와 관련된 서간, 김대중이나 신영복 등 정치적 사건과 관련된 옥중서간이 다양하게 출간되고 있다. 현대문학작품으로는 신경숙의 단편소설 『풍금이 있던 자리』와 고백체와 서간체가 섞여 있는 중편소설 『감자먹는 사람들』, 공지영의 연작 『별들의 들판』 중 세 번째 단편 『귓가의 음성』 등이 있다.

날아다니는 편지

전해져 내려오는 우리나라 서간체소설은 두 사람의 편지로 구성된 교환형식^{Duo}이나, 여러 사람의 편지로 구성된 다수교환형식$^{Poly\ Phony}$이 아닌, 대부분 일반송신형^{Monophony}이었다. 다시 말하면 한 사람의 편지로 구성된 상호교신의 효과가 없는 일방적인 소통체계였던 셈이었다. 그간의 우리나라 서간소설들은 하나같이 둘이 주고받는 편지^{Duo}거나 혹은 존재하거나, 존재하지 않는 수신자에게 혼자 고백하는^{Monophony} 형식이었다.

『이상한 연애편지』는 다수교환형식의 다음성^{PolyPhony} 편지소설이다. 음악에서 다음성이란 여러 멜로디의 결합을 말한다. 문학에서 다음성은 여러 목소리나 의식들이 작품에서 엄격히 작가에 의해 통제되었다는 것을 뜻하는 단음성의 반대의미로 한 작품에서 다양한 형식의 교차나 두 명 이상의 인물이 등장할 때를 말하는 것이다. 이렇듯 이 작품은 이제까지의 서간체문학과는 다른 새로운 기법과 내용을 담고 있다. 우선 이 작품이 서간체 장편소설로서의 자격을 인정받을 만한 핵심을 찾아보자. 그 첫 번째는 58편의 편지로 엮어진 고대와 현대를 넘나드는 소설적인 줄거리이고, 두 번째는 역사적인 광대한 지평과 상상력, 심오한 추리력과 스릴로 구성되어 있다는 점이다. 세 번째는

프레더릭 심프슨 코번, 〈편지〉, 1905

이러한 다양한 형식의 글을 한 소설 속에 넣기 위해 날짜를 기재하고 여러 인물들이 서로서로에게 편지를 보내는 구성방식을 최초로 도입하였다는 치밀한 구성상의 특질을 들 수 있다. 이 작품은 여러 사람들 사이에서 오간 편지들로 엮어졌기 때문에 다양한 문체와 서로 대조되는 생각, 감정들이 잘 나타나고 있으므로 다음성 장편소설로서의 특징은 충분하다고 생각된다.

이러한 다음성적 편지 형식을 통해 작가는 무엇을 추구하고 있을까? 그것은 서로 다른 사람들 사이의 소통이다. 일방적인 생각이나 한 개인만의 욕망을 드러내는 것이 아니라 개인들 간의 소통을 통해 엇갈리는 욕망과 서로 다른 목소리를 교차해서 우리가 살고 있는 세상과 인간의 복잡성을 드러낸다.

앞서도 지적했듯이 편지는 떨어져 있는 두 사람 간의 물리적 거리를 극복하기 위한 소통수단이다. 거리상으로 떨어져 있다는 것은 두 사람이 서로 다른 조건에서 살고 있다는 것을 의미한다. 이렇게 서로 다른 환경과 조건에서 살고 있는 두 사람이 서로의 사정과 심정을 알리고 소통을 꾀하고자 하는 것이 바로 편지이다.

그러므로 편지는 물리적 거리뿐만 아니라 심리적 거리까지도 극복하게 만들어준다. 연애에 편지가 이용되고 싸운 친구와 사과의 도구로 편지가 이용되는 것도 바로 이 때문일 것이다. 우선 서간체소설의 내부적 요소인 인물과 갈등, 서술과 소통방법, 시공간의 특성을 살피며 각각의 요소가 지니는 특성을 알아본다. 『이상한 연애편지』의 첫 번째 편지에서 이러한 소통이 무엇인지 아주 아름답게 잘 묘사되어 있다.

> 밤새워 글을 쓴다는 것은 얼마나 아름다운 희망인가. 아침 6시에 비로소 침대에 몸을 눕히면 육체는 뻐근하지만 정신은 뿌듯하다. 자신을 대견하게 여길 수 있는 드문 순간이지. 더구나 밤새워 글을 쓰면 두 개의 시간을 동시에 살 수 있다. 여기 아침 6시는 네가 자연스럽게 침대에 들게 되는 밤 11시가 되니까 말이야. 지구 반대편에 있는 너의 시간을 나도 함께 사는 셈이랄까. 네가 있는 대서양 해변 가를 물결처럼 거닐다가 평온하고 아늑하게 잠이 들 수도 있다.
> 『이상한 연애편지』, p.13

인용문은 주인공 인경이 프랑스로 출장 가기 전에 프랑스에 있는 친구에게 쓴 편지 앞부분이다. 주인공은 편지 쓰는 행위가 서로 다른 시간을 함께 공유하는 행위라고 말하고 있다. 아주 적절한 표현이다. 상대와 시간을 함께한다는 것은 단순히 경험을 공유한다는 차원을 넘어 서로가 서로에게 진심으로 다가가는 심리적 소통을 함께한다는 것이기 때문이다.

주인공은 바로 이러한 편지 쓰는 행위를 통해 지구 반대편에서 서로 다른 삶을 살고 있는 친구에게 자신의 진심을 꺼내 보인다. 그런데 이 점과 함께 여기에서 한 가지 살펴보아야 할 것이 있다. 이 편지에서는 실제 자신이 말하고 싶은 용건은 추신으로 처리되어 있다. 출장차 프랑스에 가니까 안내와 통역을 해달라는 부탁이다. 사실은 가장 중요한 용건을 추신으로 썼다는 것은 편지에 대해 다시 한 번 생각하게 만드는 대목이다.

편지는 단지 용건을 전달하는 수단이 아니라는 점을 이 편지는 시사하고 있다. 이메일이나 전화 또는 전보가 용건을 전달하기 위해서는 훨씬 신속한 효과를 발휘한다. 그럼에도 불구하고 편지를 선택하는 것은 용건에 앞서 더 중요한 글쓴이의 진심을 전달해야 하기 때문이다.

반대로 주인공 나리의 친구 인경이 나리에게 보낸 용건은 편지가 아닌 메모로 전달된다. 그것은 나리의 부탁을 들어줄 수 없다는 내용이다. 친구 사이의 내밀한 감정이나 사랑을 숨기고 냉정하게 거절을 해야 하는 입장에서는 편지를 쓴다는 것은 어울리지 않기 때문이다. 이렇게 개인 간의 내밀한 소통이라는 편지의 형식은 좀 더 다른 차원에서 활용되기도 한다. 소설 속의 또 다른 주요인물 김원혁이 자기 아버지에게 쓴 편지가 거기에 해당한다.

제가 왜 갑자기 아버지께 편지를 썼는지 궁금하실 것입니다. 비행기 안에서 옆자리에 앉은 여자 때문입니다. 옆의 여자가 비행기 안에서 계속 누군가에게 편지를 쓰는 것입니다. 하기야 10시간을 가만히 앉아서 간다는 것은 지루한 일이지요. 그러다가 문득 한 가지 해결해야 할 문제가 생각났습니다. 아버지께 '들쥐 사건'의 전말을 어떻게 전하나 하는 것 말입니다. 이메일을 사용할 수는 없을 것입니다. 컴퓨터 안의 정보공간은 어떠한 활동도 반드시 그림자를 남긴다는 치명적인 허점이 있습니다. 그 기록 때문에 본인의 의사와 상관없이 누군가에 의해 상업적 혹은 정치적으로 이용될 수도 있습니다. 우리는 정보를 이용하는 편의를 마음껏 누리는 동시에 우리 자신을 하나의 정보로 공중에 내맡기게 된 셈입니다. 그래서 생각 끝에 역발상을 한 것입니다. 인터넷 전문가가 편지로 아버지와 교신한다고는 아무도 생각하지 않을 테니까요.

p.32

소설 속의 인물 김원혁은 편지의 속성을 잘 깨닫고 있다. 그것은 지극히 사적이라는 것이다. 편지의 내용이 공적 영역으로 확산되거나 사회적으로 정보가 유출될 확률이 가장 낮다는 것이다. 이는 어쩌면 개인 간의 내밀한 소통이 사라지고 있는 현실을 반영하기도 한다. 정보통신 기술이 발전하면서 개인 간의 의사소통은 점점 어려워지고 있다. 마음만 먹으면 모든 전화는 도청이 가능하고, 정보의 집합체인 인터넷은 모든 사생활의 무덤이기도 하다. 그래서 그는 가장 확실한 아날로그적 글쓰기를 선택하고 그 세계에 빠져든다. 결국 그는 그 편지라는 글쓰기를 통해 주인공 나리를 다시 만난다.

진정으로 해야 할 말이 무엇인지 막상 하려고 하니 잘 모르겠습니다. 당신의 단아하고 조그마한 이마가 생각나서 편지를 쓰기 시작했던 것 같습니다. 당신의 이마에는 지금도 수많은 사고의 가닥들이 그곳으로 모여들고 있을 것입니다. 일부 신경학자들에 따르면, 체세포 내부에서도 온갖 종류의 소통분자들로 구성된 마구 뒤엉킨 네트워크가 작동하고 있다고 합니다. 모든 감각과 느낌을 끊임없이 수신하고 송신하는 신체 내의 인터넷이 바로 그것이죠. 하지만 당신의 이마는 단 하나밖에 없는 이마입니다. 전혀 복제되지 않고 그 누구도 감시하거나 들여다볼 수 없는 곳이죠. 신비의 영역입니다. 그 안을 들여다보고 싶습니다.

p.287

인터넷 전문가가 편지라는 가장 구시대적인 글쓰기 방법을 통해 연애편지를 쓰고 있다. 그것은 복제되지 않고 그 누구도 감시할 수 없는 가장 사적인 내밀한 소통을 가능하게 해주기 때문이다. 바로 이 아날로그적 소통인 편지 쓰기가 자신의 진심을 전달하는 가장 유효한 수단임을 깨달은 것이다. 이렇게 보면 이 소설은, 김원혁이라는 인물의 입장에서는 편지라는 글쓰기 형식의 의미를 알아가는 여행 과정을 담은 소설이다. 그리고 또 어쩌면 작가는 독자들로 하여금 이런 경험을 공유하도록 유도하고 있기도 하다.

편지는 사적인 대화의 수단이지만 그것을 통해 일상적인 대화에서는 전달할 수 없는 자신의 내면을 꺼내 보이는 수단이 된다. 그렇게 해서 편지는 발신자와 수신자를 연결할 뿐 아니라 발신자와 독자를, 또한 수신자와 독자를 연결하기도 한다.

편지가 문학작품이 되는 것도 이 지점과 맞닿아 있다. 다른 사람을 위해 쓰는 단 하나뿐인 글, 그 누구도 들여다보거나 빼낼 수 없는 둘만의 진정한 소통이라는 생각은 단순한 의사전달의 수단이라는 유용성을 넘어서서 하나의 장인적 노력을 요하는 작품으로서의 생산물이 된다는 것을 의미한다.

이는 모든 사건의 최초의 발단이 된 우르공 백작부인의 편지에 대
한 데로닉 교수의 말을 통해서도 잘 나타나 있다.

토마스 벤야민 케닝턴, 〈편지〉, 1889

"우르공 백작부인이 독살된 것은 편지가 발신인과 수신인 사이
의 안부나 감정을 주고받는 커뮤니케이션의 도구라고 생각했기
때문입니다. 편지가 그런 현실적 유용성을 넘어 문학의 한 장르
라는 사실을 가장 잘 보여주는 사람이 편지의 왕이 될 것입니다."

p.103

발신인과 수신인 사이의 단순한 커뮤니케이션의 도구인 편지로 죽
음을 자초한 백작부인은 왜 그런 가짜 연애편지를 썼을까? 그것은 바
로 문학적 표현 욕구 때문이었을 것임을 누구도 쉽게 짐작할 수 있을
것이다. 바로 편지는 그러한 문학적 표현 욕구를 채워주는 가장 좋은
수단이었다. 자신의 내밀한 감성을 어느 한 사람에게 전달하는 형식
을 통해 실제 현실에서는 할 수 없는 말을 하고 그것을 통해 진실 된
자신의 욕망을 드러낸다는 것은 그녀에게는 아주 매력적인 글쓰기였
을 것이다.

이러한 편지글이 주는 문학적 매력은 훨씬 앞서 쓰인 신경숙의
『풍금이 있던 자리』3)에서도 잘 나타나 있다. 하지만 신경숙의 작품
에서의 편지는 단음성적이다. 발신자와 수신자 사이의 소통이 없고
그 둘 사이에 벌어지는 욕망의 부딪힘과 갈등이 없기에 편지는 발신
자가 독자에게 말하는 일방적인 심정의 토로가 되고 있다. 소설 속

---

3) 사랑하는 당신. 노여워만 마세요. 저는 이 글의 서두에서 제가 말씀드린 제 친구는 제게 그랬습니다. 당신을 떠
나라고요. 그래요. 저도 그렇게 생각했습니다. 그 친구에게 이야기를 꺼내기 훨씬 전인 맨 처음부터 저는 그렇게
생각했습니다. 그러나 저는 당신을 떠날 수가 없습니다. 그래요. 사랑했기 때문에, 이미 운명이라고 느껴버렸기
때문에(신경숙『풍금이 있던 자리』). 이 인용문은 애인에게로 보내는 편지글이다. 발신자가 경험한 사건이 아니
라 내부에서 일어나고 있는 내밀한 정서를 '사랑하는 당신'과 같은 애정 어린 호칭에 전략적으로 붙이고 있다.
바꾸어 말하면 자신의 정황을 들어줄 존재로서 독자를 초대하고 있는 것이다. 내용상 소설 속의 편지는 수신자
에게 붙이지 못한 편지가 된다. 결국 편지 내용을 공유하는 쪽도 발신자와 독자뿐이다. 사랑하는 당신. 노여워만
마세요. 저는 그 여자를 좋아했습니다. 어쩌면 이 세상에 태어나서 처음으로 느낀 타인에 대한 사랑이었는지도
모릅니다. 그 여자가 남겨놓은 이미지는 제게 꿈을 주었습니다(신경숙『풍금이 있던 자리』). 이 인용문 역시 서
간체의 효과를 잘 살리고 있다. 불륜이 소재지만 서간문의 형식으로 인해 감정들을 절제하고 있다는 듯한 느낌
을 주며, 독자들은 남의 이야기를 엿들은 기분이 든다. '사랑하는 당신'이라는 호명을 반복하는 이유는 부재하는
수신자를 복원하고자 하는 발신자의 욕망이다.

주인공의 내밀한 심정의 묘사는 두드러지지만 한 사건이나 정황을 두고 일어나는 여러 인물들의 다양한 욕망과 그 표현을 드러내기에는 이 작품은 애초에 형식적인 한계를 가지고 있다고 보아야 한다.

이에 비해 『이상한 연애편지』는 많은 인물들의 목소리를 담아내고 있다. 다음성적인 구성을 가지고 있다. 단순히 여러 사람이 나와서, 자기를 말하는 것을 넘어서서, 서로 간의 관계에서 일어나는 욕망과 갈등을 서로 다른 목소리로 말함으로써 인간 욕망의 복잡성을 역동적으로 보여주고 있다.

도착한 편지

　적막의 체취로 꾹꾹 눌러 쓴 편지는 감동이다. 하지만 아이러니하게도 편지는 숨기는 것이 많은 글쓰기 형식[4])이기도 하다. 그것은 서로 잘 알고 있는 개인 간의 소통수단이기 때문이다. 그러기에 서로가 이해하고 공유하는 것은 구태여 편지에서 밝힐 필요가 없다. 뭔가를 자세히 설명해야 하는 관계는 사실 서로 잘 알지 못하는 관계이다. 친밀한 관계일수록 설명하지 않아도 이해할 수 있는 부분이 많이 존재한다. 때문에 편지는 많은 것이 숨겨져 있고 배제되어 있을 수밖에 없다.

　현대 서간체소설은 가능한 한 수신자와 독자와의 거리를 좁히려는 경향이 있는데 이는 발신자가 전하는 이야기를 독자가 자신의 문제로 받아들이고 발신자의 담론에 봉합되길 바라는 작가의 의도로 읽힌다.

---

4) 여기에 오지 말았어야 했습니다. 이 마을은 저를, 저 자신을 생각하게 해요. 자기를 들여다봐야 하다니요? 싫습니다! 저는 지쳤어요. 그 여자가 떠나던 날, 그 여자에게 칫솔을 건네주던 때, 그때 저는 그 여자와 무슨 약속인가를 했다고, 지금이 그 약속을 지킬 때라고…… 이 생각을 당신이 있는 그 도시에서 제가 어떻게 해낼 수 있었겠어요. 그 여자가 그때 떠나주지 않았다면 우리는 어떻게 되었을까? 어머니와 우리 형제들은?(신경숙 『풍금이 있던 자리』 38쪽) 이 인용문은 애인인 유부남에게 이별을 통보하는 편지다. 이렇듯 주인공이 편지를 쓰게 되는 동기는 수신자와의 긴밀한 관계성의 욕구로부터 시작된다. 왜 발신자가 애인과 헤어질 수밖에 없었는지를 설득력 있게 들려주다가 다시 삶에 찌들어 꾸밈이란 없이 소박하게 가정을 꾸려 나갔던 이 땅의 '어머니'와 남자들에게 사랑을 받는 이 땅의 '여성'과의 사이, 그 사이를 보여준다. 그러나 명목상 애인일 뿐 편지의 실질적 수신자는 다 알다시피 독자다. 이 작품은 이루어질 수 없는 사랑으로 고통받는 여성의 편지이기 전에 현실에서 말로는 절대 할 수 없었던 내적 정황들을 진실하게 털어놓을 수 있는 가장 적합한 도구 역할을 하는 것이다. 활짝 열려 있던 문으로 끝없는 자신의 고백을 듣게 하던 발신자가 그 열려 있던 독자들의 문을 자기에게 봉합시키려는 전략인 셈이다. 이 작품에서 편지는 숨기고 배제하기보다는 자신을 드러내는 수단이 된다. 그만큼 이 소설의 편지는 단음성적이라 할 수 있다.

장 오노레 프라고나르, 〈연애편지〉, 1770, 뉴욕 메트로폴리탄 미술관

이에 비해 『이상한 연애편지』는 다른 특징을 보여준다. 숨김과 배제를 통해 하나의 목소리가 다양한 목소리로 들릴 수 있게 만들어준다. 또한 숨기고 배제시킴으로써 하나의 목소리가 아니라 여러 목소리들이

다양하게 들릴 수 있는 공간을 열어주고 있다. 이는 이 소설에 등장하는 주변인물들 사이의 편지에서 좀 더 분명히 드러난다.

폴! 네가 이 성에 온 목적이 무엇일까? 너는 사람들이 모여서 시끌벅적거리는 축제를 즐기는 인간이 아니잖아. 게다가 너는 나까지 이 축제에 끌어들였어. 처음에는 나도 통상 진행하는 편지 축제인 줄 알았는데 시간이 지날수록 왠지 이 모임의 의도가 의심스러워져. 이상한 점이 한두 가지가 아니야. 데로닉 교수가 이렇게 많은 사람들과 함께 한가롭게 축제를 즐기면서 여름 바캉스를 즐긴다는 것이 이해하기 힘든 일이고 세계 곳곳에 흩어져 있는 데로닉의 제자들이 일시에 이렇게 모인 것도 이상하잖아.

p.81

편지 축제에 참가하는 사람들도 서로가 무슨 일이 일어날지 그리고 왜 이런 축제가 벌어져야 하는지 잘 모른다. 다만 서로가 서로의 관계에서 추측하고 볼 수 있는 것만 말할 뿐이다. 그것은 편지 형식을 취한 이상 어쩔 수 없는 것이다. 한 개인의 입장에서 또 다른 개인에게 자신의 생각과 경험만을 전달해야 하는 편지 양식은 어쩔 수 없이 많은 것을 감출 수밖에 없다. 그래서 전체의 스토리 파악을 어렵게 만들지만 반대로 그렇기 때문에 사건에 대한 흥미진진한 관심은 증대하게 된다.

특히 이 작품은 편지의 이런 성격을 잘 이용하고 있다. 많은 부분을 숨기고 편지 쓰는 사람의 말로만 조금씩 알려줌으로써 사태의 추이를 쉽게 파악할 수 없게 만든다. 그리하여 독자들로 하여금 호기심을 만들어내고 편지에 얽힌 미스터리한 사건들에 대해 빠져들게 만든다. 다음의 구절은 이러한 호기심을 충분히 자극하고도 남는다.

나 자기에게 할 말이 있어. 꼭 말해야만 할 한 가지 비밀이 있어.
어쩌면 이 이야기를 들으면 몹시 놀랄지도 모르겠어. 하지만 이
문제는 나를 지금 매우 괴롭히고 있고, 앞으로 우리 사이에 변화
를 가져올 수도 있는 것이기 때문에 말하지 않을 수 없는 이야기
야. 내 몸에 이상한 변화가 생겼어. 임신을 했다거나 그런 일이
아냐. 좀 더 심각한 문제야. 다니엘과 관련된 거야. 자세한 것은
만나서 이야기해야 할 것 같은데, 나에게 시간 좀 내줘.

p.168

다니엘의 애인 마리가 또 다른 자신의 애인 폴에게 쓴 편지의 내용
이다. 말하기 위해 편지를 썼으면서 일부러 말하지 않고 만나서 이야
기하자고 하는 인물의 태도가 얼핏 이해가 안 갈 수 있다.

그러나 이는 일종의 장치라고 봐야 한다. 마리가 일부러 이야기를
해주지 않고 다음에 만나서 이야기하자고 한 것은 사실은 감추어 두
는 것이 있음을 상대에게 알려주어 자신에게 관심을 끌려고 하는 작
전이다. 이와 같이 편지 형식의 글은 알려주지 않는 매력을 가지고
있다. 감추고 숨겨두고 조금씩 알려줌으로써 관심과 흥미를 유도하는
것이다.

이 점은 주인공 나리가 독자들에게 쓴 편지에서 좀 더 확실히 드러
난다. 독자들에게 쓴 편지는 편지 형식의 글이긴 하지만 일종의 보고
서이므로 사적인 편지와는 다를 수밖에 없다. 사태를 파악하고 나름
대로 객관적인 설명과 해설을 해주어야 할 것이다.

그럼에도 불구하고 이 소설의 주인공 나리는 아주 사적인 양식의
편지를 쓰고 있다. 이는 비에 젖어 노트북이 고장 난 것과 연관을 맺
는다. 노트북으로 기록하고 독자에게 그 내용을 보낸다는 것은 일종
의 기사문 형식이 된다. 하지만 노트북이 고장 나 손으로 글을 쓸 수

밖에 없자 주인공은 편지 형식을 선택하게 된 것이다.

편지 형식을 취한다는 것은 글쓰기가 훨씬 개인적인 것이 된다는 것이고 사태의 객관적 해명과 이해보다는 개인적 경험과 거기에서 느낀 지극히 순간적인 감정이 전면에 드러나게 된다는 것을 의미한다. 때문에 더욱더 소설의 미스터리적 성격은 강조된다. 다음의 구절을 보면 이를 잘 알 수 있다.

> 문에 손을 대자, 문이 스스로 위쪽으로 밀렸다. 나는 살그머니 그 문을 빠져나왔다. 그 순간 나는 숨넘어가는 듯한 작은 비명 소리를 들었고, 그 소리에 놀라 나도 외마디 소리를 질렀다. 머리에서 혼이 빠져나가는 느낌이었다. 눈앞의 검은 악마 같은 것이 보였기 때문이다. 나는 한 번 더 외마디 소리를 질렀다. 정신을 차리고 보니, 아래위로 검은색 옷을 입은 젊은 남자가 서 있었다. 그도 놀라 눈으로 나를 보고 있었다. 그의 손에는 책이 들려 있었다. 그도 놀란 눈으로 나를 보고 있었다. 그의 손에는 책이 들려 있었다. 나와 그 남자는 말 한마디 하지 못하고 서로를 바라보고 서 있었다. 무엇인지 알 수 없지만 서로에게 뭔가를 들킨 것이다. 말없이 서 있는 시간은 꽤 긴 것 같이 느껴졌다. 차츰차츰 주변이 시야에 들어오면서 나는 어느 아담한 응접실에 서 있다는 것을 깨달았다. 남자는 책에서 찢어낸 듯한 종잇장을 손에 쥐고 있었다.
>
> pp.74~75

사실 이 소설의 모든 사건을 설명하는 중요한 장면이다. 그런데 편지 형식을 취함으로써 이 장면에 대한 아무런 설명 없이 장면과 필자의 느낌만을 독자들에게 전달해주고 있다. 여기에서 독자들의 궁금증은 배가되고 이 인물과 이 인물의 행동이 나중에 큰 의미를 가지게 될 것이라는 점을 추측하게 만든다. 결국 이 장면은 나중에 아주 중요한 복

오구스트 톨무세, 〈연애편지〉, 1883

그런데 이렇게 숨겨져 표현 안 되는 것이 많다는 것은 사적인 소통으로만 작용할 때는 서로가 공유하는 것이 많다는 친밀함의 상징이 되지만, 공적인 장소에서 읽혀진 편지는 훨씬 다른 의미를 갖게 된다. 숨긴 것이 많아 사적인 친밀함이 높아질수록 그 편지는 모두의 것이 되는 아이러니를 가지게 된다. 바로 문제가 된 다니엘의 편지가 그것을 말해준다.

> 다니엘! 얼마나 내가 감격에 몸을 떨었는지 너는 상상도 할 수 없을 거야. 네가 '내 내밀한 사람에게'라는 편지를 낭독할 때, 그 편지의 수신자가 누구인지 금방 알아차렸어. "네가 온다는 연락을 받았다"라는 첫 문장을 듣는 순간부터 그 편지가 나를 위한 것이라는 것을 알았어. 너는 내가 독일에서 온다는 소식을 듣고부터 매우 갈증을 느끼기 시작할 거야. 그 말을 듣는 순간 나는 도리어 내 메말랐던 샘에 물이 차오르는 느낌을 받았어. 너를 이 성에서 다시 만나니 옛날 생각이 많이 나.
>
> p.135

다니엘의 편지를 듣고 과거의 애인인 앤은 자기를 위한 편지라고 생각한다. 이는 마리를 포함한 참가한 여자 모두가 그렇게 생각한다. 주인공 나리 역시 다니엘로부터 자신을 위한 편지라는 언급을 들은 후라 당연히 그렇게 생각한다. 그런데 이 편지는 다니엘의 편지가 아니라 우르공 부인을 죽게 한 그 문제의 편지임이 밝혀진다.

이것을 통해서 아주 중요한 것을 생각해볼 수 있다. 많은 것을 숨기고 있는 지극히 개인적인 편지가 바로 그 이유 때문에 누구의 편지도 될 수 있다는 것이다. 편지에 자세한 설명이 덧붙여 있고 모든 정황이 세세히 기록되어 있다면 그것은 편지가 아니라 기록이 되고 보고서가 되고 또한 전통적인 형식의 소설이 된다. 그래서 편지는 모든 것을 생략한다. 개인 간의 소통이므로 세세한 설명이 애초에 필요가 없다. 하지만 그렇기 때문에 그것은 누구의 것도 될 수 있다. 다니엘이 읽은 편지가 앤, 마리, 나리 등 모든 여성들에게 감동을 주었듯이 또한 그 편지는 여성형 어미만 붙이면 모든 남자들을 위한 편지가 되기도 한다.

그리고 실제로 김규온, 들라스, 데로닉이라는 세 인물은 이 편지를 서로 자신의 편지라고 생각한다. 편지가 사적인 영역을 벗어나 문학이라는 좀 더 보편적인 위치를 가질 수 있는 것도 이와 결코 무관하지 않을 것이다.

이제는 편지가 단순한 통신개념에서 벗어나 문학작품으로 인정받아야 된다. 왜냐하면 모든 글쓰기의 원조는 편지글이기 때문이다. 더욱이 작가의 서신을 문학텍스트로 받아들여야 하는 이유에 대해 이 작품의 작가 김다은은 "보들레르가 남긴 4편의 작품 가운데 2편이 서간집이다. 그렇게 따지면 우리는 문학의 절반을 놓치고 있는 셈이다. 문학의 다양성을 위해, 또 작가의 내면을 이해하는 자료적 가치만으로도 편지의 문학성은 인정돼야 한다"고 설명하며 또다시 말한다.

편지글이 인정받는 문학텍스트가 되려면 첫째, 출간이 되어 보편성을 얻도록 해야 한다. 둘째, 작가와의 관계가 파악될 수 있어야 한다. 셋째, 작품이 만들어진 과정이나 문학관을 설명할 수 있어야 한다. 넷째, 문학텍스트로 이해되는 작가의 서신과 문학 장르로서의 서간체문학의 공통점과 차이점을 인식할 수 있어야 한다. 다섯째, 학자들에 의해 작가의 사적 서신에 대해 문학성을 검증할 수 있어야 한다는 것이다.

사라지는 편지, 공표되는 편지

인터넷 네트워크 안에서, 영원불멸을 꿈꾸는 신인류 '앳(@)'의 운명을 비극적인 것으로 묘사한 보여주는 『이상한 연애편지』의 예리한 심리분석과 미묘한 구성은 높이 평가받기에 부족함이 없을 뿐만 아니라 서간체의 특성인 전략들이 다 녹아 있다고 볼 수 있다. 서간체소설의 단점이나 어려움들이 도리어 소설의 구성과 인물의 관계를 설정하는 주요한 모티브나 지표가 되었다.

즉, 서간체 전략이란 1. 수신자 보관 (보지 않고 보관할 수도 있음, 보지 않고 버릴 수도 있음), 2. 의도된 타인이 고의적으로 받아서 수신자에게 전달이 안 됨, 3. 주소가 바뀌어 엉뚱한 집에 배달 (읽거나 버리거나 반송할 수 있음), 4. 인편인지, 우체부인지 전달자에 따라 상황이 바뀔 수 있음, 5. 필사, 대필하는 과정에서 그대로 쓰느냐, 다르게 변형시키느냐에 따라 상황이 바뀜, 6. 낭독하면 상상 못할 상황이 전개됨, 7. 써놓고 붙이지 않는 경우 발신자가 그대로 영구히 보관 (신경숙의 『풍금이 있던 자리』), 8. PS가 범인의 이름일 경우 등등이 있다.

앞서서 편지글의 특성을 설명했다. 진심을 드러내면서도 또한 숨기는 것이 편지 형식의 특징이라는 것이다.

라이문도 가레타, 〈러브레터〉, 1901

이러한 편지글의 특성 말고도 편지는 편지라는 매체로서의 특성을 가지고 있다. 그것은 누군가를 통해 전달된다는 것이다. 편지는 전달되어야만 편지이다. 편지를 쓴 발신자가 그것을 읽기를 바라는 수신자에게 전달되어야만 편지는 편지로서의 역할을 할 수 있다.

그런데 편지는 전달되기 때문에 전달과정에 사고가 생길 수 있다. 전달이 제대로 되어 개인에게서 개인의 손으로 들어갔을 때 편지는 커뮤니케이션의 수단으로서 제 역할을 다하게 된다.

그럴 경우 편지는 그 이상의 의미를 가지지 않게 된다. 하지만 전달과정에 사고가 생겨 편지가 사라지거나 다른 사람들의 손에 전달되어 원하지 않는 곳에 놓이게 되면 편지는 전혀 다른 의미를 가지게 된다.

이 소설에서도 사라진 편지가 중요한 모티프로 사용된다. 우선은 우르공 부인의 편지가 사라진 편지이다. 사라진 편지이기에 그것은 모든 사람이 필요로 하는 편지가 된다. 그 내용에 상관없이 그 편지를 가지는 자가 우르공 부인의 상속자의 사랑을 얻게 되는 것이고 편지의 왕이 된다. 이렇게 되면 편지는 결핍의 근원이 된다.

편지는 인간의 욕망을 채우는 가장 필요한 수단이고 그것이 없을 때 인간들은 심대한 결핍을 느끼게 된다. 소설 속의 인물들도 모두 그 편지를 찾아 모든 위험을 감수한다. 인터넷에서 영원히 살기를 갈망하는 들라스 교수는 편지를 통해 영원한 생명을 얻을 수 있게 되고, 보수적 글쓰기를 지키려는 데로닉 교수는 편지를 위해 결국 살인을 저지른다. 하지만 편지는 지구 반대편에 살고 있는 한 여자의 손에 들어가게 되어 결국 한 남자의 사랑을 얻는 도구가 된다.

또 하나의 사라진 편지는 앤의 편지이다. 앤이 다니엘에게 쓴 편지가 누군가의 손으로 넘어가면서 사라지게 된다. 사라지면서 그 편지는 그 편지를 둘러싼 모든 사람의 욕망이 된다. 다니엘을 무너뜨려야 할 미셸에게도 다니엘을 차지해야 할 앤과 마리에게도 또한 다니엘과 마리를 모두 차지하고 싶은 폴에게도 다 필요한 편지이다.

이렇게 사라진 편지는 사라지는 것만으로 의미를 갖긴 하지만 그 내용 자체가 어떤 의미를 갖지는 못한다. 사라진 편지가 좀 더 심각한 의미를 가지게 되는 것은 그것이 공표되었을 때이다. 공표된다는 것은 편지가 사적인 영역을 벗어나 공중의 영역으로 들어간다는 것이다. 편지가 공표된다는 것은 방부제를 부리고 촘촘히 밀봉하여 보낸 사연이 펼쳐졌다는 것이다. 일종의 배달사고이다. 전달과정에서 다른 사람에게 잘못 전달되는 경우거나 제대로 전달되었더라도 다른 사람에 의해 빼돌려졌을 경우이다. 수신자나 발신자가 스스로 그 편지를 공적인 영역에 발표한 경우도 화는 나지만 '의도적인 배달사고'라 할 수 있다.

이렇듯 편지는 배달과정을 통해서도 다음성성을 가지게 된다. 한 사람이 자신의 생각을 다른 사람에게 전달하는 분명한 한 가지의 음성을 가지는 것이 편지이지만 그것이 배달과정에서 어떻게 놓이느냐에 따라 서로 다른 해석과 의미를 가지게 되는 것이다. 특히 이 소설은 배달사고를 통해 일어날 수 있는 이러한 다음성적인 의미의 확대를 아주 잘 활용하고 있다.

신비하고 아름다운 배경의 고성이 동화 속 같다.

가슴으로 읽는 편지

다음성적 성격을 중심으로 서간체소설 『이상한 연애편지』를 읽는다. 기존의 서간체소설과는 달리 20명의 등장인물들의 사랑, 철학, 여행, 풍속, 직업과 관련하여 일정한 수신자나 순서가 없이 임의대로 편지를 주고받는 형식으로 되어 있다. 작품에서 찾아볼 수 있었던 다양한 인물들의 쇠한 목소리로 나타나는 다음성적 새로운 시도는 향후 우리 문학사의 한 흐름을 세우는 가치를 지닌다.

20명의 인물등장과 한 주제로 그토록 얽히고설킨 치밀한 구성을 『이상한 연애편지』의 가장 중요한 특징으로 보았다. 또한 공표된 편지는 분명 편지이면서 편지가 아니기도 하다.

앞서 설명한 다니엘이 낭독한 우르공 백작부인의 편지처럼 그것이 읽혀지는 순간 그 편지는 원래의 맥락을 벗어나 만인의 편지가 된다. 이렇게 공개되거나 사라지며 만인의 편지가 된 편지는 결국 지구의 등짝을 밟고 문학이 되는 것이다.

인류 최초의 문학 장르는 편지다. 편지는 수공업이다. 편지는 노마드[nomad]다. 인간과 인간관계를 글자라는 매체로 연결시킨 장르가 편지 여행이다. 『호모 노마드Homo Nomad』에서 작가 자크 아탈리[Jacques Attali]가 "노마드의

델핀 엘졸라스, 〈편지〉, 1891

본질은 여행이다"라고 표현한 것처럼 편지의 본질 역시 글자 여행인 것이다. 말로 전할 수 없는 이곳에서 저곳으로, 측근이나 아주 먼 곳에 있는 사람에게 아날로그로 날아가는 전언이기 때문이다.

세계를 향한 소통의 욕망을 보여주는 『이상한 연애편지』에서 작가는 남성성과 여성성을 몽타주하기 위해 만나고 헤어지는 최고의 자리를 고성으로 상정한다. 다빈치코드를 연상시키는 예측 불가능한 미정의 미지처럼 추리소설의 서늘한 서스펜스와 대화체의 긴밀한 리듬이 살아 있다. 신세대들이 좋아하는 대화체에는 리듬의 레벨이 곁에서 금방 느껴진다. 그래서 돌 속의 꽃을 바라보는 것 같이 흥미롭다.

이렇듯 리듬을 통하여 독자의 시선을 옮겨가는 재능이 특별하다. 절대적 이데올로기도 흐려지고 성에 대한 금기도 사라져버린 시대, 예전 같은 주제들은 하등의 소설 소재로서 관심을 끌지 못하는 시대에 새로운 스릴과 상상력으로 개인의 진정성을 고민하기 시작했으며 나아가 다양한 타인과의 넓은 관계 속에서 자신을 통찰하기 시작했다. 내면 탐색을 통해 드넓은 세계와의 관계 맺기를 실천해낸 것이다. 누구와 어느 만큼 소통할 수 있느냐에 따라 능력을 인정받는 시대에 아주 잘 어울리는 이 작품은 우리 문학사에 새로운 족적을 남긴 작품임에 틀림없다.

하지만 이 작품의 한계는 첫째, 편지 말이 너무 서술형에 기울어져 있고, 두 번째는 회상적 대화체가 많다. 그리고 세 번째는 사건에 비해 인물들이 더욱 활발하게, 적극적으로 입체화되지 못한 점이며 이야기가 다분히 SF적으로 흘러간 점이다.

작가는 '편지가 인류 최초의 문학형식'이라는 주장으로 서간체소설의 역사성과 예술적 가치를 설명하고 다른 한편으로는 '인터넷 시

대의 편지'에 관해서도 묻고 형식실험에 대한 다각적인 설명을 시도
했지만 아직 미진한 점은 남아 있다. 그것은 이 작품을 전통적 서간
체소설과 연관 지어 통시적 관점으로 파악해 연구하지 못한 점이다.
앞으로 더욱 섬세하고 확장된 관점에서 다음성 서간체소설의 연구가
활발해지기를 기대한다.

2회

손의 박물학

알브레히트 뒤러, 〈기도하는 손〉, 1508, 독일 뉘른베르크 박물관

한마디의 탄식하는 말조차도
그대의 입술에서 흘러나오지는 않으리
그러나 온화한 입가에 숨겨진 그대의 마음은,
그 창백한 손이 모조리 말해주고 있다
내 눈동자가 계속 끌려지고 있는 그대의 손은,
그 슬픔의 가냘픈 그림자를 지니고 있다
졸음조차 찾아오지 못했던 밤에
고뇌로운 가슴에 놓였던 추억을 생각게 한다

테오도르 시토름, 「여인의 손」

에로티시즘은 모든 예술작품 속에서 왜 파르마콘(^{parmacon}, 독과 약)으로 존재할까? 인간은 어떤 심리적 공감대의 작용에 의해 예술품에 매혹당하는 것인가. 누구나 다 알고 있는 사실이지만 암묵적으로 말하지 않을 뿐이다. 그렇다. 에로티시즘의 농담에 뒤섞여 흘러온 동경, 사랑, 이별, 고통, 상처는 형상화의 실천에 기본적으로 들어가는 재료들이다. 이 재료들은 다른 한편으로는 충동욕구에 의해 심리적으로 붕괴되고 결핍되었던 세계를 균형과 조화로 회귀시켜 성찰에 이르게 하는 오브제이기도 하다.

들춰진 외설 그 오래된 손, 몸의 말단인 손이 사랑에 개입하는 층위는 표층적 예술행위다. 발가락이 꼼지락거려 타자를 쓰다듬는 에로티시즘이라면 손가락은 저 자신을 성적대상으로 쓰다듬는 자기애의 에로티시즘이기 때문이다.

19세기 프랑스 사교계에 에두아르 마네의 그림 <올랭피아>가 당시 최고의 스캔들로 떠올랐다. 그것은 기존 누드화의 숭고한 성스러움을 벗어났기 때문이며 당당하게 관객을 사로잡는 도발적인 시선과 날개 달린 에로스대신 꼬리를 치켜든 검은 고양이를 그린 것이 이유였다.

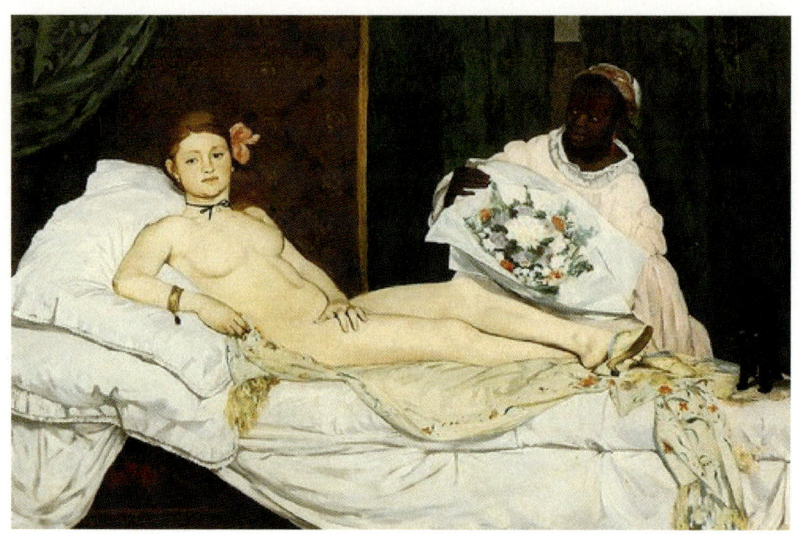

에두아르 마네, 〈올랭피아〉, 1863, 오르세 미술관

프랑스 은어로 암고양이가 여성의 성기라는 걸 잘 아는 파리사람들에게 여주인공 '올랭피아'의 성적 욕망을 거리낌 없이 표출한 이 파격적인 기법은 당연히 분노의 불길에 기름을 붓게 했다. 그로 인해 올랭피아의 모델이 매춘부라는 정설은 150여 년간 굳어져왔다. 그러나 새로운 설에 의하면 이 모델의 주인공은 재능 있는 여류 화가인 빅토린 뫼랑이라고들 한다.

어찌되었든 우리들은 다양한 상징과 의미를 숨겨둔 명화나 시의 에로티시즘을 만날 때마다 미학을 이해하기까지 난독증 환자가 되기 쉽다. 더욱이 명화에 빠지지 않고 등장하는 주체의 손은 무엇을 뜻하는 아이콘일까? 그리스 신화다. 어느 날 마이더스^Midas왕이 디오니소스의 스승께 술을 대접하자 답례로 디오니소스가 소원 한 가지를 들어줄 터이니 말하라 한다. 마이다스 왕은 손에 닿는 대로 황금이 되게 해달라고 하자 그의 손에 닿는 물건은 물론 껴안은 딸까지 황금으로 변한다.

손 하면 가장 먼저 떠오르는 '손' 이야기이다. 사전에서 '손'을 찾아보면 사람의 팔목 아래, 손바닥·손등·손가락으로 이루어진 부분으로 약 30개의 뼈로 구성되어 있고 손바닥에는 5개의 중수골^{中手骨}이 있다. 손가락 끝마디 위쪽에는 피부가 변하여 된 손톱이 있다. 손바닥 면에는 가느다란 홈이 수없이 많은데 이를 '피부소구'라 하고, 소구 사이의 융기된 부분을 '피부소릉'이라 하고 소구와 소릉은 평행으로 달리는데, 특히 손가락 끝부분으로 달리는 방향에 따라 '지문'이라는 특이한 무늬를 만들어낸다고 한다.

심리학자들에 의하면 사람들은 자기 몸 중에서 자기도 모르는 사이에 가장 애착을 갖는 곳이 손이라고 말한다. 삶의 또 다른 얼굴이기도 한 손, 올랭피아의 보드라운 다섯 가닥의 굴곡은 그녀의 숨 끝에 달라붙은 선의 이미지를 빌려 한 생을 대변한다. 팜므파탈 처방전을 받을까, 옴므파탈 처방전을 받을까. 독약을 주문할까, 치료약을 주문할까 망설이지 말고 위의 손 그림을 조용히 바라보라. 본다는 생각 없이 조용히…… 작고 뾰족뾰족한 연두색 새싹들이 솟아나기 시작한다. 구릉에 살포시 얹어진 손가락 사이에서 연잎이 바라춤을 추는 퇴락한 암자가, 램프가 깜박이는 가난한 성당이, 작은 모스크의 아라베스크 문양이 빠져 나온다. 왼손은 오른손이 한 일을 다 알고 있다.

인간에게 두 손이 주어진 것은 한 손으로는 소유하고 자신을 어루만지되 다른 한 손으로는 베풀며 타인을 어루만지라는 의미라고 사람들은 서둘러 정의를 내린다. 한편으로는 찬물에 손 담그며 봉사하

미하일 네스트로프, 〈꽃 든 손〉, 1896

는 거친 손보다 물방울 튕기며 여린 손을 부리는 손을 부러워하는 이중성을 지니기도 한다.

　몸이란 영혼을 담는 옷에 불과하다고 몸을 영혼의 하수에 놓는 철학자들도 있다. 이중성을 지닌 사람이든 지니지 않은 사람이든 모두 백 년 안에 먼지가 되거나 흙으로 돌아갈 것이다. 그리고 상처받은 이들의 끝없는 외로움과 설움을 위로해주고 치유해주는 것은 영혼이 아니라 바로 그 따뜻한 몸의 작용이라는 데는 변함이 없다. 고통받는 사람의 손을 꼭 잡아주기만 해도, 축 늘어진 어깨를 어루만져주기만 해도, 몰래 등 뒤에서 갈비뼈가 으스러지도록 꽉 껴안아주기만 해도 상처는 치유된다는 것이다. 이때 말은 필요 없다. 따라서 말을 하는 기관이 입뿐인 줄 알면 오산이다.

우리 몸 중에서 가장 말을 잘하는 것은 입보다 손이 먼저다. 이를테면 말이 통하지 않는 나라에 갔을 때 긴급하게 말 대신 손짓 발짓으로 소통하던 경험이 있잖은가. 아무 말 없이 정인이 손을 다소곳이 잡아주면 취기가 돌고 그 황홀감이 첫사랑으로 싹 텄던 경험도 있잖은가. 그 위험천만했던 보디랭귀지 말이다. 그러고 보니 손처럼 에로스와 타나토스의 역할을 맡아 다양한 변주를 드러내주는 기관도 없을 듯싶다.

생기에 떠밀려 흐르는 유아기의 자기색정$^{auto\text{-}erotism}$에서부터 미끈함 속에서 허우적거리던 청년기의 자기색정을 지나 어떤 질곡으로부터도 헤쳐 나와 거룩하게 나이 들어가는 굳세면서 잔약한 손의 묘사도 있다.

> 자기 손으로 자기 몸을 쓸어내리는 것을
> 자위행위라고 말합니다만
> 나의 손은 나의 어머니입니다
> 내 손이 내 몸의 성감대를 찾아가는 것을
> 내 손이 내 몸의 흐느끼는 곳을 찾아가는 것을
> 야릇하게 생각하지 마십시오
> 오늘도 어머니는
> 이 세상에 가장 큰 사랑으로
> 이불을 고르게 덮어주시고
> 세수를 시켜주시고
> 밥을 떠먹이십니다
> 앓는 몸의 땀을 닦아주시고
>
> 이제 울지 마라 눈물도 훔쳐주시고

기운 좀 내라 립스틱 황홀하게 칠해주시고
내 어머니는
지금도 내 하수인으로
거칠게 낡아가는 줄도 모르고

신달자, 「손」 부분

　불편한 진실을 마주하는 것은 고통스럽다. 고개를 돌려 부정하던 불편한 진실을 까발린다는 것은 비판에 정면으로 도전하는 셈이기 때문이다. 예술작품이란 예술가의 바다에서 태어난 눈부신 파도다. 예술은 자아의 생생한 자기실현이며 능동적 에너지가 지고의 순간을 차고 오르는 복구충동의 결정체다. 그러기 때문에 몸이 찢어질 것 같았던 괴리의 순간들이 조밀하게 삼투되어 있는 건 당연한 결과이다.

　신달자의 「손」은 사랑이 익어가는 첫 번째 순위로서의 손잡기가 아니다. 생장의 원동력인 사랑의 기호로서의 순환을 다룬다. 어느 것이 삶이고, 어느 것이 아름다움이고, 어느 것이 진정한 성찰인지를 깨달을 수 있게 해준다. "내 손은 나의 어머니입니다/내 손이 내 몸의 성감대를 찾아가는 것을/내 손이 내 몸의 흐느끼는 곳을 찾아가는 것"이란 존재들의 끝없는 갈망인 보편적 속성에서 빠져나와 그의 삶 전 부면에 고통과 화해하는 플래카드를 내건다는 뜻이겠다. 이렇게 자신의 정서적 위기를 극복한 후 선정성이 사실적 감동으로 다가오는 작품, 그러나 욕동으로 포장되었던 젊은 날의 손에서 살과 핏줄을 거둬내고 마음의 눈으로 넝마 같은 손을 끄집어낸 것이다. 패대기치고 싶을 만큼 징그럽게 꼬였던 생의 외부가 제거된 아름다움과 추함을 본질로 갖지 않는 뼈의 슬픔에 집중하는 것이다. 그러니까 '내 손은' 어머니의 은유이며 어린 시절의 표상이기도 하며 잃어버린 시간

메리 카사트, 〈목욕〉, 1891

에 대한 향수로서 성적 욕망의 이본이기도 한 것이다.

　그 옛날 시인의 곁에서 웃음을 터트리고 머리를 빗겨주던 시절의 빛깔을 띠는 그의 고양된 상상력의 은유는 저녁 밥상처럼 저물어가는, 지치고 거칠어진 늙은 몸으로서의 위대한 어머니 손을 확보한다.

　이때 메리 카사트 〈목욕〉에 마음을 놓고 자기의 손에서 어머니를 발견하는 것을 또 다른 시각으로 보면 자유연상적 감염법칙^{law of contagion}의 효과이기도 하다. 일명 접촉법칙이라고도 하는 이 주술의 특징은 한 번 서로 접촉한 것은 실제로 그 접촉이 떨어진 후에도 계속 서로 영향을 준다고 믿는 것이다. 또한 감염주술의 바탕에는 연속에 의한 관념연상이 있다.

그러므로 자기 손에서 어머니의 손이 행하던 주술행위들을 건져 올린다는 것의 이면에는 대체대상인 '내 손 - 어머니의 손'으로 이어지는 등가물의 주문으로서 의미작용이 된다. 그래서 시인들이 시를 '읊는 순간' 그 詩는 감염주술이 되고, 시를 '쓰는 순간' 유감주술이 되는 줄도 모른다.

주문을 생산해내는 시인의 노동은 손의 산물이며 인내와 지혜의 주인인 몽상의 노동인 셈이다. 자기소유의 주인으로서 잉여물이 발효되며 가치를 생산해낸다. 특히 평생에 걸쳐 쾌락의 총량을 극대화하고 고통의 총량을 최소화하여 온 거룩함에 직관적으로 호소하기도 한다. 그래서 인간의 무의식 속에서 손상된 내적 능력을 복구하는 작은 불씨는 활활 타올라 주변을 밝게 비춰 타인들의 동공을 확대시킨다. 대상에서 멀리 떨어져 있어도 주술행위가 효력을 발생할 수 있게 해준다고 확신하게 되는 범주이기도 하다.

그의 11번째 시집 『열애』를 읽어보면 표제작인 '열애'가 존재 대 존재 간의 욕망인 열애가 아니라, 상처나 통증을 집요하게 들여다봄으로써 애도에 이르는 치유와의 열애다. 시혼의 뒤틀림 속에 숨겨진 몸에 대한 실존의식은 지속해서 노년의 미덕을 시로 승화시키는 데 주력한다. 이것은 다시 말해 잘 이별하여 지병을 넘어선 자리, 놓인 자리가 불편하여 지르던 괴성이 사라진 평온한 자리임을 밝히는 데 주저함이 없다는 것이다.

　이처럼 몸의 오지인 손이 에로티시즘의 소요^{騷擾}를 넘어선 자리는 '거칠게 낡아가는 줄도 모르'게 고요하고 침잠하여 비로소 거룩한 여신 어머니라는 자비로운 시어의 눈빛을 지닌다.

3회

무시간(no-time)의
지속성 읽기

산드로 보티첼리, 〈비너스의 탄생〉 부분, 1485, 우피치 미술관

　"내가 원하는 것으로부터 날 지켜줘$^{Protect\ me\ from\ what\ I\ want}$"란 한 줄 글
귀가 뉴욕 타임스스퀘어 전광판에 떴다. 욕망과 소비로 점철된 뉴요
커들이 발걸음을 멈추고 자신들의 지친 내면을 들여다본다. 자신의
마음속 전광판에 뜬 보티첼리의 〈비너스의 탄생〉 속 배꼽에 손을 대
고, 에로스와 타나토스, 미와 추, 그 다양한 콤플렉스의 시간을 추억
한다.

　이렇게 파격적인 문장으로 '아포리즘의 마술사', '촌철살인의 아티
스트', '빛으로 시를 쏘는 작가'로 떠오른 제니 홀저의 트루이즘^{Truism}은
커넥티드 인텔리전즈$^{Connected\ inlelligence}$ 세계로부터 길들여진 자아의 성찰

을 유도한다. 화가에서 작가로 변신한 그에게 LED의 빛깔로 쏘아대는 글자 이미지는 휘발유 냄새나는 어떤 유화물감보다 감성을 강화시킨다는 것을 알게 한 시간들이었다.

시간은 인간의 마음과 함께 흘러왔다. 시간속에 '강물'이란 기표의 길을 내고 있다. 존재하는 것은 '반복'과 '지속'이라는 시간적인 지표 속에서만 움직인다. 만일 그대가 흐르는 시간 속 찰나와 찰나 속에서 제각각 다른 사람으로 인식된다면 어떻게 그것을 자신이라 할 수 있겠는가. 오귀스트 콩트, 찰스 로버트 다윈은 시간적인 이 법칙들을 역사와 생물학 안으로 끌어들였던 대표적인 인물이다. 또한 그것을 지그문트 프로이트와 칼 구스타브 융은 심리학 속으로, 제니 홀저는 빛속으로 환원시켰다면 유안진은 모성애에 그 의미를 두었다.

문학은 시간적인 예술이다. 문학 속 시간은 '인간적 시간', 즉 경험을 배경으로 하는 파토스다. 이렇게 규정된 시간은 개인적, 주관적, 심리적인 시간들의 총체이다. 이런 사적 시간 경험을 동시화하기 위해 해시계나 달시계, 배꼽시계, 달력을 사용해왔다. "의식의 직접적인 자료로서 소여所與된"(베그로송) 시간개념이 과거로의 연상작용을 통해 자신의 초월성과 대면하는 다음 시는 인간의 삶 속에서 시간적 전망은 축소되지 않는다는 것을 잘 보여주는 예이다.

생각할 게 있으면
가슴에 손을 얹는 이
이마를 짚거나 뒷머리를 긁는 이
손가락으로 귀를 후비는 이
엉덩이를 꼬집는 이도 있다지만
나는 배꼽에 손이 간다

낯선 이들하고도 아무리 가족호칭으로 불러도
한 가족이 될 수 없고
한 가족끼리도 타인처럼 사니까
진실은 천륜의 그루터기에서 나온다 싶어서
어머니와 이어졌던 흉터만 믿고 싶어서
출생 시의 목청은 정직하니까
배꼽의 말은 손으로도 들리니까
이만하면 배부르다
이만하면 따뜻하다
너무 생각 말거라
두 손바닥에다 거듭 일러준다
내 손 아닌 어머니의 손이 된다

유안진, 「배꼽에 손이 갈 때」 전문

당신은 세상의 중심이 어디라고 생각하십니까? 당신이라고요? 당신의
배꼽이라고요? 현명하신 대답이십니다. 델포이 고고학 미술관이 소장한
유물 가운데 대표적인 것이 '옴파로스^{Omphalos, 세계의 배꼽}'로 불리는 돌이 있
다. 또한 남태평양 파시 원주민들은 자신의 땅을 파스쿠이^{pascua, 세상의 배꼽}
라고 부르고, 페루인들은 잉카의 수도 쿠스코를 세상의 배꼽이라고 부
른다.

이처럼 옴파로스, 즉 '배꼽'은 인류 탄생 이후 진화를 거듭하면서도
변함없이 제자리를 지켜온 인체의 원형이다. 나이가 들어 배꼽에 손
을 대면 어릴 적 기억은 더욱 선명해진다. 어떤 기억은 50년 동안 가
라앉아 있다가 60세가 넘어서야 떠오르기도 한다. 심리학에서 이것을
'망각의 역현상효과'라고 부른다. 오래된 기억의 귀환은 망각의 또 다
른 프로젝트인 셈이다.

덧붙이자면 오래된 사건일수록 그것을 기억할 확률은 더 낮아진다
는 것과 배치된다. 즉, 향수^{鄕愁}를 만드는 건 시간이기 때문이다.

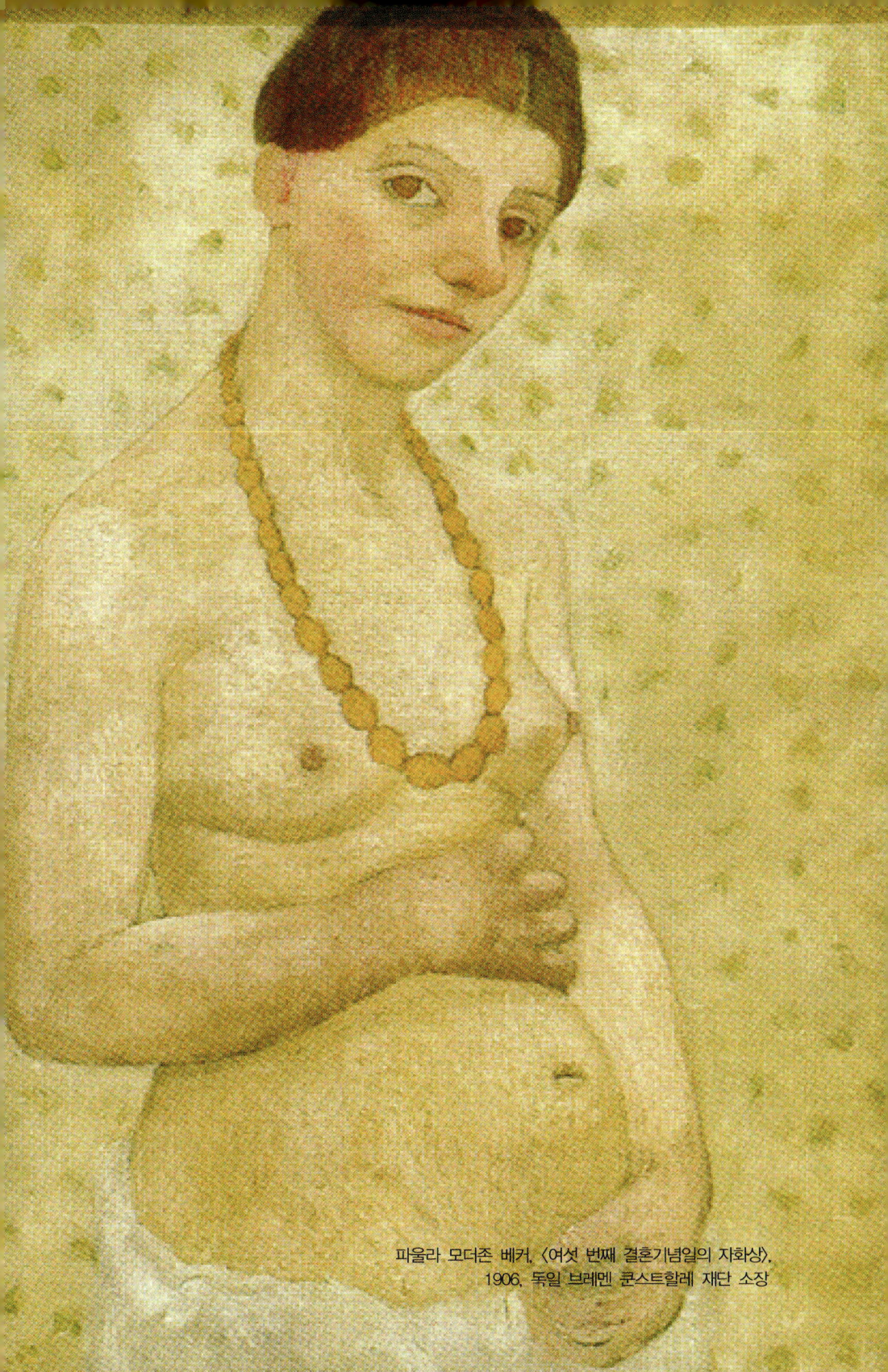

파울라 모더존 베커, 〈여섯 번째 결혼기념일의 자화상〉,
1906, 독일 브레멘 쿤스트할레 재단 소장

시간의 낯익은 상처가 시인의 중심에 있다. 에로티시즘의 현실태인 '배꼽'은 출산과 동시에 어머니와 분리된 흔적이다. 그 낯섦은 시인이 완전히 파악할 수 없는 무한성으로 서 있던 곳에서 미끄러진다. 배꼽이 떨어지는 순간 분화되며 자기^{self}라는 타자를 만나게 된다.

유치원 아이들이 두 손을 배꼽에 대고 허리를 굽혀 인사하는 것을 배꼽인사라 한다. 그 귀여운 발상이 인상적이듯 유안진의 습관 또한 인상적이다. 생각할 게 있으면 배꼽에 손을 대는 일상. 노자의 『도덕경』에 "聖人爲腹不爲目"이 있다.

이때 배^{腹}는 인간사의 근본, 즉 내면을 뜻한다. 즉, 지극한 겸손의 표현으로써 배꼽은 그 사람의 중심이 된다. 우주의 근원과 연결된 생명의 통로를 나타내는 이 상징기호는 시인을 낳아준 어머니인 동시에 시인이 자신의 딸을 낳은 어머니이기도 하다. 배꼽에 손을 대고 귀를 기울인다는 것은 근원의 자리에 서서 하늘의 소리를 듣겠다는 심상이다. 그래서 지상에서 얻을 수 없는 따스한 위안이 그곳에서 태동된다는 말에 다름 아니다.

여성은 타고난 치유자다. 어떻게 해야 고통을 위로하고 감싸는지를 생래적으로 알고 있다. 그래서일까. 남성들은 아내에게 상처를 받으면 에로스처럼 어머니에게로 곧장 뛰어간다. 어머니 콤플렉스$^{Mother\ complex}$로 피난을 가는 것이다.

그때마다 어머니는 스스로를 열어 자식을 치유해주며 감정이 회복되는 것을 기다려준다. 평정심, 고요함으로 돌아가는 시인의 모성성은 여성성이 가진 충만한 예술이다.

여성 내면의 아니무스인 에로스의 파워, 여성이 갖는 힘의 속성은 관계에 대해 조율되는 방식이 남자와는 다르다. 자신과 타인에게 힘

모리스 드니, 〈모성〉, 1895

을 불어넣으며 도달하는 경지, 어머니는 창조자인 동시에 주술사이며 예술가이다. 그녀들은 꿈을 꾸고 그것을 구현하는 힘을 가지고 있다. 그녀들은 원래 열려 있어 잘 받아들이고 잘 기억한다. 늘 먹이고 업어 재우고 상처가 나면 자신보다 더 아파하며 동이 터올 때까지 아픈 배를 둥글게 둥글게 어루만져 주던 그 원무圓舞의 말씀인 손, 그 손은 어느덧 할머니의 손, 어머니의 손과 겹쳐지고 이어서 자신의 손과 딸의 손으로 오버랩된다. 서로 이어지는 모든 원 흔적들은 단 하나의 실체, 즉 모성성 속에 응집되어 있는 것이다.

무시간 속에 고정된 채 한순간의 변화도 없이 어머니는 사라지고 거기에 초점이 고정된다. 다시 말해 무시간을 지속하는 순간이다. "이만하면 배부르다/이만하면 따뜻하다"처럼 무의식 속 끊임없는 흐름과 지속은 종종 특별한 현재specious present의 경험을 이룬다.

이 특별한 현재는 과거와 미래를 이어주는 방향의 초기 요소들로서 궁극적으론 자신 본연으로의 회귀로 순행된다. 이때 회귀란 결혼과 동시에 잃어버린 자기 내면의 처녀를 찾는 일이며, 더 나아가 자신의 탄생일에 늘었던 새소리와 바람소리와 귀한 덕담들이기도 하다.

이렇게 기억 속의 사건들은 질서 정연한 시간적인 계열 속에서 상호 침투라는 성질로 스스로를 드러낸다. 따라서 이 연상기법은 작품 속에서 획득한 시간의 엄청난 확장과 응축과 긴밀하게 대응한다. 뒤따라가던 길상호는 「향기로운 배꼽」에서 "흰 꽃잎 떨어진 자리/탯줄을 끊고 난 흉터가/사과에게도 있다"라고 말하기도 한다.

"내가 나 자신에게로 가장 친숙하게 들어갈 때…… 나는 지각이 없다면 결코 나 자신을 부여잡을 수 없으며 또한 지각 외에는 아무것도 관찰할 수 없다"는 다비드 흄의 언명처럼 유안진의 통찰력은 창조적 상기인 셈이다.

비유하자면 내 안의 감옥을 서서히 벗어던지고 '진아眞我'를 찾아가는 기억 너머에서 어머니라는 대자유의 고요를 만나게 되는 현상인 것이다.

유안진은 미국 플로리다 주립대학교 대학원에서 박사학위를 받고 서울대 아동학 명예교수로 있으며,『둥근 세모꼴』『걸어서 에덴까지』 등 다수의 시집과 논저가 있다. 정지용문학상, 소월문학상 특별상, 월탄문학상, 한국펜문학상, 등을 수상했다.

젊은 날의 짧은 정열에 갇혀 전락하고 마는 시의 해체 시대에 서정의 초심으로 시를 이끌어가는 시인의 시업詩業이 눈부시다는 평을 듣는다. 시인은 이렇게 고백도 한다. "쓰고 나선 죽어도 좋다 싶은 시 한 편을, 다시 더 쓸 필요가 없어 절필하게 되는 시 한 편을 써보고 죽고 싶다." 여기서 나는 '유안진'이라는 한 편의 시를 살아서 만날 수 있었다.

4회

해어화!
매창의 아리아

해어화!

해어화! 말하는 꽃, 기생! 나는 파울라 모더존 베커의 그림 <자화상>을 보는 순간 자신이 말하는 꽃이었음을 확증시키는 그를 본 것이다. 만약에 어느 화공이 있어 그를 그렸더라면 저리 그리지 않았을까?

동백기름을 바르고 참빗으로 곱게 쪽을 찐 앞가르마가 수려하다. 연지벌레 가루를 찍어 바른 붉은 입술이 시를 읊던 그윽한 동굴이고, 당신을 바라보던 저 눈빛이 불멸의 재능을 지닌 무의식의 심혼이다.

구중궁궐에서부터 권세가의 양반집 부인들까지 곁눈질로 질투하며 애달프게 닮고 싶어 하던 모던 걸이 바로 기생들이었다. 시, 서, 화, 노래, 춤, 악기, 옷맵시, 표정, 말투, 걸음걸이에 이르기까지 최고의 교육을 받은 만능 탤런트, 즉 종합예술 엔터테인먼트^{entertainment}로 양반들에게는 정신과 의사 역까지 도맡아 했다.

하층계급으로 가장 고매한 권력자들과 담론을 주고받는 이상한 계급의 고급화술가였다. 유명한 1패 기생들은 예약 없이는 얼굴도 볼 수 없었을 뿐더러 돈을 앞세운 천박한 지식인들과는 이야기를 주고받지도 않고 문전에서 내쫓기 일쑤였다. 그들은 자신의 정체성에 자존을 걸고 평생 고고하게 살기를 염원하였다.

파울라 모더존 베커, 〈자화상〉, 1907

이매창李梅窓, 1573~1610, 본명 癸生은 황진이, 허난설헌과 함께 조선시대의 대표적인 여류시인이다. 그가 남긴 『매창집梅窓集』에 총 58수 작품이 수록되어 있고 발문에 다음과 같이 기록되어 있다. "桂生의 자는 天香인데 스스로 梅窓이라고 호를 지어 불렀다. 萬曆 癸酉년에 나서 1610년에 죽으니 나이 서른여덟이었다. 평생 노래 부르기와 시 읊기를 잘했으며, 당시 그가 지은 수백 편의 시가 한때 사람들의 입에 오르내리더니 지금은 거의 흩어져 없어졌다. 1668년 10월에 아전들이 외우며 전하던 여러 형태의 시 58수를 얻어 개암사에서 목판에 새긴다."

이매창은 1573년 선조 6년에 전라도 부안현의 아전이던 이탕종李湯從과 기생 사이에서 태어난 서녀다. 그는 시재詩才가 특출하고 노래와 거문고에 능하였으며, 한시 수백 수를 전한다. 그러나 『매창집』에는 57수의 시와 1수의 시조만 전하고 있다. 주로 한시를 즐겨 쓴 탓에 일반인들에게는 널리 애송되지 못한 까닭이다.

그의 시조는 그녀가 평생 연모했던 유희경과의 이별시로 유명한 「이화우 흩날릴제」가 대표작이며 그의 작품에는 모정이나 부녀자의 도리, 시대에 대한 비판의식이 전면적으로 드러난다고 보기는 어렵다.

하지만 기생이라는 특수한 처지에서 비롯된 신분에 대한 미련, 진정한 임을 향한 갈망, 자연의 이치와 운명에 대한 순응, 속세를 초월한 선계 지향의 문학임에는 틀림없으며 많은 논자들은 이런 평가에 의견을 같이한다.

매창의 사랑과 그 좌절의 문학적 형상화는 나이와 성별, 시대를 넘어 꾸준히 사랑을 받고 있다. 그 이유는 시의 주된 정조인 사랑을 표현하는 데 있어 시어에 깃든 감각적 형상화가 일정 수준을 성취하고 있기 때문이며 그의 사랑노래가 시공을 초월해 보편성을 획득하고 있기 때문이다. 탁월한 시어의 선택과 자연을 바라보는 감각성은 당대에도 인정되었다. 명성을 듣고 찾아온 많은 사대부 중에는 마음의 친구가 된 유희경과 교산 허균, 고관이었던 이귀李貴 등이 있었다.

특히 허균은 매창이 37세로 세상을 떠나자 그의 죽음을 슬퍼하며「애규낭哀桂娘」을 지었는데, 「애규낭」에서 허균은 매창의 사람됨과 자신과의 관계에 대해 "계랑매창은 부안 기생이다. 시를 잘 짓고 문장을 알았으며, 노래와 거문고도 잘하였다. 성품이 고결해서 음란한 짓을 즐기지 않았다. 내가 그 재주를 사랑해서 거리낌 없이 사귀었다. 비록 우스갯소리로 즐기긴 했지만, 어지러운 지경에까지 이르진 않았다. 지금 그가 죽었다는 소식을 듣고 그를 위해서 한번 울어준 뒤 율시 두 편을 지어서 슬퍼한다"고 말한다.

이렇듯 여자가 인간답게 살기 힘들었던 그 시대에 이귀와 같은 고관이라든가, 유희경, 허균 같은 시인들에게 인정받고 그들과 깊이 사귀었던 매창의 시는 사백 년 전의 그들뿐만 아니라 최근에 이르기까지 언니부대를 형성하고 있다.

매창은 유희경, 직소폭포와 더불어 부안 3절로 불린다. 『조선해어화사』, 『조선역대여류문집』, 『부안향토문화지』에서 매창을 소개하고 있으며, 매창의 시를 번역한 것은 신석정의 『대역 매창시집』, 김지용의 『역대여류한시문집』, 허진경의 『매창시선』 등이 있다.

본격적인 연구는 김지용의 「매창문학연구」로, 매창의 생몰연대를 바로잡았으며 유희경, 이귀, 허균과의 교유관계를 밝혀냈다.

어찌 되었든 이 글을 쓰기 전 나는 '매창뜸'이라 불렸던 전라북도 부안군의 매창공원을 찾았다. 한여름 햇살은 그와 내통이라도 하는 듯이 무덤 사이를 쏜살같이 왔다 갔다 하였다. 꽃 한 송이 갖다 놓았

부안에 있는 매창의 무덤과 시비

다고 햇살이 질투를 하는 동안 나는 들은 척도 하지 않고 넙죽 엎드려 큰절을 올렸다. 사후 60년이란 긴 세월의 침묵을 도와 출판된 『매창집』을 통해 나는 그의 편지를 읽고, 그를 만난 것이다.

그의 작품에 나타나는 님을 단지 기녀 매창이 사랑하던 남자였다고 간주하는 독법, 즉 매창의 시를 일종의 연애시로만 간주하는 전기주의적인 독법은 협량한 실증적 해석으로 떨어질 수 있다. 설혹 그가 실제로 님에 대한 그리움만으로 시를 지었다고 하더라도 님의 부재는 시적 화자를 심리적 고뇌로 몰아넣었을 것이며 그 고뇌 속에서 자신과 세계의 갈등을 인식하기에 이르렀을 것이라는 점을 추론하기란 어렵지 않다. 시 창작하는 과정에서 자신의 감정을 효과적으로 토로하기 위한 방편을 모색한 결과 일관되게 '내면 추구'를 주제로 삼고 있으며 이런 처절한 자기분열의 고백은 영적 혼돈을 적나라하게 드러내기에 부족감이 없다. 따라서 그의 작품세계가 남녀관계에서 출발하는 시라고 하더라도 그 안에는 인간관계와 자신을 둘러싼 세계에 대한 통찰과 시 한 수에 머리카락이 길어진다고 믿는 어떤 밤도 담겼다는 것을 확인하게 되어 기쁘다.

그의 시편들 속에서는 많은 자연적 소재물과 더불어 애착attachment의 이행

대상^{對行對象}으로서 다양한 새^{鳥}들이 등장한다. 매창은 낯선 상황이나 갈등 상황을 맞았을 때, 새를 통해서 자신의 감정을 위탁하고 시적 자아의 분신으로 삼았던 것이다.

대지에 얽매여 벗어날 수 없는 인간에 비할 때, 자유롭게 공중을 날 수 있는 새는 오래전부터 하늘과 인간의 중간자 역할을 하는 존재로 여겨져 왔다. 이러한 자유로운 새의 이미지는 중세적 질곡 속에서 살아가던 여인들에게는 삶의 희로애락의 정서를 투사하는 자연적 대상물이었으며 또한 지상의 삶에 얽매인 매창에게 새는 동경의 대상이자, 분신이며, 영혼의 대변자로서 자신의 심정을 투사하는 객관적 상관물로 표현되고 있다.

새와 인간이 직접 교감을 나누고 소통할 수 있는 대상으로서 이를 설명하기 위해서는 좀 더 심화된 이해를 필요로 한다. 새는 신과 인간의 중간자로서, 지상의 속박을 벗어날 수 있는 자연물로서 여타 정적인 자연 상징물에 비해서 그 중요성과 위상이 각별하다 하겠다. 만물에 대한 연민, 노여움, 실존적 소외의 애환이 녹아 있는 매창의 시와 새 사이에는 란들러;'5)가 있고, 가장 아끼는 소리굽쇠가 어떤 양상의 염원$^{ones\ dearest\ wish}$으로 나타나며, 그것들이 어떤 의미를 지닐 수 있는지 시들의 궁전을 거닐어보기로 한다.

---

5) 18세기 오스트리아와 남부 독일에서 유행한 민요형식.

님의 부재와 새

빅토르 바스네초프, 〈기쁨과 슬픔의 노래〉, 1896

　구름은 참 커다란 웃음이다. 성내고 우짖다가도 금새 마음을 돌릴
줄 아는 구름은 환한 꽃송이다. 온적도 간적도 없는 이 꽃송이 사이
로 새들이 난다.

새는 새가 가진 날개와 비상 탓에 하늘과 인간의 매개자라는 원초적 믿음의 대상이 되었다. 이러한 원초적 상징성은 인간세계의 모든 신화나 문화, 예술의 영역에 그 유산을 남기고 있으며 특히 대지와 천상의 매개자 또는 초월의 이미지로 나타나는 경우가 보편적이다. 그래서 영혼불멸의 사상에서는 사람이 죽으면 '이대조우송사以大鳥羽送事'라 하여 큰 새의 날개로 영혼을 실어 보낸다는 기록이 있으며, 진한辰韓의 장의풍속에도 큰 새의 날개大鳥羽를 시체와 함께 부장하였다는 기록이 있다.

이는 티베트의 장의풍속인 조장鳥葬과 이란에서 태동한 조로아스터교에서도 그 궤를 같이하는 것이라 할 수 있다. 이런 장의풍속에서 드러나는 공통점은 사람에게 영혼이 있다고 생각했다는 점과 새를 통해서 육체와 영혼이 하늘로 운반된다는 생각에 근거를 준 것이다.

따라서 그들은 지상과 하늘을 이어주는 메신저인 새를 죽이지 않을 뿐만 아니라 닭이나 달걀도 먹지 않는다. 이런 관점에서 새는 오랜 시간 동안 다양한 문화권 안에서 천상과 지상의 매개자로서의 문화적 상징체로서 기능해왔으며 이런 역할은 집단 무의식의 차원에서는 원형적 심상이 되기도 했다.

인간에게 하늘天이란 초월적인 대상과 현세 너머의 어떤 상징이며, 땅은 시공간과 죽음에 사로잡힌 한계의 피조물들이다. 동서양을 막론하고 숱한 문학작품에서 이런 의미의 새를 발견하는 일은 어렵지 않다. 기생이라는 특수한 신분으로 살아가던 매창 시에 나타나는 새는 단순히 인류의 보편적 상징에 그치고 있는 것이 아니다.

시 속의 새는 화자 자신의 처지를 환기시키는 대상이자, 처절한 자기분열의 고백으로서, 화자 자신의 고독감을 표현하는 분신, 동시에 화자 자신의 염원을 표상하는 신접물神接物 등 다양한 역할을 부여받는다. 이러한 특성과 복합적인 의미체로서의 새는 체념과 원망의 자아 표상, 님의 부재의 표상, 초월적 염원의 표상으로서의 메타포인 것이다.

　그 가운데 가장 먼저 살펴보아야 할 것은 새를 통해 나타나는 님의 부재의 상황에 관한 작품들이다.

春來人在遠	봄은 와도 그리운 님 멀리 계시어
對景意難平	좋은 경치 보아도 마음 괴롭소
鸞鏡朝粧歇	거울 보고 화장도 잊어버린 채
瑤琴月下鳴	달 아래 거문고만 외로이 타오
看花新恨起	꽃 보면 원한이 새로 생기고
聽燕舊愁生	제비소리에 옛 시름이 다시 새롭소
夜夜相思夢	밤마다 님 그리는 꿈을 꾸다가
還驚五漏聲	새벽종 울려와 놀라 깨노라

「憶故人」전문

기다림의 시간이란 치열한 전쟁, 치열한 전투다. 익숙해지지 않는 기다림, 무뎌지지 않는 불안한 마음의 한편에는 끼룩끼룩 멀리서 날아오는 기러기의 날갯짓에도 반가운 기색으로 벌떡 일어서게 하는 희망이라는 달콤함이 들어 있다. 수없이 절망과 포기를 거듭하면서도 뭉게뭉게 다시 솟는 이 어이없는 희망을 무엇이라 불러야 할까? 눈부신 햇살에 반짝이는 은어의 비늘 하나에도 쌍무지개가 떴다가 가라앉는 이 마음을 누군가를 오랫동안 기다려본 당신은 알 것이다.

이 시에서 강하게 드러나는 것은 옥타비오 파스가 말한 "한없이 어둡지만 도달하려는 우리들의 몽상의 노동"인 셈이다. 진정한 님을 향한 갈망, 즉 건전한 자아에로의 통합을 방해하는 님의 부재는 좋은 경치를 보아도 괴로운 마음의 문맥을 가속화시켜 스스로 마련한 한계에 다다른다.

해어화란 현존으로서 어떤 하계에 대해 침묵할 수밖에 없는 슬픔이 울혈의 색인 보랏빛으로 등장한다. 원한의 색이라고까지 하는 표현에서 그래도 외경의 대상인 '제비'는 님과의 기억을 환기시키는 매개체로 자각된다. 현실에서는 이루어질 수 없는 것, 꿈속에서만 가능한 것을 드러낸 비옥한 꿈은 현실의 새벽종소리로 덧없이 사라지고 만다.

'님의 부재', 그 고뇌를 종식시킬 수 있는 내원內願의 상황은 '님의 도래'를 통해서만 이루어질 수 있다. 이때 님의 부재는 절대적인 갈등상황 혹은 장애물로 범박하게 이해할 때 이 시는 님이 없어 괴롭고, 님을 간절히 그리워하고 있다 정도로 읽을 수 있다.

그러나 님과 관련한 시들 가운데 반드시 등장하고 있는 새를 고려한다면 그렇게 지나쳐서는 안 된다. 청각적 심상으로 등장하는 '제비소리'와 '옛 시름'이라는 시어의 통사적 결합이 그것이다.

따라서 제비-새는 님의 도래를 희원하는 심리적 동거전략 사용법이다. 이러한 감응관계는 다른 작품들에서 더욱더 확실해진다.

昨夜淸霜雁叫秋 어젯밤 찬 서리에 기러기 울어 예고
擣衣征婦隱登樓 님의 옷 다듬는 아낙네는 걱정되어 다락에 올라보니
天涯尺素無緣見 아득한 하늘가에 님 소식은 감감하여
獨倚危欄暗結愁 높다란 난간에 홀로 기대 한숨만 지었노라

「秋思」 전문

이 시는 님의 옷을 다듬으며 하룻밤을 지내는 정경이다. 그리스신화 『오디세이아』에는 20년 동안 페넬로페는 청혼자 108명을 거절하기 위한 수단으로, 돌아오지 않는 남편 오디세우스를 기다리는 수단으로, 낮에 짠 옷을 밤에 풀어 날마다 다시 베 짜기를 한다. 천 년 전 영국에선 한 올 한 올 옷감을 짜는 여인을 가리켜 평화를 짜나가는 사람Peace weaver이라 불렀고, 가르시아 마르케스의 소설 『백 년 동안의 고독』에는 자신의 수의를 짜는 아마란타라는 여인이 등장한다. 자신의 죽음을 준비하며 심혈을 기울여 수의를 짠다. 마침내 세상에 단 한 벌뿐인 아름다운 수의가 완성된다. 아침 태양이 떠오르면 페넬로페처럼 밤을 새워 짠 그것을 풀어버리고 다시 짠다.

매창에게 바느질이란 고독을 물리치기 위해서가 아니라, 언젠가 혹 올지도 모를 낭군을 그리며 고독을 누리기 위해서, 즉 다시 말해 그로 인해 마음의 평화를 짜나가던 시간이 아니었을까? 1구와 2구에서는 밤새 잠 못 들고 아침을 맞은 시간의 이동이다. 풍자적 대용물인 '님의 옷'과 '기러기'의 어떤 특성을 유리시켜 그 대상물을 외경하거나 자신과 동일시하고 또 그것을 영구적으로 '밀애'에 고착시킨다.

만물과 동거의식에서 출발한 매창의 울음을 대변하는 기러기 울음소리는 님이 부재하는 현실상황을 더욱 부추긴다.

이처럼 매창은 님의 부재로 인한 마음의 슬픔을 제비나 두견새, 학, 기러기 등의 외경의 대상인 천상계의 새를 통해서 자신의 감정을 투사한다. 이때 새는 매창에게 하나의 심리적 투사체이며, 자아분열의 상징물로서 님의 부재를 드러내주는 존재이다.

자아의 분신으로서의 새

不是傷春病　봄날 탓으로 걸린 병이 아니라
只因憶玉郎　오로지 님 그리워 생긴 병이요
塵寰多苦累　어지러운 세상에는 괴로움도 많지만
孤鶴未歸情　외로운 학이 되었기에 돌아갈 수도 없어라

「病中」부분

　적막을 사온 시적 자아는 '외로운 학'이다. 이런 심리적 '병'은 다른 시에서 다양하게 변주되고 있는 '상사相思'에 해당하는 그저 '어지러운 세상'과 '괴로움도 많은' 세상의 내원內院일 뿐이다.

　본디 학은 동양적 시가 전통에서는 자기가 가고자 하는 이상향이나 동경의 장소, 높고 청아한 경지, 선비의 정신으로 표상된다. 하지만 이 작품에서의 학은 어지러운 세상에 물들지 않으려는 고고한 정신이다. 더욱 흥미로운 것은 이 시에서 '돌아갈 수 없는' 이유가 '외로운 학이 되었기 때문이'라는 것이다. 만일 돌아갈 수 없는 상황과 외로운 학이 된 것 사이에 인과관계를 설정하지 않아도 상황은 마찬가지다.

빈센트 반 고흐, 〈슬픔〉, 1882

이를테면 '외로운 학은 돌아갈 수 없다'로 번역한다고 해도 해석상의 변화는 거의 일어나지 않는다. 돌아갈 수 없는 이유는 바로 '외로운 학'과 필연적 인과관계에 놓여 있기 때문이다.

그래서 스스로 선택한 삶의 길, 학과 같은 순결하고도 고결한 정신적 자세를 유지하고자 하는 외로운 처지가 필연적 귀결로 도래된다. 즉, 매창이 스스로 새와 자신을 동일시identification하는 그 고독의 능동적 선택을 엿볼 수 있다.

이러한 자의식 혹은 고독과의 대결의식은 다른 작품들에서도 동일하게 나타나고 있다. 다시 말해 매창의 시 속에서 여러 차례 등장하는 갈가마귀는 시인의 비관적인 심리와 죽음의식을 나타내는 소재로써 고독의 극한에서 시인이 발견하는 죽음의 매개체이기 때문이다.

鎖樊籠歸路隔　　새장 속에 갇힌 뒤로 돌아갈 길 막혔으니
崑崙何處閬風高　　곤륜산 어느 곳에 낭풍이 솟았던가
靑田日暮蒼空斷　　푸른 들판에 해가 지고 푸른 하늘도 끊어진 곳
緱嶺月明魂夢勞　　구씨산 밝은 달은 꿈속에서도 괴로워라
瘦影無擣愁獨立　　짝도 없이 야윈 몸으로 시름겹게 서 있으니
昏鴉自得滿林噪　　황혼녘에 갈가마귀는 숲 가득 지저귀네
長毛病翼摧零盡　　긴 털 병든 날개 죽음을 재촉하니
哀唳年年憶九皐　　슬피 울며 해마다 깊은 못을 생각하네
　　　　　　　　　　　　　　　　　　　　　　「籠鶴」 전문

새의 말로 님을 부르고, 꽃의 말로 님을 부른다. '새장 속에 갇힌' 이 유폐의 상황에는 한줌의 도덕Minima Moralia이면 족하다. 신선들이 산다고 전해 내려오는 이상향은 저 먼 곳의 '곤륜산'이다. 그곳은 더불어 무량한 어둠을 지나 아슬아슬한 벼랑길을 헤쳐 올라가야만 만날 수

있다. 이 광경은 사랑하는 두 연인이 이별한 후의 심리적 배경을 죽음을 통해 사랑과 죽음이 끊어지지 않고 자연의 순환과정처럼 되풀이된다는 것을 집약하여 보여주고 있다. 이별을 이해하기 위하여 이별을 견디고 죽음을 이해하기 위하여 죽음을 견뎌야 하는 것처럼.

가스통 바슐라르가 안과 밖의 공간에 대해 "이승과 저승도 안과 밖의 변증법을 암암리에 되풀이한다"라고 말한 것처럼 이 시에서도 새장 속과 푸른 하늘, 현재인 이승과 곧 다가올 것 같은 미래인 죽음이 대응관계로 발전한 것으로 '갈가마귀'는 절망과 죽음의 메타포로서 절대고독의 경지를 일종의 친근한 연대로 드러내고 있다.

水村來訪小草門	강가 마을 초가집을 찾아들자
荷落寒塘菊老盆	연꽃도 진 연못에는 국화만 피었구나
鴉帶夕陽啼古木	갈가마귀 석양을 두르고 고목에 울며
雁含秋氣渡江雲	기러기는 가을 기운을 띠고 강을 건너네
休言洛下時多變	서울의 시속 많이 변했다고 그 누가 말했던가
我願人間事不聞	인간세상 일이라면 듣고 싶지 않아라
莫向樽前辭一醉	술잔 앞에 놓고 한번 취하길 사양하지 마소
信陵豪貴草中墳	호탕하던 신릉군도 무덤 속에 있다오

「遊扶餘白馬江」 전문

현실과 독대한 후 만난 '갈가마귀' 역시 앞의 시 「籠鶴」에 나타난 '갈가마귀'처럼 절망과 죽음의 메타포다. 강 마을 초가집에 여름 연꽃은 지고 대신 그 자리에 국화가 가득하다. 석양이 비친 시간에 갈가마귀는 고목에 앉아 울며 기러기는 하늘을 날아 강을 건넌다. 갈가마귀는 땅에서 나무로 그리고 하늘로 시선은 상향적으로 이동한다. 그것은 하늘과 가까운 이상향의 동경이다. 이렇듯 매창의 작품에서 새는 시인의 정황을 나타내는 사물이면서도 동시에 시인 자신의 심리를 투사projection하는 자아의 분신으로서의 사물, 신령이 깃든 신접물이다. 이런 시작술詩作術은 가마귀가 가지고 있는 죽음의식의 표상이나 기러기가 가진 가을밤의 정서 때문에 획득되고 있는 측면도 있지만 그것만을 이유로 들 수는 없다. 그것은 죽음 이미지와 거리가 멀어 보이는 다음의 다른 새들의 경우를 보면 명확히 드러난다. 주목되는 '갈가마귀 석양을 두르고 고목에 울며'는 황진이의 대표적 시조인 '동짓달 기나긴 밤을 한허리를 둘에 내어'와 쌍벽을 이루기에 부족함이 없어 보인다.

參差山影倒江波　　높고 낮은 산 그림자 강물 위에 비치고
垂柳千絲掩酒家　　수양버들 휘늘어져 술집을 가렸소
輕浪風生眠鷺起　　바람이 산들 불어 잠든 백로 놀라 깨고
漁舟人語隔煙霞　　고깃배 사람 소리 안개 속에 들려오네
「泛舟」 전문

'백로'의 우리말은 '해오라기'다. 옛 문헌에는 '하야로비', '해오리' 등으로 나온다. 해는 희다는 뜻이므로 해오리는 순결한 흰 오리라는 뜻인데 산 그림자가 강물 위로 비치고 수양버들은 술집을 가린다. 마치 한 폭의 산수화를 감상하는 듯한 이 시는 관조를 통해 목가적인 삶을 염원하고, 인간 세파를 떠나 자연 속에 조용히 머무르고 싶은 매창의 연화심리인 것이다. 순결한 초월적인 세계를 지향하는 정서가 건강하게 드러나는데 바람이 불어와 백로가 놀라 깨자 현실, 즉 고깃배와 사람소리가 들려온다. 그녀가 유일하게 신뢰할 수 있는 최후의 보루는 이제 자신의 현실뿐이다. 하얀 빛깔의 새가 잠들어 있는 작가의 내면적 심상인 아니무스에는 안개 낀 고즈넉한 모습, 초록나무와

동기들의 가야금 수업광경

평온한 강 그리고 흰 빛깔이 어우러져 한가로움이 돋보이지만 그 속
에는 혐오스러운 세상을 벗어나 샹그릴라에 다다르고 싶은 간곡함이
서려 있다.

이런 심사는 윤선도가 「어부사시사」의 자연에 동화하면서 유유자
적 삶을 그리는 것과는 사뭇 다르다. 윤선도의 물아일체의 경지가 자
연에 대한 예찬과 약동하는 어부들의 힘찬 모습을 배움으로 운영하
고 있다면, 매창은 마치 저 고요한 죽음계의 이미지에 닿으려고 스스
로 고요한 자연을 채색하는 슬픔의 감별사가 된다. 잠깐이나마 가장
작은 무의색의 바람결인 고요 속으로 도피하려는 등 뒤의 푸르른 어

둠과 눈앞의 바보같은 보랏빛이 서로를 환대할 때까지.

    天山萬樹葉初飛　산에는 나무마다 낙엽이 지고
    雁叫南天帶落暉　기러기 노을 속에 울며 나는데
    長笛一聲何處是　어디선가 들려오는 피리 소리에
    楚鄕歸客淚沾衣　고향 가는 나그네 눈물 지우네
「早秋」 전문

  원한, 비탄 이후에 오는 체념의 정서는 까칠하게 젖어들며 느린 파문을 남기는 한恨의 한 속성이다. 위 시의 기러기도 「遊扶餘白馬江」에 나타나는 갈가마귀처럼 시인의 슬픈 내면은 '죽음' 맨발과 맞닿아 있다. 4구의 '고향 가는'에서 '고향'은 매창이 태어난 고향을 나타내기도 하지만 궁극적으로 모든 생명체들의 본원적 고향인 '죽음'의 그림자다.

  쓸쓸한 가을 한 잎으로 떨어진 매창의 심리는 노을 속에 울며 나는 기러기로 표현되고 부모형제가 있는 고향에 대한 그리움과 죽는 날까지 금의환향을 하지 못하는 가장 가난한 기생의 표정이 거기 오래 서 있다. 현실적 고통의 무게를 견딜 수 없을 때 자기방어기제로 나타난 탈 승화의 기제인 '눈물'로 짓는 용서는 그 시적 성취를 더하고 있다.

염원의 표상체로서의 새

竹院春深鳥語多　뜨락엔 봄이 깊어 새소리 들리는데
瑤琴彈罷相思曲　거문고를 끌어다가 '상사곡'을 뜯었노라
殘粧含淚捲窓紗　화장도 눈물에 지워진 채 사창을 걷었더니
花落東風燕子斜　동풍에 꽃도 지고 제비들만 비껴나네
「春怨」 전문

선계를 지향하는 겸손의 미덕속에는 재생의 삶을 문병하는 새가
등장하는 작품이 12수 정도 된다. 위 시 역시 봄 마당에서 거문고를
연주하며 님을 그리워한다. 상사곡에 해당하는 이 시에서도 제비는
님의 유언이라도 물고오기를 기다리는 신령물로서의 길조이다.

驚覺夢邯鄲　부귀영화 꿈꾸다가 놀라 깨고는
沉吟行路難　'살아가기 어려워라' 나즉이 읊어 보네
我家樑上燕　처마 위에 의좋게 앉은 제비가
應喚主人還　어느 날에 우리 님을 불러 주려나
「自傷」 전문

해어화들은 자신을 잃어버리도록 자랐다. 매창에게서 최고의 가치는
님과 함께 이룰 수 있는 사랑이다. 이때 매창에게 사랑은 인간관계의

통로이며 오랫동안 실험한 영역으로서의 좋은 냄새가 나는 공간이다. 서로의 고백을 알아보는 신령한 전령ᵃ ᵐᵉˢˢᵉⁿᵍᵉʳ으로 구체화시킨 기러기를 통해 그래도 님의 사랑이 처음 생긴 날의 태기를 알아보려 한다.

베갯잇을 적시던 눈물, 서러워지는 귓불을 타고 흘러내려가다가 잠들던 날 꿈속의 기러기는 님에게 도달하고픈 안서雁書의 상징이다. 구름 너머에 있는 간절함으로 인해 그의 언어들은 더 이상 밀어내지 못하는 날들의 기록이 되어간다.

千載名兜率　천 년 이름난 도솔천에
登臨上界通　올라 보니 하늘나라와 통했네
晴光生落日　환한 빛은 저녁 해에 더 일어나고
秀嶽散芙蓉　높은 산언덕은 연꽃처럼 흩어져 있네
龍隱宜深澤　용은 깊은 연못에 숨었고
鶴巢便老松　학은 늙은 소나무에 깃들였는데
笙歌窮峽夜　생황소리는 산협의 밤에 메아리쳐서
不覺響晨鍾　새벽 종소리 울리는 것도 알지 못했네

三山仙鏡裡　삼신산 신선들이 노니는 곳엔
蘭若翠薇中　푸르른 숲속에 절간이 있어라
鶴唳雲深樹　구름에 잠긴 나무에선 학이 울고
猿啼雪壓峰　눈에 덮인 봉우리에선 원숭이도 울어라
霞光迷曉月　자욱한 안개 속에 새벽달이 희미하고
瑞氣映盤空　상서로운 기운은 하늘 가득 어리었으니
世外靑牛客　속세를 등진 이 젊은 나그네가
何妨禮赤松　신선 적송자에게 예한들 어떠랴

「仙遊」 부분

　자연 그 자체만을 노래하는 것으로 시적 감동을 획득하기란 쉽지
않다. 그러므로 자연을 매개로 했을 때 사물과 상황의 의미를 새롭게
해석해야 할 필요가 있다. '학'이 오가는 공간은 매창이 일생을 통해

그리던 공간으로 신선이 사는 이상향이며 위태로이 자신의 전 존재를 다해 도피를 하던 실재하지 않는 공간이다. 높은 산과 깊은 연못의 학 모습은 그믐처럼 졸고 있는 동양화를 연상시킨다.

이때 십장생 가운데 유일한 날짐승인 학은 가부장적인 남성세계를 직접적으로 비판하지 못하는 대신 으르렁거리는 현실로부터 도피하고자 하는 자아의 역설적 매개물이다. '도솔천'은 신선의 세계를 칭하기도 하지만 흰보라 수수꽃 같았던 매창이 지친 심신을 가다듬으려 자주 들렀던 '개암사'의 옛 이름으로 보아도 좋을 듯싶다.

> 王在千年寺　임금이 납셨다는 천 년 묵은 절
> 空餘御水臺　지금은 어수대란 이름만이 남았네
> 往事憑誰問　지난날의 사연을 어느 뉘게 물으리
> 臨風喚鶴來　바람결에 학이나 불러볼까나
>
> 「登御水臺」 전문

세월의 흐름을 느끼게 하는 장소, 천 년 전 폐사지인 어수대란 곳에 서서 개창은 하고 싶었던 말 별빛 속에 적셔두고 아무말 하지 않는다. 남자가 여자에게, 여자가 남자에게 상호 투사했던 흥분, 긴장, 배려에 신경 쓸 필요 없이 여기서는 자연스럽게 시인을 버리고, 기생을 버리고, 여자를 버리고, 쇠락해가는 자신이 시였음을 알아챈다. 지난날의 쓴 약 같은 어느 사연이 어수대를 채우듯, 오래앓은 기침소리 사연이 자신을 채우고 있다는 점에서 동질성을 발견하지만 매창이 풍경에 대해 취하는 거리는 결코 일정하지 않다.

대부분 과거와 현재라는 시간적 대비가 맞물리고 나면 회고나 낭만적인 자기 위안으로 무참히 끌려가기 쉬운데 오히려 과거와 현재의 수평적 관계의 통찰에까지 다다른다.

신령스런 침묵의 학, 어떤 진흙에도 더럽혀지지 않는 학, 예순 살이 되서야 새 깃털이 나오고, 백예순 살에 암수가 서로 마주 보는 것으로 잉태하며, 천육백 살이 되면 아무것도 먹지 않고 선태^{仙胎}가 이루어져 드디어 신선의 탈것이 되는 양조^{陽鳥}. 위 시의 4구에서 소슬한 바람결을 통해 이 양조를 부르는 매창은 이미 그 학과 함께 무위의 선계를 날고 있는 듯하다. 인생의 갈피마다 쓸쓸한 기상을 남기기도 하고 아픔을 숨겨 놓은 채 풍경을 보며 서정을 일으키는 이 시적 창조는 주목할 만하다.

瓊花梨花杜宇啼　배꽃 눈부시게 피고 두견새도 우는 밤
滿庭蟾影更凄凄　뜰에 가득 달빛 어려 더욱 서러워라
相思欲夢還無寐　꿈에나 만나려나 잠마저 오지 않고
起倚梅窓聽五鷄　일어나 매화 핀 창가에 기대니 새벽닭이 울어라
「閨中怨」 전문

새벽닭은 질문으로 새벽을 맞았다. 그때는 질문으로 가득했다. 재앙을 물리치고 상서로운 기운을 희망으로 전하는 생명의 새에게 매창은 나는 누구인가, 어디로 가고 있나 똑같은 질문을 끊임없이 반복했다. 그러나 「登御水臺」에서 선태가 이루어진 시인과 무위의 선계를 날고 있는 학과 달리 「閨中怨」의 새벽닭은 달빛 아래 풀벌레 소리 잦아들고 배꽃 하얀 물이 스미는 시보^{時報}의 역할에 그치고 있다.

까뮈의 『이방인』 속 해질 무렵 떠돌이 브라디미르와 에스트라 공처럼 이곳에서 그는 이미 와 있는, 아직은 오지 않은 고도를 기다린다. 그러나 아이러니하게도 밤사이의 고독과 고통으로 일관했던 시간이 은밀하게 친밀을 걸어오는 때이기도 하다. 하여 새벽닭의 울음소리의 감각 중 일부는 님의 부드러운 입김이 그의 아랫배에 어룽어룽 소리를 남긴다는 것인지도 모른다. 그늘에 숨어 사는 그의 존재론적 불안을 파헤쳐, 다시 역으로 님과의 좋은 소리가 나던 시절로 돌아가고 싶다는 퇴행^{regression}의 이런 은밀함이야말로 처녀신이며 스스로를 낳아 기른 여신 이지타의 다른 모습인지도 모르겠다.

靑鳥飛來盡	파랑새도 날아오지 않고
江南雁影寒	강남에는 기러기 그림자 차가와라
愁仍芳草綠	푸른 풀잎에도 시름이 쌓였고
恨結落紅殘	지다 남은 꽃잎에는 원한이 맺혔어라
歸思邊雲去	구름 너머로 돌아갈 생각을 하니
旅情夢裡歡	나그네 마음은 꿈속에서만 즐겁네
客窓人不問	여관집 창문엔 찾아오는 이도 없어
無語倚危欄	말없이 높은 난간에 기대어 섰어라

「伏次韓巡相壽宴詩韻」 부분

그리웠던 순간들을 생각하며 비상하는 새, 반가운 손님으로 기쁨과 희망으로 순간을 호명하여 등장하는 새. 파랑새는 사람과 사람 혹은 신과 인간을 이어주는 행운의 상징이다. 전령사, 그러나 그 행운의 '파랑새'는 영원히 돌아오지 않는 지다 남은 맥문동 꽃잎으로 이디론가 흘러가고 있다. 이런 우울감과 좌절감은 시인 자신의 자아의식의 재생을 목적으로 하는 고통이다. 쇠얀 키르케고르는 그의 저서 『이것이냐 저것이냐』에서 시인이란 "가슴속에 품었던 격렬한 고통과 탄식이 입술을 빠져나올 때는 아름다운 음악으로 들리는 불행한 사람들"이라고 정의한다.

끝나지 않는 이런 고통이야말로 자신을 부정하는 그러나 따뜻한 소란(騷亂)들을 어루만져주고 달래주고 품어주는 몸의 새로운 기관 하나쯤 갖고 싶다는 염원이 아닐까? 이런저런 핑계 삼아 바람과 백만 년만의 데이트를 한다. 둘이서 팔짱을 끼고 여름을 걷는다.

> 樽酒相逢處　서로 만나 술잔을 나누는데
> 東風物色華　동풍까지 불어와 물색이 화려해라
> 綠垂池畔柳　연못가의 버들은 푸르게 드리웠고
> 紅綻檻前花　난간 앞의 꽃들은 붉게 흩어졌네
> 孤鶴歸長浦　외로운 산비둘기 물가로 돌아오고
> 殘霞落晚沙　날 저문 모래밭엔 안개까지 내리는데
> 臨盃還脈脈　술잔을 맞들고서 마음을 주고받지만
> 明日各天涯　날이 밝으면 이 몸이야 하늘 끝에 가 있으리라
> 　　　　　　　　　　　　　　　　　　　「仙遊」 부분

누구나 한 번쯤은 산비둘기 꿈을 꾼다. 저 세상이든 이 세상 사람이든 간에 새가 된다. 오늘을 그토록 살고 싶어 하다 죽어간 사람들

후레드릭 헨드릭 카멜리어, 〈전망대에서〉, 1839~1902

의 영혼이 제일 먼저 새가 되는 날이다. 윤회의 길목에 앉아 같은 영
혼의 날개를 가진 새를 만나 물질과 폭력, 갈등의 세계에서 입은 트
라우마를 치유하고 싶은 것이다. 어쩌면 이것은 그의 종말의식이 한
계에 도달했음을 알리는 자기 고백일지도 모른다. 의식의 한계에서
홀연히 열리는 또 다른 세계, 무의식의 세계와 통교를 거치며 초월의

행로를 소망하는 것이다.

이런 소망에 대해 바슐라르는 "우리는 자신이 존재하지 않았던 장소에서 유래되었기 때문이다." 라고 말한다. '외로운 산비둘기 물가로 돌아오고'에서 트라우마로서의 기억을 떠올리는 대신, 고통스러운 경험에서 오는 상실감을 자신이 바라는 꿈과 소망으로 대치시킬 줄 안다. 분명한 것은 자신의 오랜 상처를 스스로 어루만지다가 명료한 정신으로 신체를 마치고 나서 자신의 고유한 속성을 돌보도록 '날이 밝으면 이 몸이야 하늘 끝에 가 있으리라'라며 피안과 차안을 통합한 선계를 끊임없이 희구한다.

이런 경우 매창의 시에서 새는 저 너머의 선계를 지향하는 정신적 지표의 표상, 즉 트릭스터trickster6)로서 그 세계의 현시이자, 그 세계의 매개이며 그녀를 살게 하는 신령물인 것이다. 새의 그림이 수놓아진 당혜를 신고 꽃들이 활짝 핀 길을 걷는다. 친구처럼 지내온 세월을 걷는다. 물빛 고운 연못가를 한 바퀴 돌고 있는 그!

---

6) 트릭스터는 본질적으로 두 개의 대립항(opposition binaire)의 중간에 위치하여 양자의 성격을 겸비하는 양의적(兩義的) 존재이며, 양자의 중개자이다. 또한 그는 일상생활을 지배하는 도덕에서 벗어난 자유로운 존재이며, 운명에 대해서는 우연을 대표하는 면도 있다. 이와 같은 본질은 희극이나 문학에도 많은 영향을 끼치고 있다.

밤이 찾아오는 저녁 무렵

그는 좀처럼 오지 않았다. 밖에는 밤새 눈이 싸륵싸륵 쌓이고 '시정'을 촉발시키는 밤이 있다. 그런 밤이 찾아오는 저녁 무렵에 그는 자신의 눈을 알아보고 수많은 새들의 누란^{loulan}을 연상한다. 분신, 영혼의 대변자, 애착의 이행대상^{移行對象}으로서 이생을 통해 끊임없이 자신과 이별하는 새. 그 새를 통해 우리는 그녀의 삶의 어두움/밝음, 육체/영혼, 지상/선계를 연결하는 새의 비중과 위상이 각별하다는 것을 보았다.

님의 부재라는 상황이 유발하는 시적 화자의 고독감이 선계에 대한 초월적 염원으로 강화되고 나아가 도덕이나 제도, 관습에 구애받지 않으려는 자유에의 염원이 여성 특유의 독특한 감수성과 어떻게 조우하고 있는지도 살펴보았다.

한 실존의 자유의지가 생물학적 삶의 필요요건으로 바라본 새는 자아의 고독감이 투사된, 님의 부재라는 상황을 극복하기 위한 염원의 대상으로서의 문화적 상징인 셈이다.

번갯불 같은 섬광과 깊은 균열로 가득 찬 정신의 소유자, 흰 매발톱꽃보다도 더 흰, 오리나무보다 더 의연한 매창에게 새라는 문은 천상의 박동이 그대로 느껴지는 자유로운 존재다. 버려진 새에 대해 이

레베카 솔로몬, 〈상처 입은 비둘기〉, 1866

름을 지어주거나 새로운 거주지를 제공해주는 일은 드물다. 해어화라는 속박을 벗어나지 못하는 그는 늘 동경의 대상이며 외경의 대상인 새들을 빠른 속기로 드로잉해 놓고 피그말리온처럼 찬탄의 기원을 리코딩한다.

자신을 알아주는 정신을 만나는 순간을 기다려온 새는 자연과의 합일을 추구했던 그의 아우라와 직접 교감을 할 수 있는 유일한 존재였다. 자연과 하나가 되는 방법을 알았던 그의 서정시는 우리가 잃어버려서는 안 되는 어떠한 내밀성을 향한 시원에 닿아 있다. 그의 다양한 새들의 고찰은 깊이 있는 대속代贖의 의미로, 찬탄의 대상으로서 기생시 연구뿐만 아니라 한국시문학사 연구의 지평을 확장한다는 의의가 있다고 본다.

매 창은 가슴속에 덩어리로 뭉쳐있던 것들이 전해질처럼 해리되는 것을 느꼈을까?

그는 이제야 자신의 뿔을 구부린 고독이 대가를 전혀 치르지 않는 보상임을 알았겠다. 그런 원초적 고독과 고독속의 자신과 자신의 사랑을 직접 만나려면 '잠시 멈추라'고 혜민스님은 말한다.

걷던 걸음을 잠시 멈추고 당신이 무엇보다 먼저 당신 자신에게 속해있는지, 아군인지 적군인지부터 살피고, 바라보고, 인정하라고 한다.

5회

54개의 등이 켜진
나무의 사원

— 이지엽, 『어느 종착역에 대한 생각』 리뷰

이반 시스킨, 〈거친 북녘의 소나무〉, 1891

자크 브로스의 『나무의 신화』를 보면 세상은 한 그루 나무에서 시작된다. 아주 오랜 옛날 인간들은 이 세상을 떠받치고 있는 것은 거대한 나무라고 여겼다.

인간이 지구상에 모습을 드러내기 훨씬 이전, 우주목^{宇宙木}이라는 거대한 나무 한 그루가 있어, 우주의 축인 그 뿌리는 지하 곳곳을 관장하고, 드넓은 가지들은 천상세계를 관장한다고 믿었다.

이 나무를 통해 하늘에서 불이 내려오고 물은 수액이 되고 곧게 뻗은 몸통은 천상과 지하의 심연 사이를 연결함으로써 우주는 영원히 재생 순환된다고 생각하였다.

게르만 신화에서는 위그드라실이라는 거대한 물푸레나무가 버팀 목으로 등장하고, 히브리인들에게는 올리브나무가 있고, 기독교 예술에서는 유혹의 나무로 사과나무를 묘사하고, 이집트의 신들은 키가 큰 성스러운 무화과나무 위 왕좌에 앉으며, 중국인들의 우주 중심에는 키엔 모우建木가 자라고 있다.

또한 불교경전에서 우리가 사는 대륙을 '남섬부주'라 명명하는 것은 우주의 중심이라 여긴 수미산 남쪽의 잠부라는 나무숲에서 유래되었고, 석가모니의 깨달음도 아슈바타Aśvattha, 즉 보리수나무인 우주 나무 아래에서 이루어졌다.

내가 알고 있는 모든 나무는 땔감으로만 존재하지 않았다. 아이가 태어나면 탄생 기념목으로, 누군가가 죽으면 수목장용으로 나무를 심고 키우며 나무의 편안한 침묵에서 휴식과 위안과 치유를 받았다. 생채기 많은 당신을 보듬어주고 늙고 힘이 빠진 나를 자신의 그루터기에 쉬게 해준 것이다. 그러다가 더 잃을 것이 없는 오후가 되면 나는 바오밥나무 속에 들어가 잠을 잘 것이다. 신의 현신인 그 나무 속으로 들어갈 것이다. 한적한 오후에 낙타처럼 사막을 입속에 밀어 넣고.

내가 우리나라에서 우주의 나무를 본 것은 금강산에서였다.

금강산에서 가장 먼저 시선을 사로잡는 것은 금강송이다. 겉치레의 장식과 표정을 들어내 버리고 천 년을 살며 쪼였던 태양빛을 토해내는 그 붉은 빛 아우라를 어찌 잊을까? 하늘 향해 찌를 듯이 군락을 이룬 겨울 몸체에 시선에 방해가 될 만한 것은 다 생략해버린 나무들은 아름답지도 추하지도 않다. 그냥 나무다. 생명의 애도기간까지 따뜻이 감싸주는 나무다. 하지만 시인의 시선에 따라 나무는 다양한 의미로 다시 태어난다.

『어느 종착역에 대한 생각』 숲속에 들어오니 시 68편에 '나무'라는 단어가 무려 54번이나 반복된다. 왜 이런 반복이 가능했을까? 나무가 시드는 곳은 생명이 스러지는 곳이요, 나무가 사라진 곳은 죽음의 땅이다. 다시 말해 나무는 삶의 이미지이며 그 이미지가 詩를 살게 하는 삶 자체이기 때문이다.

길을 두고 질감이 풍성하거나 벼락을 맞거나, 서로 접촉한 적 없되 항시 서로의 흔들림을 견지해주는 장욱진, 김만옥, 운보 김기창 화백, 기생 논개의 결기 높은 나무가 있는가 하면 시골 간이 역사 모퉁이에 몸을 숨기고 어룽어룽 눈물짓던 무명도 있다.

그래서 나무의 이야기는 개별자의 논리에서 울림과 전체라는 심리학적 통찰로 건너가 버린다. 나무에 관한 묘사와 진술은 그러나 나무를 덮기도 하지만 여기서는 주로 자코메티가 가늘고 긴 인체를 빌려 극한적인 한계상황에 놓인 인간의 '고독한 실존'을 형상화한 것처럼, 앙상한 뼈대만을 지닌/저 가늘고 긴 앙상한/실존! 「자코메티를 위하여」 이지엽의 시는 '나무가 곧 사람이다'라는 명제로부터 시동을 걸고 출발한다.

> 나는 오늘 보았네
> 한 사람이 한 사람에게 이르는 길
> (……)
>
> 둘 중에 어느 누가 죽어도
> 저리 한 몸으로 서 있을 수 있을까
> (……)
>
> 「벼락나무」 부분

전주 향교 대성전 앞뜰 벼락 맞은 은행나무

비가시적인 것을 시로 보여주는 시인을 일러 들뢰즈는 힘이 센 사람들이라고 부른다. 너를 갖고 싶다고 고백하는 이기적인 사랑이 아닌, 평등한 너와 나로 만나 함께 손잡고 살아가는, 아니 더 나아가 자신의 몸을 경계를 지우면서까지 타인에게 연민의 눈빛을 쏟아 붓는 이타적 실존, 즉 힘을 다 뺀 사랑만이 진정한 사랑임을 강조한다. 그래서 그 내면에는 가장 위대한 텍스트로 자연이라는 전제가 깔려 있기 마련이다.

벼락 맞은 전주 향교 대성전 앞뜰 은행나무 위에 오동나무 새잎이 나는 것을 보며 이지엽 시인은 사랑의 위대함을 노래한다. 이처럼 시의 효용 중 하나는 가시성에 덮여 있는 존재의 일상적 껍질을 벗기고 파헤쳐 정화해나가는 작업이다. 그것은 또한 시적 치유와 초월을 위해 존재의 부조리를 뚫고 나가는 작업이기도 하다.

그의 시를 읽으며 공적 기억이나 사회문화적 차원의 사유체계로서 자의식 규정, 자의식 구획을 떠받쳐주는 것에 대해 우리가 알고 있던 모든 것들이 조용히 바뀌는 찰나의 침묵을 느끼겠다. 존재의 가시성 뒤에 숨어 있는 길항과 갈등의 세계를 떠난 의미론적 완결성을 요청하는 사랑에 대해서도 배롱나무를 통해 드러낸다.

생이 아름다운 때가 있다면
필시 저런 모습일 게다
(……)

우듬지 위로 받쳐 올리고
나무들은 혼신으로 몸 바깥에 길을 내면서
여름 한낮은 짱짱해지고 짱짱해져서는
이윽고 보여지는 한 틈으로

시원하게 소나기 한 줄금 뿌리기도 목마름의 절벽에서

몸의 경계를 깨끗이 지우는 일
몸도 잊어버리고 몸이 돌아갈 집도 다 잊어버리고
그게 우수수 목숨 지는 것인 줄 알면서도
(……)

「배롱나무 그늘 아래」

구스타브 클림트, 〈생명의 나무〉, 1909

　여기 화폭에 그려진 삶이라는 그림이 있다. 서양 중세미술이 오래
도록 음악적 테마를 다뤄왔듯이 위의 시는 장대 같은 소나기 소리가
겹쳐 비비다가 갈라지고 떨어져 내리면서 완성하는 아름다운 생이다.
그러면서 이상화된 모델로 구현되는 배롱나무 그늘을 밀어내고 그
아래 우수수 쏟아진 목숨들이란 과연 완전한 사랑의 정체성을 실현
하는 주체인가 묻고, 또 답한다.

나무에 관해 더 이상 말할 수 없어졌을 때 가시권에서 사라졌던 나무는 나타난다. 각각의 나무로 홀로 있지만 그의 나무들은 홀로 있지 않다. 사이와 공백, 간격이란 여백을 표표히 지님으로써 격정과 혼돈의 숲을 걸어 나무는 이제 그의 정신이 되어가고 있다. 나무를 닮은 그의 품은 다종한 세계와 거침없는 개진을 담아내기에 부족함이 없다. 몸의 경계를 깨끗이 지운 나무의 코나투스$^{conatus,\ 자기보존의\ 연구}$는 그의 오래된 미래를 지속적으로 수여받고 실천하는 방식이다. 다시 마음을 닦고 동백나무를 그린다.

1. (……)

2.
동백 숲, 나무 이파리에는
우항리 남쪽 바닷가
백악기쯤의 큰 새들 울음
바다를 울리고 우주를 울린 큰 울음이
잎잎마다 반짝거린다
저 은백銀白에로의 놀라운 투시
햇살은 잎잎마다 죽어

초록의 생생한 눈짓으로
찬란하게 다시 태어난다
네 앞에 고꾸라지는
지상의 온갖 거짓말들
동백나무 이파리에는 그래서
아이들 해맑간 조잘거림이
해종일 떠날 줄을 모른다

3. (……)

「동백 숲, 동백 꽃」 부분

요셉 디켐프, 〈첼리스트〉, 1908, 신시내티 박물관, 오하이오

　여수 오동도에 가면 하늘만 보이는 꽃방이 있다. 시누대 소리가 간간이 들려오는 이 방에는 파도소리가 손님이다. 그곳에서라면 알몸으로 손님을 맞이해도 괜찮을 것 같다. 그리하여 엑스터시에 등이 푸르도록 멍드는 파도소리가 되어도 괜찮을 것 같다.

　아이들의 해맑간 웃음소리가 해종일 떠날 줄을 모르는 동백 숲의 배경은 백악기쯤의 우주를 울린 큰 새의 울음소리와 지상의 온갖 거짓말을 고꾸라뜨리는 파도소리가 반짝였던 잎잎이다. 궁극을 지향하는 이지엽 시인의 저 은백銀白에로의 고양된 시간이란 역설적으로 천진무구한 아이들의 시간에 다름 아니며, 동백 숲을 환하게 물들이는

〈마다가스카르의 바오밥나무군〉

가난한 등불, 그 어린 날의 해맑간 詩, 그 뒤에 담긴 정신이다.

(……)
이제 너와 나는 한 그루의 나무라면 좋겠다
산에 물빛, 바라보는 것만으로 눈이 붉어가는 가을날은
순은純銀의 목풍금 소리로
우리들 마른 잠의 이파리 다 울리고 가는
저 욕심 없는 노을에 물들어
가진 것 없어도 슬프지 않는
나무라면 좋겠다

「산으로 드는 나무」 부분

이지엽 시인이 여행 중에 사용하는 패스워드는 처음부터 끝까지 금강송이다. 심상, 전이, 함축과 같은 심리기제에 강박적으로 몰입함으로써 자신의 억압된 고통이나 질풍노도식 격정과 칼날 같은 바람이 혼재했던 트라우마를 넘어선 것이다. 자기방어기제라는 조망과 옹호의 힘으로 사물과 기억 사이에서 곧게 일어서는 나무, 이지엽 시인의 나무 독법이다.

이미 바라보는 것만으로 눈이 붉어지고 가진 것 없어도 슬프지 않는 나무가 된 것이다. 따라서 평화처럼 눈이 내린 이 숲을 지나가는 사람들은 루카치의 선험적 고향 상실성에서 무의식적 기억을 환기시켜 연상작용을 일으키고 동일시되는 그 순간, 누구나 자신의 가슴속에 한 그루의 금강송이 자라게 되는 것이다.

그의 『지하철 편지』가 일본인을 구하려다 죽은 아름다운 청년 이수현 씨를 비롯해, 골수이식수술을 하다 먼저 세상을 뜬 수연이, 대구 지하철 참사로 세상을 떠난 호롱 씨에게 약혼녀가 보낸 편지 그리고 친구들을 살리고 죽은 유준영 고등학생 등 아름답고 슬픈 사연들을 실었던 것처럼 『어느 종착역에 대한 생각』에서도 소외된 자들을 껴안는 나무들의 귀는 슬픔이 닿지 않는 곳으로 기울어진 채 밤새워 등불의 심지를 돋우고 있다.

6회

독서하는
폼페이벽화

독서하는 폼페이 벽화

어떤 풍경은 그리움뿐만 아니라 비싼 학습료를 지불하고 사야 한다. 아련한 추억을 묻어둔 폼페이 유적지, 후드득 별이 쏟아지던 리마의 밤하늘, 기도하는 바람과 함께 거리를 헤매는 티베트의 어린 왕자들은 이제 그리움 없이는 떠올릴 수 없는 그림들이다. 나와 주변의 고요함 사이에 아무것도 끼어들지 않는 감동의 시간들.

로렌스 알마 테드마, 〈피라모스 티스베 나에게 더 이상 묻지마〉, 1906

현명한 이는 어디서나 예외 없이 작은 일에 감동을 거듭하고, 바보 같은 이는 어디서나 사소한 일에 상처를 입고 괴로워한다. 시간은 우리를 바보로 만들기도 하고 현명한 이로 만들기도 하는 전송장치이다. 그 시간을 우리에게 전송해준 수많은 과거로 기억되는 명화가 없다면 현재는 결코 고전으로 승화하지 못했을 것이다.

인생을 바꿔 놓은 명화, 보고 또 보아도 보고 싶은 행복한 명화가 있는 반면 결코 다시는 보고 싶지 않은 명화도 있다. 어느 쪽으로 자신을 투사시켜 치유를 받을 것인가는 전적으로 관객의 몫이다. 하지만 전자에서 정신분석적 치유의 효과는 높다. 라캉에 의하면 문학가들과 마찬가지로 화가들 역시 자신의 무의식에서 흘러나오는 찬 말[Full speech]을 색깔로 묘사하여 자신을 치유하는 것이 그림이라고 말한다. 그렇다면 그 화가의 감정을 공유함으로써 명화를 보고 내면의 상처를 극복하는 관객들 역시 찬 말에 이르는 경우라 하겠다.

다시 말해 무의식 바닥에 억눌려 있던 감정을 그대로 드러내 참았던 눈물을 펑펑 쏟아내고 나면 카타르시스와 함께 왠지 모를 편안함이 느껴지는 것 이것이 자신의 존재에 대한 깊은 슬픔이 없이는 깨닫지 못하는 위안일 터이다.

고갱, 클림트, 샤갈이 색채에서 기쁨과 환희를 발견하여 마음의 치유를 얻고 로트레크와 뭉크는 우울함과 슬픔을 직시함으로써 상처 입은 마음을 회복했으며, 고흐, 달리, 마그리트는 자신의 트라우마 이미지를 투사적 요소로 사용하여 무의식과 초현실을 성찰하고 마음의 치유를 얻는다.

마찬가지로 시를 통해 상처받은 마음을 어루만지는 방법을 알고 있는 그리스 시대의 최초의 여성시인 사포[Sappho], 기원전 7~6세기를

사포, 〈폼페이 벽화〉, 기원전 7~6세기, 작자 미상

만나 인간의 내면세계를 다양한 방법으로 표현하는 그 비밀스런 이
야기를 들어보자.

　서사시는 과거의 어떤 인물이나 이야기에 대한 집단기억을 노래하는
데 반해 플라톤이 열 번째 뮤즈라고 격찬한 사포는 고대 그리스 서정
시에 '리릭lyric, 그리스어 리라lyra에서 유래' 리듬을 제시한다. 한없이
안으로, 작은 일상을 통해 자신이 겪은 경험과 자신의 문제를 노래로

표현한 헤시오도스Hesiodos, 기원전 8세기의 시와 사포의 시가 있다.

> 들판에서 거칠게 뒹구는 양치기들아
> 오로지 욕정만 알기에 욕을 들어먹는 자들아
> 우리는 진실처럼 들리는 거짓말을 잘할 줄 안다
> 우리는, 원한다면, 진실을 노래할 줄도 안다
>
> 헤시오도스, 『신통기』 제26~28행

> 가장 빛나는 자가 하지만 나는 말하지요
> 당신이 사랑하는 그것이 가장 좋은 것이라고
> 이를 깨닫는 일은 너무도 쉬운 일이지요
> 누구나 인정할 것이기에
> 헬레네를 보세요
> 아름다움으로 모든 사람들을 지배했던
> 그녀는 가장 뛰어난 남편을 버리고 트로이아로
> 가버렸지요. 아이들과 사랑하는 부모님은 안중에도 없었지요
> 아프로디테 여신이 그녀를 데리고 가버렸기에
> (……)
> 이제 나도 아나크토리아를, 사랑스러운 그녀의 발걸음과
> 밝게 빛나는 그녀의 얼굴을 리도스인들의 마차와 완전 무장한
> 보병보다 더 기억하기를 원하지요
>
> 사포, 『단편』 16번

떠나가는 아나크토리아에 대한 그리운 기억이 그 어떤 것보다 더 소중한 가치라고 말하는 사포. 세상에서 가장 강력한 힘이란 우리가 그토록 절실하게 원하던 가시적인 부나 명예가 아니라 내면적으로 자신이 소중하고 아름답다고 여기는 그 아름다운 자존감이다.

레스보스 섬에서 태어나 격정적인 사랑을 노래한 그녀는 9권의 시집을 남겼으나 완전한 시는 딱 2편이 있을 뿐 나머지는 인용된 것으

로렌스 앨머 테디머, 〈사포와 알카이오스〉, 1881, 볼티모어, 월터스 아트 갤러리

로 700행 징도다. 2600년이란 세월이 흐르며 자연 소실된 것도 있지
만 사포의 시가 동성애적 요소를 지니고 있다 하여 기독교인들이 불
경죄로 몰아 고의로 파손하였기 때문이란다.

그리스 남자의 고상한 정신적 세계에는 도저히 도달할 수 없는 열
등한 존재로 여성들이 푸대접을 받았던 시대다. 남자 스승과 제자 사
이에 동성애가 거부감 없이 이루어지고 그것은 자연스럽다 못해 존
중받는 의식으로 받아들여졌다.

이처럼 여성들에게 독자성이 주어지지 않았던 시대에 사포는 레스
보스의 수도 미틸레네에서 작은 카페를 열고 어린 귀족 소녀들에게

춤과 리라, 예의, 시 작법을 가르쳤고 여성을 상대로 아름답고 관능적인 사랑시를 발표하였다. 여성교육가이며 시인이었던 그녀는 생의 희로애락의 에로티시즘을 진솔하게 표현하였다.

사포를 중심으로 모여든 여성들이 그들의 예술과 학문 세계를 만들어나갔다는 것은 그 당시 여자를 남자의 아기 낳는 용기, 내지는 많은 재산 목록 중 하나쯤으로 생각했던 남근권위주의에 대한 파격을 의미했다.

사포가 죽은 뒤에는 그녀의 두상이나 조각을 만들어 팔고 보석이나 꽃병 등 장식품에 사포의 얼굴을 새겨서 팔면 날개 돋친 듯 팔려나갔다. 언제나 인기 만점이었다. 그녀의 인기가 얼마나 대단했는지 글을 읽고 쓸 줄 아는 사람이라면 예외 없이 사포의 시집을 들고 다녔으며 마틸레네에서는 사포의 얼굴이 새겨진 동전이 수백 년 동안 사용되었으며 학교의 교과서에는 그녀의 시가 당연히 실렸다.

서양문화의 근본을 고대 그리스의 문화에 두고 있는 것처럼 모든 예술 장르에서 가장 오래된 詩도 그리스에서부터 시작되었다. 그리스에는 걸출한 두 명의 시인이 있었다. 한 명은 전쟁과 정치, 영웅담을 시로 엮어낸 서사시의 대가 호메로스이고 또 한 명은 인간의 가장 섬세하며 세밀한 감정을 치유의 시로 표현해낸 사포다.

> 그는 생명을 가진 인간이지만
> 내게는 신과도 같은 존재
> 그와 네가 마주 앉아
> 달콤한 목소리에 홀리고
> 너의 매혹적인 웃음이 흩어질 때면

내 심장은 가슴속에서
용기를 잃고 작아지네
흠칫 너를 훔쳐보는 내 목소린 힘을 잃고
혀는 굳어져
아무 말도 할 수 없네. 내 연약한 피부 아래
뜨겁게 끓어오르는 피는
귀에 들리는 듯
맥박 치며 흐르네
내 눈에는 지금 아무것도 보이지 않네
(……)

사포, 「질투」

귀족출신이었던 사포는 안드로스 섬의 케르킬라스라는 부유한 남자와 결혼하여 그 사이에 클레이스라는 딸을 하나 낳았다. 정치적인 문제에 걸려 가족과 함께 2년간 시칠리아에 망명을 갔다 돌아오는 사이 남편을 잃고 슬픔을 이겨내며 홀로서기를 하던 중 소녀들을 모아 교육을 하면서 치유적 삶을 살아갔다. 그리고 그녀가 레스보스 섬의 뱃사공 파온과 사랑에 빠져 그 고통으로 절벽에서 뛰어내려 바다에서 죽었다고 전해오는 이야기는 아섭게도 사실인지 확인힐 수 없다.

유월이다. 그녀가 죽는 날까지 미처 다 쓰지 못한 구절양장 사랑詩가 붉은 줄 장미 다발로 엮이어 아파트 담장 밖으로 농염하기 그지없다. 그래서일까? 사포의 시는 당대 그리스 사람들의 마음뿐만 아니라 오늘날의 독자들에게도 감동이란 공감대를 형성하고 있다. 이것은 시대를 초월한 보편적인 인간의 감정에 대한 지극한 예의이기도 하겠지만 그녀가 살아생전 서정시인으로 칭송받은 것처럼 오늘날 또한 서정시의 대명사로, 시조로 추앙받고 있다는 뜻이겠다.

〈리라를 타다 쉬는 사포〉, 작자 미상

'레스보스 섬의 사람'들이란 말, '레즈비언'은 남성과 똑같이 조직을 만들어 공부하는 여성들을 의미했고, 이후 여성동성애자 '레즈비언lesbian'으로 변모되었다. 레즈비언이든 양성애자든, 나는 이 작자 미상의 그림을 볼 때마다 세상의 모든 여성시인들의 뭉뚝한 펜이 생각나고, 그들이 고통을 전달하려고 흰 젖으로 써내려가던 찬란한 격정이 이해되며, 그들의 눈물을 닦아주던 폼페이의 오래된 바람도 느껴보는 것이다. …… 말없이 누군가 그녀의 이름을 부른다.

7회

디아스포라의
눈물

『딕테』 — 차학경

31세에 요절한 차학경[1951~1982]은 책, 영화, 사진, 비디오, 메일아트, 광고비평, 스탬프아트, 행위예술에 이르기까지 다종적인 미디어를 가로지르며 텍스트와 이미지의 관계, 젠더로서의 여성의 몸, 그리고 디아스포라의 문제까지 견실하게 다룬 작가이다.

그의 작품 『딕테』는 비극과 경이라는 수식어와 분열된 정체성으로 표현할 수 있는 한국인의 언어, 디아스포라의 언어, 여성의 언어를 보여주는 자전적 내면의 기록이다. 작가는 생전에 1970년대 서구의 반전운동 흐름 가운데서 권력문제와 젠더문제를 포스트모더니즘의 방법론과 프로이트, 라깡 등의 성신분석학적 방법을 원용하여 디아스포라의 언어를 빚어내고 있다.

『딕테』는 연극으로 각색되어 공연되는 등 널리 알려졌으며 미국과 한국에서 많은 연구들이 축적되어 왔다. 그 가운데 김승희는 「차학경의 텍스트 『딕테』 읽기」에서 주로 데리다의 해체주의적 관점과 여성정체성의 관점, 그리고 페미니즘과 탈식민주의의 각도에서 고찰하고 있다. 고부응·유충형은 「차학경의 『딕테』 읽기: 자기정체성의 해체」라는 논문에서 『딕테』를 극단적 자기부정을 통한 정체성 찾기라고 설명한다. 민은경은 「차학경의 받아쓰기」에서 자기표현의 몽타주 기

비토리오 마테오 코르코스, 〈꿈〉, 1896, 개인소장

법과 같은 영화적 구조를 가지고 있다고 분석하고 있으며, 조영희는 「형식파괴를 통한 저항적 글쓰기」에서 피지배자들의 저항을 보여주는 다층적이고 복수적인 분열적 언어라고 평가한다.

하지만 선행연구의 일정한 성과에도 불구하고, 난해한 형식과 정체성의 해체에 초점을 맞추고 있어, 『딕테』 전체의 통합적이면서도 유기적인 작품해석은 이루어지지 않고 있다고 볼 수 있다. 다시 말해 지금까지의 연구들은 작품 개별적인 특성과 미학성 해명에 초점을 맞추기보다는 문학사적인, 혹은 역사적인 의미 찾기에 치우친 감이 있다.

그리하여 이 작품의 실험적인 형식들은 단순히 새로운 것을 찾아내려는 치기 어린 실험성에 그치는 것이 아니라 차학경의 인문사회학적 소양, 즉 세계의 종교와 역사, 정치학, 영상과 영상이론, 정신분석학, 소통이론, 인지심리학, 여성성과 여성주의 등과 연결되어 있다고 간주하고 이 조건들을 고려할 때만이 『딕테』를 온전히 이해할 수 있다고 간주하고 접근한다.

따라서 페미니즘의 실천으로서의 디아스포라의 언어가 갖고 있는 특질, 즉 역사적 편견에 눌린 비극적 인물, 받아쓰기를 못하는 아이, 말 못하는 여자, 거짓 고해성사를 하는 유관순, 성 테레사, 어머니, 글 쓰는 여자, 그리고 가족, 민족, 역사, 문화 등등의 이질적인 텍스트를 통해 디아스포라의 과거와 현재, 역사와 허구, 이미지와 언어가 교차하는 방식의 글쓰기를 통해 작가가 모색하려고 했던 디아스포라의 언어의 신비로운 장색^{匠色}을 만나고자 한다.

미국계 디아스포라의 정체

눈꽃 화음에 귀를 적시던 고향을 뒤로한 한국인의 미국 이민은 1903년 하와이의 사탕수수 농장으로부터 시작되었다. 가난탈출과 새로운 환경에 대한 동경으로 한국인 노동자들이 하와이로 떠나던 당시는 서구 열강이 아시아 식민지 확대에 힘을 쏟던 시대였고, 한국은 서구화한 일본제국주의의 침략을 막아보려고 애쓰며 근대화를 막 시작하던 시기였다. 미국은 한국 이민자들에게 낯선 언어와 이질적인 문화로 다가오는 남의 나라였다. 더욱이 여성적인 동양의 전통문화를 미개한 것으로 간주하는 서양의 문화적 관점 앞에서 내재화되어 가는 문화종속은 그들 이민자들에게는 또 하나의 굴레로 작용했을 것이 틀림없다.

뿐만 아니라 미국의 외부에서 싸우는 것과 달리 동양계 미국인으로서 정체성의 문제는 자기 내부를 그 조건으로 삼으면서 싸워야 하는 '친밀한 적'과의 동침이기도 하다. 그럼에도 그들은 미국이라는 다민족 국가 속에서 소수민으로 살아가는 자신의 뿌리와 정체성을 몰각할 수 없었다. 이는 고국에 대한 원초적 민족의 정서와 감정들로써 그들의 절대적인 회귀의식과 자의식에 커다란 영향을 끼쳤을 것은 자명한 일이다. 이런 온몸이 조여드는 슬픔의 음절인 공포가 초기 한국계 이민 문학작품의 중요한 주제를 형성한 것은 당연한 귀결이다.

첫 이민자 소설가인 강용흘은『초당 The grass roof』¹⁹³¹을 통해 이민 오기 전 일제하의 경험을 다루었고,『동양인, 서양에 가다East goes West』¹⁹³⁷에선 이민자가 경험해야 했던 동양과 서양의 차이에 놀라는 이민자의 당혹스러운 경험을 서술했다. 자아정체성과 민족정체성의 탐색에 선례를 보여준 강용흘의『초당』을 읽고 이광수는 이런 글을 남겼다.

> 『초당』1편에 드러난 '나'라는 주인공이나 그의 부친이나 숙부들이나 기타 나오는 인물, 사진의 묘사에는 항상 애석하는 애국적 석조가 흐를뿐더러 그가 개고기 먹는 것을 말할 때에도 개고기는 심히 맛나고 자양 있는 것으로 변호하였다. '나'라는 주인공은 거만하고 치기라 하리만큼 자부심이 많고, 무엇을 아는 체하고 여러 가지 성격적 결함이 많지마는 그의 패트리오틱한 근본정신은 언제나 유로치 아니한 일이었다.7)

여러 가지 결함에도 불구하고 작중인물을 사로잡고 있던 '패트리오틱한 정신'이란 바로 민족적 정체성을 확보하려는 노력이다. 그러나 차학경의 경우에 이민 작가의 민족적 정시의 지향을 밀해주는 '패트리오틱한 정신', 즉 애국정신은 작가 자신의 경험적인 사실에서 찾기보다는 시간을 거슬러 올라가는 가정교육을 통해 혹은 스스로 자신의 정체성에 대해 숙고한 끝에 그들 부모, 조부모 혹은 역사, 문화, 언어, 풍속에 도달한 것이라고 보아야 한다. 차학경을 비롯한 많은 이민자 소설들의 특징은 소설형식을 지닌 자서전이나 준 자전적 소설^{quasi autobiography}이 많고 대체로 가족사적 사실들을 기록하고 있으며 3세대 작품에 이르기까지 역사와 문화적 사실들이 지속적으로 표현된다는 점

---

7) 이광수, 〈강용흘의 초당〉, 동아일보, 1931.12.10.

요셉 디켐프, 〈머리 말리는 여자〉, 1899, 신시내티 박물관, 오하이오

이다. 미국이 1965년 이민법 개정을 한 이후 미국에 들어온 한국계 이
민자들은 1980년이 지나면서 이민자들 가운데 더 많은 작가와 예술가
들이 배출되기 시작했다.

차학경의 『딕테』[1982], 김란영의 『토담Clay Walls』은 캘리포니아를 배경으로 가난과 인종차별 속에서 살아낼 수 있었던 한국인의 혼을 다루었고, 캐시 송의 시모음집인 『사진신부Picture Bride』[1986]는 초기 하와이 이민자의 손녀로서 선조인 중국인과 한국인의 유산을 소중히 생각하는 주제의식을 드러내면서도 인종적인 시각으로만 읽히기를 원하지 않고 있다. 『원어민Native Speaker』[1995]을 발표한 이창래, 『유령형의 추억Memories of my ghost brother』[1996]을 발표한 하인즈 인수 펜클, 『종군위안부Comfort Women』[1997]를 발표한 노라 옥자 켈러는 1990년대 이후 한국계 미국문학을 이끌어가고 있는 대표적 작가들이다.

이렇듯 최근 재미 한인문학계는 미국의 다문화주의의 영향과 영어 구사가 자유로운 2세대들에 의해 한국계 미국문학의 르네상스라고 할 정도로 정체성을 탐구하는 작품들이 생산되고 있다. 이들의 작품은 모두 디아스포라의 정체성 찾기라는 동질적인 궤적을 지니고 있다. 그 가운데 반 식민주의의 양식과 개념을 자기 내부로부터 창출하는 데 성공한 차학경은 근래에 들어와 미국 내 소수민족 대표 여성작가라는 점에서 주목을 받았을 뿐만 아니라 이 작품의 포스트모던한 형식에 관심을 갖게 했다. 형식파괴가 심한 이 작품은 국내에서도 디아스포라의 언어구조와 정체성 해체 혹은 탈식민지적 페미니즘 시각으로 연구되어 왔다.

『딕테』는 각 장마다 목소리가 다르고, 소재가 다르다. 시, 산문, 편지, 일기, 인용문, 번역문, 도형, 사진, 도판, 다양한 알파벳, 붓글씨 등이 혼합되어 있다. 달변가인 것 같으면서 어눌한 이 이미지 텍스트들과 함께 모국어가 아닌 제3의 언어, 즉 영어, 불어, 라틴어, 중국어 등 다양한 언어가 혼재한 것은 물론 내용 역시 서사적 통일성이 없다.

애써서 골라낸 단어, 문장의 흐름을 전혀 상관없는 어색한 표정으로 더듬더듬 썼다 지우며 생각의 열쇠를 조였다 푼다.

이러한 『딕테』의 혼종적인 목소리는 역사를 다시 말하기의 목소리다. 한 학생의 받아쓰기, 어머니, 성 테레사, 유관순, 음양오행설, 바리공주를 연상시키는 우물 이야기 등 그 중심에는 언어의 해체와 재구성이 있다. 이렇듯 작가가 말하고 싶은 여성들은 모두 유창하지 않은 18세이고, 막내딸이며, 가장 어리고 약한 존재들의 진심이었다는 점이다. 『딕테』가 세상에 호소한 예술적 오브제는 모두 불연속적으로 보이는데, 이는 11세에 이주한 작가의 정체성이 아주 독특한 방식으로 분배되고 통합되는 양상으로 볼 수 있다.

> 목이 잘려진 형상들. 낡은, 흉진, 이전의 형상의 과거의 기록, 현재의 형상은 정면으로 대면해 보는 것, 없는 것을 드러낸다. 나머지라고 말-해-질, 기억 그러나 나머지가 전부다-기억이 전부다. 잃어버린 것에 대한 열망. 빠진 것을 지킨다. 커졌다 작아졌다 하는 부정의 사이에 고정되어 진보의 표시라고는 보이지 않는다. 그 외 모든 것은 시간이 지나면 나이를 먹는다. 단지, 어떤 사람들은 나이가 없다.
>
> p.48

위 글의 옆에는 지배자 일본군에 의해 눈을 가린 채 십자가로 묶여 총살당하는 의병사진이 있다. 이 글에는 어둠의 역사 속에서 항거하다 스러져간 민족의 영혼을 위로하는 주문 같은 느낌이 있다. 나라 전체가 감옥살이하던 1919년 3월 1일, 어린 혁명가 유관순과 수많은 이 땅의 의병들은 형장의 이슬로 사라져갔다.

그러나 민족의 구원자들은 나이를 먹지 않는다. 시간은 어떤 사람들을 위해서는 멈추어준다. 이렇게 마침표로 멈춰진 사람들의 행적에서 존재와 그림자와 실체를 건져 올린다. 목이 잘려져 말 없는, 나이를 먹지 않는 익명의, 경험의 연대성을 제시하며 작가가 그들이 되고 그들이 작가가 되는 외연적 거리의 무화과정을 통해 차학경은 자기 존재의 정체성을 심도 있게 탐구하는 것이다.

유관순
출생: 음력 1903년 3월 15일
사망: 1920년 10월 12일 오전 8시 20분
그녀는 한 어머니와 한 아버지로부터 태어났다.

p.35

이화학당 동문들, 오른쪽 첫 번째가 유 열사다

유관순의 사진 한 장 넘겨 36쪽과 37쪽에는 획이 두꺼운 글씨로 '남녀^{男女}'라는 한자가 적혀 있고 66쪽과 67쪽에는 '부모^{父母}'라는 한자가 있다. 그 글씨들은 작가의 아버지, 어머니이기도 하며, 유관순과 안중근이기도 하며, 명성왕후이며 사형장에서 고독하게 죽어가야 했던 어느 애국자이기도 하다.

별 생각 없이 떠밀려 사는 사람들과는 달리 차학경은 '사람은 무엇으로 사는가?' 톨스토이의 질문에 답을 찾으려 시적 정체성의 지표로 내세운 유관순을 비롯한 이 모든 존재들에게 자아를 투사하여 자아의 세계화를 시도한다. 한 사람을 객관적 거리를 두고 관조하거나 평가하는 것이 아니라 그들을 작가 자신의 내면으로 끌어들여 승화시키는 것이다. 이렇게 그들의 자기 자의식을 표상으로 삼아 자기정체성을 구현하는 것이야말로 작가를 여기까지 오게 만든 힘이기도 하다.

> 그녀는 잔 다르크 이름을 세 번 부른다.
> 그녀는 안중근의 이름을 다섯 번 부른다.
>
> p.48

잔 다르크라는 이국의 인물이 등장하고는 있지만 '이름 부르기'라는 작품 서두의 '어머니 보고 싶어'와 같은 간절한 갈망의 외침인 동시에 자기 찾기 내지는 디아스포라의 언어 찾기의 접두사적 표현이라고 할 수 있다. 한국의 가족주의의 정체성에서 공동체의식의 민족정체성으로 확대되어 나가는 것을 의미하기도 한다.

또한 『딕테』가 종교를 통해 생의 비의에 접근하면서 종교적 정체성을 모색하고 있다는 점도 텍스트의 곳곳에서 확인할 수 있다. 유관순, 잔 다르크는 물론 순교와 연결되는데 이러한 종교적 동일시는 성녀 테레사 마틴의 이야기에서도 나타난다.

나는 단지 힘없고 연약한 어린애에 불과합니다. 그러나 나에게
당신의 사랑에 대한 희생양으로 스스로를 헌납하는 용기를 주
는 것은 나의 나약함입니다. 오, 예수여! 과거에 순수하고 오점
없는 희생양들은 강하고 힘센 하나님께서 받아들였던 자들뿐입
니다. …… 저는 지금 죄를 만들어내고 있습니다. 면죄의 보증
을 받기 위해. 또 다시 처음의 완전한 무의 상태로. 심지어 하늘
이 생기기도 전에. 인간의 타락이 있기 전에…… 내가 신을 영
접할 때 모든 것은 순수합니다. 완전히, …… 전혀 죄가 없는.
어떠한 죄도. 지옥에 떨어질 죄도. 가벼운 죄도 없이. 고백할 만
한 죄가 거의 없습니다. 저는 지금 말을 하기 위해 고해를 하고
있습니다.

p.111

그는 성당에서 아주 경건하게 자신에게 도달하는 고해성사의 의식
을 치루고 있다. 다만 말을 해보고 싶어서, 힘들게 배운 타국의 언어
를 사용해보고 싶어서 바람에 외줄을 타는 심정으로 고백을 한다. 그
러나 기실 작가는 고백할 죄도 없다. 억지로 죄를 만들어서 고백을
하는 것이다. 이런 행위는 고해성사라는 기본질서에 대한 저항이며
신성모독이다. 절대 신의 권위에 손상을 입히면서까지 연습을 하는
것은, 자기가 속해 있는 언어의 세계, 종교의 세계, 역사의 세계에서
벗어나길 갈망하는 몸짓으로도 보인다. 말을 하기 위해 고해성사를
어룽어룽 자청하는 키 작은 아이러니가 발생하는 것이다.

디아스포라의 언어로 말하는 여성들

　다문화주의 대표격인 미국은 많은 인종들이 모여 사는 나라다. 따라서 미국의 정신의학은 디아스포라 1세인 외국인들을 진단할 때, 개인주의적인 '경계'를 중심으로 진단하는 것이 어렵다는 것을 인식하기 시작했다.

　더구나 가족주의 문화가 팽배한 문화권에서 이주한 동양계 이민1세대에서 개인의 경계만을 따로 떼어내어 진단하기란 더욱 쉽지 않다. 이들에게 있어 개인은 처음부터 독립된 개체가 아닌 문중 대가족의 한 부분으로서 의미를 갖기 때문이다. 그러므로 이들을 진단할 때는 반드시 '가족적 자기familial self'와 '영적인 자기spiritual self'로 이해해야 한다.

　더욱이 한국사회는 대가족 제도를 오랫동안 유지해왔다. 한국문화에서 가장 마지막까지 끊을 수 없는 끈은 가족이나 친척 등의 혈연관계이다. 가족 구성원 앞에서 개인의 감정과 갈등은 항상 뒤로 밀려나 왔다. 심지어 타자들의 눈에는 '의존'이나 '병적인 집착'으로 보일 수도 있는 가족관계의 끈은 평생을 따라 다닌다.

　이러한 문화적 특수성을 고려할 때 『딕테』 속에는 어릴 때의 '원가족family of origin'과의 관계와 경험, 살아 있는 사람과 죽은 사람의 관계가 끊어지지 않고 고스란히 나타나는 것은 당연한 결과이다. 차학경은 등장인물 모두를 '우리'라는 집단에 삽입시켜 '우리-됨we-ness'으로 껴안고 있다.

『딕테』는 처음부터 끝까지 물보다 진한 피다. 그 끈끈한 줄 위로 그는 처음부터 누군가를 간절히 부르고 차근차근 그들을 등장시킨다. 어머니 가 밤늦도록 돌아오지 않는 자식을 애절하게 불러보던 혈연관계가 지속 적으로 나타난다. 이것은 작가가 결코 가족과 민족과 모국의 관계로부터 자유로울 수 없었다는 점을 증빙한다. 아니 오히려 이러한 사실은 그녀 가 가족과 혈연관계를 통해 자신의 정체성을 모색하려 했다는 강한 반 증이기도 하다.

그리스 최초의 여류 시인 '사포sappho, BC 610~580'의 기도문의 형식을 차용 하여 자신의 간절한 부름을 보여주고 있다. 이 부름에 응답하여 등장한 아홉 명의 뮤즈들이 등장하는데 이들 9명의 각 뮤즈들이 맡은 분야, 즉 서사시, 비극, 연애시, 서정시, 희극, 합창무용, 성시 등의 주제가 통일되 지 않고 혼재되어 나타나고 있다.

> 오 뮤즈여, 나에게 이야기해주소서
> 이 모든 것들에 대하여, 오 여신이여, 제우스의 딸이여
> 당신이 원하는 어디에서든 시작해, 우리에게까지도
> 이야기해주십시오

p.17

예술가는 무엇인지 전달하지 않으면 안 된다. 무릇 예술가의 임무 라는 것은 형식을 지배하는 데 있지 않고, 내용에 형식을 만드는 데 있기 때문이라는 칸딘스키의 말처럼 차학경 역시 뮤즈이며 서정시의

원형인 사포와의 접신을 통해 자신의 정체성에 맞는 형식의 말을 하는 여자로 태어난다. 그녀의 영혼이 생동적으로 직접 받아쓰기를 하는 체험의 현장은 영혼과 예술의 교호작용에 있기 때문이다.

낯선 언어로 받아쓰기를 처음 하는, 말하지 못하는 여자의 고통스러운 목소리가 발견되는 공간은 불어교육시간이다. 받아쓰기는 받아쓰는 사람의 절대적 침묵을 강요한다는 점에서 종족, 국가, 젠더, 디아스포라로 인한 말하기를 어렵게 하는 모든 상황에 대한 은유이다. 받아쓰기에 대한 완벽한 복종이 결국 받아쓰기에 대한 저항과 전복을 가져오는 것처럼 미국에 대한 완벽한 동화 역시 미국적 정체성에 대한 저항이 된다. 탈식민지 문학으로서 각광을 받았던 『딕테』의 첫 페이지에는 다음과 같이 시작한다.

> 문단 열고 그날은 첫날이었다. 마침표
> 그녀는 먼 곳으로부터 왔다. 마침표 오늘 저녁 식사 때
> 쉼표 가족들은 물을 것이다. 쉼표 따옴표 열고
> 첫날이 어땠지 물음표 따옴표 닫을 것 적어도 가능한 한
> 최소한의 말을 하기 위해 쉼표 대답은 이럴 것이다
> 따옴표 열고 한 가지밖에 없어요 마침표
> 어떤 사람이 있어요 마침표 멀리서 온 마침표
> 따옴표 닫고
>
> p.11

이 예문은 이국에서 온 어린 학생이 학교에 간 첫날 받아쓰기를 하는 풍경이다. 스스로 쓰고 있는 서술형 문장이 아니고 문장부호조차 교사가 불러주고 있으나 그것을 받아쓰지 못해 쩔쩔매는 아이가 있

지몬 그뤼크리히, 〈집안 허드렛일〉, 1893

다. 단지 교사가 불러주는 음성을 받아 적고 있는 것뿐만이 아니라
한국 민중의 음성, 역사 속으로 사라져간 민족의 음성을 받아쓰고 있

는 중인 것이다. 부모가 떠나온 한국, 버려져야만 했던 이민의 강제된 한국역사를 소환해보지만 도움이 되는 것이라고는 없다. 우울한 작가의 근원에 남아 있는 원초적 쑥과 마늘의 내면세계가 이 받아쓰기를 하는 순간만큼은 무의미하다.

이러한 상황을 일컬어 혹자는 "서양식 합리주의와 동양식 온정주의가 만나 일으키는 갈등을 통하여 그녀가 디아스포라로서 짧은 생을 살아오면서 시시각각 기억에서 지워질 수밖에 없는 것들을 받아쓰기를 통해 거듭거듭 확인하고 있다"고 말하기도 하고, 오정화는 "루스 이리가레이Luce Irgaray가 주장한 흉내 내기mimicry 수법이 지닌 전복성을 그대로 보여주고 있다"고 평가하기도 한다.

> 그녀는 말하는 시늉을 한다. 말과 비슷한 것을(무엇이 비슷하다면) 노출된 소음, 신음, 낱말들로부터 뜯겨져 나온 편린들. 그녀는 정확성을 측정하기 위해 주저하기 때문에, 입으로 흉내 내는 짓을 할 수밖에 없다. …… 속에서 웅얼거린다. 웅얼웅얼한다. 속에는 말의 고통, 말하려는 고통이 있다. 그보다 더 큰 것이 있다. 더 거대한 것은 말하지 않으려는 고통이다. 말하지 않는다는 것. 말하려는 고통에 대하여 아무것도 말하지 않는다. 속에서 들끓는다. 상처, 액체, 먼지, 터트려야 한다. 배설해야 한다.
>
> p.13

솔씨를 업은 시냇물이 졸졸 소리를 낼 수 있는 것은 장애물 덕이다. 『딕테』의 목소리 또한 말 못하는 장애, 말하려는 고통으로부터 출발한다. 차학경이 1961년 하와이로 이주했을 때, 그녀의 나이는 11세였다. 영어를 알 리 없는 그녀는 얼마간 유아학교pre-school를 다녀야 했다. 부모보다 먼저 낯선 곳에 보내진 소녀는 3~4세의 현지 유아들과

시간을 보냈다. 심호흡을 하고 아랫입술과 윗입술을 모아 동그라미를
만들다 뾰족하게 내밀기도 하며 구륜근과 소근을 사용하여 어떤 단
어를 말하려고 노력을 해보지만 쉽지 않다. 한마디만이라도 다른 아
이들과 소리를 내어 말해보고 싶지만 생각과 몸은 계속 따로 논다.
어깨의 긴장을 풀고 선생님의 입을 쳐다보며 숨을 들이쉬고 시작해
보지만 이내 숨이 떨어지고 만다. 그래도 다시 심호흡을 하고 흉내
내기에 열중한다.

사회언어학에서 말하는 디아스포라들이 겪는 이중 언어에서 오는
좌절감이나 혹은 모국어에 대한 강한 집착과 같은 징후가 바로 『딕테』
를 가로지르는 중심테마인 것이다. 작가의 무의식의 층위에는 흑/백,
강/약, 동양/서양 그 어느 곳에도 속하지 못하면서 양면가치를 흡수해
야만 하는 동양여성의 정체성이 부유하듯 존재한다. 무엇보다 서장序章
인 '말하는 여자'에 관한 이야기는 말하기가 얼마나 어려운지를 묘사
하고 있다.

> 수축들, 소리, 소리 비슷한 것들.
> 깨어진 말들. 하나씩 하나씩. 한 번에 하나씩.
> 깨어진 혀. 부서진 언어. 혼합어. 말 비슷한 것.
> 삼킨다. 숨을 들이쉰다. 더듬거린다. 시작한다. 시작하기 전에 멈춘다.
> p.87

달빛으로 닦고 싶은 위 문장에서 가장 강하게 느껴지는 정서는 불
안감이다. 고국으로부터 분리되었다는 이 분리불안감separation anxiety은 생
을 위협하는 자연적, 사회적 요인들에 대한 반응의 일종이다. 작가는

'우라니아/천문학$^{Urania/Astronomy}$' 인체해부도를 삽입하여 발화기관의 상세한 그림과 숨 쉬는 기관의 그림을 나란히 배치하고 있다. 소리 하나가 만들어지고 멈추어지고 다시 만들어지는 과정이 설명된다. 소리, 말, 언어가 만들어지는 과정을 자세히 서술하는 그림은 동양의학에서 쓰이는 것으로 혈관과 각각의 경혈을 정상인과 병자의 것으로 나누어 보여주고 있다.

두 그림은 서양의 해부도로서 발음기관의 각 부위별 명칭을 밝히고 있다. 여성 간 경험의 연대성을 강조하고 있는 이 '이름 부르기' 아홉 뮤즈의 이름이거나 유관순, 안중근, 이승만, 잔 다르크, 테레사 등 고유명사와 어머니, 아버지, 오빠 등 가족들의 호칭, 하나님, 동정녀, 성녀, 예수 등의 종교적 명칭들인데 이는 작가가 필요로 해서 호명하는 것이 아니라 그녀의 결핍감이 원해서 부르는 것들이다. 이것은 작가가 자아정체성을 확인하는 실천의 작용으로 의식과 무의식의 층위를 넘나들며 자신 안에 남아 있는 유년의 아기를 보살피는 것이다.

'칼리오페 서사시'에서 작가는 어머니 허형순이 언어를 빼앗겼던 경험을 통해 민족을 이야기한다. 허형순의 부모는 일본제국주의자들이 한국 땅과 한국인들에게 하는 짓을 더 이상 볼 수가 없어서 만주 용정으로 갔고 허형순은 거기서 태어났다. 그러나 그들이 비록 모국 땅을 떠났을지라도 그들의 정신은 떠나지 않았음을 다음과 같이 표현한다.

당신은 떠나야만 했음을 알고 고통스럽습니다. 떠났음을 알고. 그러나 당신의 영혼, 마음$^{MAH-UHM}$은 떠나지 않았습니다. 절대로 떠나지 않았으며 절대로 떠나지 않을 것입니다. 지금도 떠나지

제임스 앙소르, 〈사람의 무리를 좇고 있는 죽음〉, 1896

않았습니다. 지금까지도 아닙니다. 그것은 당신의 항상 살아 있는 기억 속에 새겨져 있습니다. 기억이 아닙니다. 왜냐하면 그것은 과거의 것이 아니기 때문입니다. 그것은 과거의 것이 될 수 있습니다. 절대 과거의 것이 아닙니다. 그것은 불타고 있습니다. 활활 불꽃을 불태웁니다.

p.45

배경을 감춘채 모국을 떠나왔지만 마음은 떠나지 않았음을 누누이 강조한다. 가장 강조하고자 한 점은 한글발음을 영어로 표기한 그 '마음MAH-UHM'이다. 모국은 기억 속에서가 아니라 현재 활활 타고 있는 불꽃으로서 모국어에 대한 끝없는 불씨를 살리는 일이다. 그는 모국어가 조국이며 민족이며 영혼이며 동시에 죽음을 무릅쓰고 지켜내야 하는 가치라고 생각한다.

이 작품에 삽입된 작가 아버지의 필체, 어머니의 사진, 외할머니의 사진 등의 가족적 표현은 디아스포라 작가가 경험하고 있는 미국이라는 여전히 낯선 사회와 자신의 진정한 자아 사이의 분열에 대응할 수 있는 가장 따뜻한 정체성의 의존이라고 할 수 있다. 행위 예술가로서 이미 활발한 활동을 하고 있던 작가가 처음 써낸 소설의 제목을 『딕테』, 즉 '받아쓰기'라고 붙이고 첫 장을 '말하는 여자'로 설정한 것은 디아스포라의 언어적 치열함을 나타내려고 한 것이다.

그녀의 가치를 인정하는 버클리 대학에서는 '차학경 기념관'을 만들었고, 극단 뮈토스가 『딕테』를 연극으로 만든 <말하는 여자>가 2003년 공연서울에서 공연되었다.

나는 기꺼이 길모퉁이에 서 있을 것이다. 그리고 손에 모자를 들고 지나가는 사람들에게 구걸할 것이다. 쓰지 않는 자투리 시간들을 던져 달라고 ― 버나드 베런스.

버클리 대학 기념관 앞에 모자를 들고 있는 차학경을 본듯하다.

한 마리 새가 되어 떠나다

구스타프 클림트, 〈누드 드로잉〉, 1862~1918

『딕테』는 그동안 보아온 책들과 몇 가지 점에서 차이를 보인다. 이 책은 생소한 그림과 사진들, 다양한 언어(한국어, 영어, 불어, 라틴어, 한자)로 쓴 시와 기도문과 낙서장, 그리고 편지, 산문과 융합한 시로부터 시작한다. 분산된 세계 속에 소외된 이방인, 즉 소수민족의 존재성, 여성의 체험, 일제식민의 수난, 분단, 순수한 사랑의 갈망, 그리고 작가 자신의 생생한 자의식을 점묘하듯 묘사하고 있다. 역사적 편견에 눌린 비극적 인물들의 퍽이나 다양하고 통일성이 없는 형이상학적인 내용들과 역사적인 실제 인물과 연관 지은 그의 디아스포라의 언어에 대해 고찰하였다.

다원주의로부터 출발한 다문화주의multiculturalism의 토양에 뿌리를 둔 작가의 세계관뿐만 아니라 시간과 공간의 없음, 시공의 초월, 그 영원성에 대하여 깊이 천착하였으며 차학경의 이러한 신화성의 인식을 날개 달린 생명, 자유로운 비상으로 대체한 역사의식으로 인정할 만하다.

다시 말해 여성성을 중심으로 한 탈식민지 문화의 역동적이고 치열한 삶을 그렸다는 것은 여성이 주체적으로, 여성이 자신들의 디아스포라의 언어로, 여성의 정체성을 확장시켰다는 것을 의미하기도 한다. 그녀 자신이 타인의 수많은 몸을 빌려 독백인지 대화인지 구분이 애매한 말들을 말줄임표를 섞어가며 늘어놓는 수수께끼 같은 매력은 낯설다.

하지만 페미니즘을 특별히 옹호하거나 의식하지 않더라도 여성체험을 토대로 구성된 것으로서 모성적 이미지, 생명성, 자연과의 친화력, 섬세한 감성 등의 여성적 특징들 아프다 못해 아름답다. 예민한 감수성과 날카로운 분석력으로 해체한 세상에 복선을 깔고 다양한 목소리를 허용하고자 디아스포라들이 겪는 아픔과 슬픔, 그리고 욕망을 지

그재그로 정직하게 부각시킨 선례다. 한인 이민문화는 한국문화의 완벽한 복사도 미국문화의 붕어빵도 될 수 없는 탈장르적 혼종성 연애편지이다. 얼룩얼룩 자신에게 쓰는 이러한 성공사례는 작가의 탁월한 예술적 재능과 다양한 문화이론서의 학습에서 기인하겠지만 보다 본질적으로는 디아스포라라는 독특한 이력을 통해 작가가 분열과 해체의 경험을 통해 예술작품으로 형상화했기 때문에 가능한 것이었다.

21세기는 문화의 세상이다. 문화의 위력을 입증 하듯 아시아를 휘몰아친 한류열풍이 미국에까지 상륙했다. 올해 초 뮤지컬 <오페라의 유령> 등 3D의 성공으로 힘을 받은 3D 상영바람이 무용계에 불어 닥쳐 우리를 놀라게 하더니, 8월에는 싸이의 <강남스타일>이 그토록 어렵다는 빌보드 차트 1위를 계속 석권하고 있다. 우리 국민 10~80대에서부터 세계적 춤이 되어버린 말춤의 위력은 생각보다 대단하다. 9월에는 아웃사이더를 자처하며 산속 오두막에 홀로 은거하던 김기덕 감독이 영화 <피에타>로 69회 베네치아영화제에서 황금사자상을 거머쥔 쾌거가 있었다.

그러나 생각해보면 외국에서 수상하며 격찬받은 한국영화, 즉 박찬욱 감독의 <올드 보이>(2003)의 근친상간, 이창동 감독의 <밀양>(2007) 속 유괴와 살인, <시>(2010)에서의 유괴살인과 성폭행처럼 로즈버드가 '폭력'이 아닌 적은 한 번도 없었다.

외국의 한 비평가는 "총성도 없이 잔인하고 짜증나는 것은 전쟁과 분단, 독재로 이어져온 한국인의 트라우마 때문일 것"이라고 평했다 한다. 맞는 말일 것이다. 앞의 것에다가 압축 성장한 트라우마의 집단 무의식 속 그림자까지 합친다면 아마도 정답에 가까우리라. 이런 것들 모두 우리는 인정하고 싶지 않지만 또 인정해야만 하는 사실들이다. 이런 내상을 인정하고 애도하는 힘이야말로 치유의 근원이 됨은 물론 앞으로 나아갈 수 있는 새로운 약동이 되기 때문이다.

그렇다면 다시, 한류에 상응하는 한인 이민문화는 어떻게 존재하는지, 이민문화에는 어떤 트라우마들이 상존하는지, 이민문화의 르네상스에 어떤 문화콘텐츠가 높은 부가가치를 만들어낼 것인지, 공유된 기억의 공간과 기억의 공간 범주와 특성에 대한 논의가 아울러 진지하게 이뤄져야 할 시점이 온 듯하다.

누구는 종위에 편지를 쓰고
누구는 가슴위에 핑크빛 연서를 쓰고
누구는 저 허공에 예서체로 편지를 쓴다

밤새 봄비가 내린다

당신은 이 새벽 누구에게 편지를 쓰시겠습니까?

詩, 에로스와
타나토스를 읽다

에로스와 타나토스

필립 말리아빈, 〈엘리자베타 마티노바의 초상화〉, 1897

"사랑하는 사람은 사랑받는 사람보다 더 신에 가까운 사람이라 할 수 있는데 그것은 그가 이미 신들려 있기 때문이라네"파이드로스, "사랑은 중간적 존재라네"소크라테스. 『향연』에 나오는 사랑에 대한 대화를 보면 '다이몬'이란 다리가 이 둘을 연결한다고 소개한다.

소크라테스의 다이몬Daimon, 내면의 신성한 소리, 칸트의 정언명령定言命令, 절대적으로 지켜야 하는 도덕률, 공자의 천명天命과 같은 위대한 성취도 행동하는 몸이 없었다면 과연 이루어낼 수 있었을까? 문화의 원시적 단계에서는 몸과 이성을 분리하여 이해하지 않았다.

그 당시에는 본능·습관·제의가 하나의 기능으로 집결되었다. 그러나 인간사회의 기능이 분화됨에 따라 에로티시즘의 원본인 몸은 속악하고 정신은 고귀한 쪽으로 갈라졌고 현대에 들어와서는 자본주의의 상품과 권력이 되었다. 도덕을 넘어 종교의 초월을 담보 받아 聖을 이루는 몸은 공경받아야 할 대상으로 예술작품이 되지만, 性의 알몸은 한 생명으로서 공경받기 이전에 동물적 외설과 신성한 아름다움의 접점으로서 뜨거운 욕망의 대상이 되어왔을 뿐만 아니라 창조와 파괴를 동시에 자행해왔다.

철학자 조르주 바타유는 에로티즘의 정의를 "죽음까지 파고드는 삶"이며 모독과 금기위반과 죽음의 요소 없이 에로티즘은 성립되지 않는다고 주장한다. 장 보드리야르는 "진짜 욕망을 불러일으키는 것은 포르노가 아닌 에로티시즘이다"라고 말한다. 이렇듯 인간의 역사에서 에로티시즘을 불러일으키는 에로티시즘 속에 한 몸을 이루고 있는 에로스와 타나토스는 불연속적인 존재인 인간을 연속적으로 묶어주는 매개체 역할을 해온 것이 사실이다.

광기furor와 이성ratio, 이 둘이 달리기를 하면 누가 이길까? 그러나 당신에게 먼저 도착하는 것은 언제나 이성보다 광기다. 광기는 자신이 머물던 집을 버리는 데 천재다. 체면이고 뭐고 생각할 겨를이 없는 것이다.

괴테도 마찬가지다. 74세나 되는 늙은 괴테가 19세 울리케라는 소녀에게 폭옥 빠진 마지막 사랑도 '창조적 광기'라 할 수 있다. 결국 그 소녀에게서 시적 영감을 얻어 마침내 『마리엔바트 비가』[1923]를 마무리할 수 있었다.

광기를 다스리지 못해 수많은 살인을 저지르던 헤라클레스는 광기를 다스린 덕분에 훌륭한 영웅이 되었다. 트로이 전쟁에서 아킬레우스 다음으로 이름을 날렸던 영웅 아이아스는 '절친' 아킬레우스를 잃고 그 광기로 인해 가축들을 마구 도살하다가 결국 '광기의 노예'가 되어 자살로 마감하는 것을 볼 수 있다. 이처럼 광기의 주인이 되느냐, 노예가 되느냐에 따라 운명은 달라진다.

아래 그림을 처음 보았을 때 당신의 느낌은? 이마를 찌푸리며 '광기', '불경', '매춘'이란 단어가 휙 지나갔을 것이다. 나도 그랬다. 그 순간 나는 존스타인의 소설 『분노의 포도』[1939]에서의 한 장면이 떠올랐다.

막 아이를 유산한 조드 가족의 딸인 로저샨과 그녀의 어머니는 허름한 헛간으로 가족을 이끌고 잠시 피신한다. 그 헛간에는 죽어가는 노인과 한 아이가 안절부절못하고 있었다. 어머니와 딸은 잠시 서로를 쳐다보다 의미 있는 눈짓을 주고받는다. 가족들이 모두 자리를 피해주자 딸은 노인에게 다가가 자신의 가슴을 열고 말한다.

피터플 루벤스(1577~1640), 〈노인과 여인〉, 푸에르토리코 국립미술관

"자아, 드세요."

"자! 자요. 먹지 않으면 죽습니다."

그녀의 손이 그의 머리를 받치고 머리카락을 부드럽게 쓸어주었다. 그녀는 민망한 시선을 들어 건너편 벽을 바라보며 미소 지었다.

조그만 나라 푸에르토리코의 국립미술관에는 푸른 수의를 입은 노인이 젊은 여자의 탐스러운 젖을 힘없이 빠는 그림이 한 점 걸려 있다. 독재정권은 독립투사였던 아버지를 감옥에 넣고 '음식물 금지'라는 형벌을 내렸다. 노인이 임종할지도 모른다는 소식을 듣고 해산한

귀스타브 쿠르베, 〈파도와 여인〉, 1868, 뉴욕 메트로폴리탄 미술관

지 하루밖에 안 된 딸은 자신이 산모의 몸이라는 생각을 할 겨를도 없이 부랴부랴 찾아온 것이다. 마지막 숨을 헐떡이는 아버지 앞에 먼 길을 오느라 퉁퉁 불은 젖을 풀어 마지막 식사를 대접한다.

『분노의 포도』의 미소나 이 그림 속 미소는 동서양의 경계선을 넘어서 반가사유상의 신비한 미소를 앞세운다. 진정한 아름다움이란 이 토록 영원하다고. 그렇다. 현실과 환상을 교묘하게 혼합한 몸이 주는 신호가 숭고하기까지는 어떤 경우든 수동적이어야 하며 선망, 환희, 동일시가 교차되어야 한다.

인간을 온전히 회복시키는 저 주술의 자기 충족적 예언 속에는 대지의 모든 것들이 다 들어 있다. 물질의 풍요로운 속도전인 디지털 유토피아에서는 결코 느낄 수 없는 정서적 안정감이다. 이 절대적 행복감은 대지모^{Gaia}에 대한 본향의 향수이자 모성이 주는 성장과 치유의 신비다. 모든 신화에 어김없이 제일 먼저 등극했던 여신이 어느 시기부터인지 모두 아버지 신으로 바뀌어버렸다. 하지만 지금도 여신의 몸은 생명을 품고 기르고 치유하며 회복시키는 완전한 존재의 터로 활동한다.

여신들 속에 있는 여성의 원형이란 우리 눈에 보이는 구체적 모습이 아니라 인간 정신에서 작용하는 내적 이미지를 말한다. 신화란 인류의 가장 근원적인 체험이 담겨 있기 때문이다.

마찬가지로 여성성에는 생명, 창조와 같은 긍정적인 측면뿐만 아니라 공포, 파괴도 포함돼 있는데 이는 인간의 삶을 지배하는 원리이기도 하다. 선사시대부터 초현실주의까지 예술가들은 죽음과 에로티시즘을 일치시켰고 聖과 性의 그 상호 결핍을 보충해왔다. 이성과 광기 사이의 아슬아슬한 담장 길을 걸으며 그 사이에서도 봐야 할 것과 본 것의 집단무의식을 쓰고 그리는 데 생을 소비해왔다. 조급하고 격렬한 인간의 무의식은 무량한 수명을 자랑하는 신들에 비해 가난한 인간으로 태어나 한정된 시간 안에 꿈을 실현시켜야 하기 때문에 나타나는 현상이 조급증, 갈급증으로 나타난다.

삶의 영원한 반복인 예술작품들을 보면서 사람들은 가끔 본질을 파악하지도 않고 가시적인 형상에 몰입되어 비난의 화살을 쏘아대기도 하지만 그림(글) 속에 담긴 본질을 알고 나면 눈물을 글썽이며 감상할 수도 있다. 이처럼 모든 것의 본질을 알게 되면 새로운 시각의 문은 저절로 열리기 마련이기 때문이다.

> 윗옷 모두 벗기운 채
> 맨살로 차가운 기계를 끌어안는다
> 찌그러지는 유두 속으로
> 공포가 독한 에테르 냄새로 파고든다
> (……)
> 깊이 숨겨놨던 유방
>
> 우리의 어머니가 이를 통해
> 지혜와 사랑을 넣어주셨듯이
> 세상의 아이들을 키운 비옥한 대자연의 구릉
> 다행히 내게도 두 개나 있어 좋았지만
> 오랜 동안 진정 나의 소유가 아니었다
> (……)

문정희, 「유방」 부분

우주는 죽음의 카니발로 순환된다. 식물은 초식동물에게 먹히고, 초식동물은 육식동물에게 먹히고, 육식동물은 죽어 분해되어 대지의 식물들에게 영양분을 제공한다. 여신이 우리를 사로잡는다면, 그것은 여신에게 유방과 자궁이 있기 때문일 것이다. 자궁은 인류가 죽어서 다시 들어가야 할 성소이고 유방은 모든 생명들을 양육시키는 열쇠이다. 그 한 예로 터키 에베소 고고학 박물관에 가면 24개의 풍요로운 유방이 온몸을 뒤덮고 있는 <아데미여신상>이 있다.

에두아르 마네, 〈가슴을 내놓은 블론드 아가씨〉, 1878

　또한 인체의 부분들을 과장과 생략을 통해 추상적으로 왜곡한 환조인 2만 5천 년 된 <빌렌도르프의 비너스>나, 2만 7천 년 전 <레스푸그 비너스>, 3만 5천 년 전 <슈바벤 비너스> 역시 큰 유방과 성기를 당당하게 흔들어 보이는 게 흥미롭다. 이러한 여신의 고도비만은 다산과 풍요를 기원하는 바람이 유감주술로 상징화된 것이다.

　위 시에서 문정희는 24개의 유방은 아닐지라도 인습의 옷으로 가릴 수 없는 신선한 생명수의 유방을 보여준다. 그의 성적 강박관념이 그로 하여금 원초적 에로티시즘의 충만한 몸을 탄생시킨 것이다. 사회적 배제, 금기의 대상이었던 알몸들의 표현이 갈수록 자유로워진다. 꽁꽁 레이스에 숨겨놓았던 유방을 기계문명인 병원에서 에테르냄

새로 소독하느라 여신은 불안하다. 하지만 "세상의 아이들을 키운 비옥한 대자연의 구릉/(······)/오랜 동안 진정 나의 소유가 아니었다"에서 그는 자신도 모르는 사이에 이미 대지의 곡식여신인 데미테르로 등극한다.

아니 어쩌면 낯선 타인과 결혼하여 아이 낳기 이전의 그 신성한 처녀좌로 다시 돌아가 자신이 자신의 유방을 처음 소유해보는 시간인지도 모른다. 이것은 이상적인 여인상이 아니라 시대를 초월한 모성상이기 때문이다. 따라서 자아방어기제에서 억압으로 인한 본능적 욕구와 초자아의 요구 사이, 즉 자아와 세계 간의 타협과 절충형성 compromise formation이 원만히 이루어져 정상적으로 자의식을 통과하여 대지모로 발전한 경우라고 볼 수 있다.

인간의 생물학적 성장은 특정 나이에 멈추지만 인간의 인격적 성장은 일생을 통해 지속된다. 이러한 인격적 성숙은 대부분 예술을 매개로 이루어진다. 논리와 이성에 앞서 시각의 효율을 즉각적 감응으로 바꾸는 것이 그림과 글이다.

"시와 그림은 한 가지 이지詩畵本一律"라고 일찍이 노래한 중국 송나라의 시인 소식蘇軾, 1036~1101의 일갈처럼 詩가 꼭 언어의 영역에만 속하는 것이 아니듯 그림 또한 화폭에만 국한되는 것이 아닌 듯하다. 그래서 기성이미지에 예속되지 않는 전위적인 속성을 함축한 예술작품들이라 해도 미학적 시각의 풍요와 더불어 자기행동양식의 아이스테시스 aisthesis 치유기능은 가능해진다. 이렇게 예술작품이 세기를 넘어 화석화되지 않고 누군가와 소통하고 또 누군가는 그 안에서 치유와 행복을 찾고 사회문화심리에 영향을 미친다는 것은 '읽는다·바라본다'라는 관음행위를 통해 심리적으로 큰 권력을 누리기 때문이다.

여행의 위로

삶이 내게 말을 걸어올 때

호노르 도미에, 〈3등 마차〉, 1860, 메트로폴리탄 미술관, 뉴욕

만날수록 양파껍질 벗듯 새로운 매력을 보이는 사람과 있는 그대로를 꾸며대지 않고 보여주는 사람이 있다. 김조규(金朝奎, 1914~1990[8])는 후자 측에 속한다. 아하! 하고 무릎을 칠 만한 반전 대신 심장이 벌렁거릴 만한 사건에 대해 동정도 비난도 하지 않고 그대로 버려둔다. 역사와 민족 앞에 부끄럼 없는 양심으로 치열하게 분투했던 소명의식조차 내게는 그렇게 느껴졌다.

그 당시 만주는 '오족협화(五族協和)'라는 이데올로기가 지배하는 또 다른 식민지로서 100만이 넘는 디아스포라 조선인들이 뿌리를 잃은 채 살아가는 공간이었다. 그를 비롯한 재만 조선인들은 개화기라는 격류 속에서 전통문화와 서구문화의 갈등, 한문학과 국문학 간의 교체, 식민지 전통문화의 말살이라는 시련을 겪었다. 평안남도 덕천에서 목사의 아들로 태어나 1930년대에 조선시단에 데뷔한 김조규는 일제강점기 시절 모더니즘·카프 성향의 시(詩)를 썼던 시인으로 광복 전에는 주로 만주일대에서 시 창작 활동을 하였다. 다민족으로 구성된 만주국[9]은 일제의 통치를 받았지만 조선과 달리 조선어는 허용되었다.

김조규가 모더니즘과 사회주의 경향이 함께 나타나는 시를 창작한 것은 당시의 사상적 조류와 깊은 관계가 있는 듯하다. 「붉은 해가 나래를 필 때」(「동광」, 1932), 「달빛 흐르는 포구의 밤」(『조선문학』, 1934) 등의 초기시는 상당히 호흡이 긴 남성적 어조로 진보성을 띤 동반자적 경향을 보

---

8) 1937년 숭실전문 영문과 졸업. 1930년 17세 때 〈조선일보〉에 「연심」 등을 발표하여 시작활동에 들어선 이후, 『비판』에 실린 「폐허에 비친 가을 석양이여 ─ 고목에 새긴 노래」를 위시하여 바로 이듬해 「어버이 잃은 가슴이나와 「회향곡(懷鄕曲)」을 『동광』과 『신동아』에 발표함으로써 본격적으로 등단하게 되었다. 시집으로는 『동방』(1947), 『이 사람들 속에서』(1951), 『김조규 시선집』(1960), 소설로는 『윤초시』(1935)가 있다.

9) 한족, 만주족, 러시아족, 조선족, 일본인, 몽골인 등이 섞여 있었지만 만주인, 일본인, 외국인이라는 세 범주만 있었고 조선인은 일본인 범주 속의 하위범주로 취급받았다. 한석정, 「만주국의 민족형성과 외래 거류민의 사회적 위치에 관한 연구」, 『한국사회학』 제31집, 1997, p.861.

였으나, 1935년 이후에는 문단의 전체적인 침체와 맞물려서 감상주의
·모더니즘·심리주의의 자의식 경향을 보인다. 『단층』 2, 3호에 실린
「밤 부두」, 「해안촌의 기억」, 「묘墓」 등이 그 예이다. 이러한 경향은
이용악·오장환·민병균 등의 시인들에게서도 나타났다.

1939년 일제의 탄압을 피해 중국 간도로 들어가 교사와 기자로 활
동하다 1942년 『재만조선인시집』을 펴내는 한편, 발표를 포기한 작품
을 생산해내며 시대와의 협력과 저항이라는 날카로운 경계선을 걸어
갔다. 1944년 북한으로 들어가 8·15광복 직후 <조선신문> 편집자로
일하면서 평양예술문화협회 주필, 북조선문학예술총동맹에서 주필로
활동했다. 전후에도 <문학예술사조선작가동맹> 출판부 주필로 있으
면서 민족주의적인 시를 발표하던 그는 북한체제하에서도 과업시·
선전시 등 체제나 이념시로부터 벗어나 전통서정을 지킨 드문 북한
시인으로 평가된다.

초현실주의로 시단을 풍미하던 김조규의 초기시가 1939년 만주로
건너가 1944년 북한으로 귀국할 때까지 망국의 한과 울분을 삭이는
민족주의적인 경향의 시세계로 변모했다는 점은 주목된다. 월북문인
도 아닌 재북문인이 어떻게 갑자기 뒤바뀐 사회주의체제에 적응하였
으며, 창작활동은 어떻게 인정을 받게 되었을까. 그가 오랫동안 금기
의 대상이 되어 있었음에도 해금 이후 많은 연구가 이루어져 있다는
것은 그의 문학적 비중이 한국문학사에 유력한 지표가 된다는 것을
증명한다.

권영진이 김조규의 시세계를 "모더니즘과 리얼리즘의 양립"으로
파악하는 데 비해 조규익은 "그는 주로 리얼리즘에 입각한 자의식적
표현기법을 성공적으로 구사하였다"고 평가하며 구마키 쓰토무나 김

정훈은 그를 서정시인, 혹은 로맨티시즘으로 파악하고 있다. 이와 같이 그에 대한 다양한 관점의 연구들은 축적되어 왔으나 광복 이전에 창작된 근대적 사유를 전제로 한 그의 해외 기행시에 대한 연구는 거의 찾아보기 힘들다.

특히 1930~1940년대 해외 기행시에 나타난 디아스포라 여성들에 대한 논의는 전무한 실정이다. 그리하여 지금까지의 문학사적인, 혹은 역사적인 의미 찾기에 치우친 연구들과 달리 작품 속 디아스포라 여성의 특성과 김조규가 시대를 바라보는 시선과 진솔한 체험적 성격의 이민 생활에 대한 묘사에 초점을 맞추려 한다. 그의 작품이 인문사회학적 소양, 인지심리학, 여성성 등과 연결되어 있다고 추론되는바 이 조건들을 고려할 때만이 그의 작품 속의 '기행시'를 통해서 디아스포라인 여성성을 온전히 이해할 수 있다고 간주하고 접근한다.

『김조규시선집』에 들어있는 '기행시'를 중심으로 1939년부터 1944년까지 창작한 「P소년의 일대기」 외 47편의 시들을 분석하여 시 속에 나타나는 디아스포라인 비극적 인물인 여성의 본질을 살펴보는 데 목적이 있다. 1) 순결한 이상향, 소녀에서 오염 이전의 조국에 대한 동경을 2) 수난 받는 청춘, 처녀에서는 뿌리 뽑힌 조국의 상처를 3) 그리운 여인, 어머니에서는 있어야 할 것에 대한 그리움을 4) 사라진 조국, 할머니에서는 흔적도 없는 조국의 처절한 현실의 이미지가 내포하고 있는 문학적 특성에 주된 관심을 두고 그들의 변모양상에 대해 고찰하고자 한다.

디아스포라문학에게 길을 묻는 여성

에버린 드 모르간, 〈절망의 감옥 속에 있는 희망〉, 1887

민족이산이나 민족분산으로 번역되는 '디아스포라'를 초기 중세학자인 랍비 사아다^{saadya}는 통쾌하게 '분해'라고 말한다. 따라서 민족들의 국제이주, 망명, 난민, 이주노동자, 민족공동체, 문화적 차이, 정체성, 그리고 동족에 대한 애착과 연대감 및 모국과의 유대를 지키려 하는 것 등을 아우르는 문화적 개념으로 본다. 『김조규시선집』 1939년에서 1944년 기행시 중에서 디아스포라 여성을 네 가지, 소녀, 처녀, 어머니, 할머니로 분류하여 탐구하고자 하는 것은 존재 근원의 슬픔에 나라 잃은 민족적 정서가 맞닿아 있기 때문이다.

오양호는 "재만조선인문학, 즉 만주에서 이루어진 조선인 문학을 망명문학과 이민문학으로 구별하고 있는데, 그에 따르면 대다수 재만조선인문학의 경우는 이민문학에 속한다"고 보았다. 강동진은 재만조선인문학을 "만주국이 공식적으로 이민자를 모집했지만 사실상 대다수 조선인들은 자작농-소작농-농업노동자-도시빈민자-유이민의 과정으로 몰락해간 농민들의 불가피한 선택"에 의해 형성된 디아스포라의 상위 10%에 준하는 문학 집단으로 구분했다. 김윤식은 재만조선인문학을 "만주국문학, 식민지문학, 조선문학의 세 범주로 나누고 있는 것"을 볼 수 있다. 차혜영은 재만조선인문학을 "다인종성과 다국적성의 공간으로 보편적 문명을 체험하되 세계화된 계급의식을 실천"할 수 있는 공간, 김호웅은 재만조선인문학을 거대한 허상 속에 주어진 제한된 자유 공간의 이데올로기로, 전광식은 이데올로기화된 고향은 '유토피아'를 의미하게 되는데, 이때 고향은 뿌리를 의미한다.

이상의 논의를 종합적으로 검토한 결과 김조규는 어떤 사상적 단절을 겪은 후부터 현실에 대해 어떤 역할도 못하는 인텔리의 절망과 고독감을 '여우의 신포도'로 합리화시키는 자신을 '역사의 사생아'로 규정하였다. 하지만 그는 인간의 주체성은 언어를 통해 형성되고, 인간은 언어를 통해 세상을 인식하고 교통할 뿐만 아니라 언어는 곧 권력이기도 하다는 것을 재만 조선지식인의 역사적 결과물인 작품에서 실례를 보여주고 있다.

그는 다문화주의multiculturalism의 토양에 뿌리를 둔 작가의 세계관뿐만 아니라 시간과 공간의 없음, 시공의 초월, 그 영원성에 대하여 깊이 천착하는 동시에 여성성을 중심으로 디아스포라적 재만시문학 상황이 부딪치게 되는 한계와 만주국 이데올로기의 관계를 디아스포라적 시어를 통해 정서적, 심리적, 사회적, 생물학적 층위들을 탐사하고 있다.

> (……)
> 오늘도 낯선 이방의 거리를 헤매었다
> 나타샤, 창문을 열어라
> 쫓겨온 에트랑드의 설움은 나도 깊단다
> (……)
> 황혼은 스미는데 분수는 흐느껴 울고울고
> 상복의 기인 옷자락을 끌며 여인은 지나갔다
> 瞑目하는 망명의 거리 오오 「하이랄」의 밤아
> (……)
>
> 「향수」 부분

작품을 읽는 일이 작품 속에 살아 있는 시대의 역사와, 문화와, 언어를 찾아내 해석하는 방법이라면 김조규의 1938년도 작품인 「향수」는 조국을 향한 뜨거운 연서다. 옛 여인의 떫은 영상으로 떠오르는 나타샤는 "이방의 거리를 헤매는" "북으로 쫓겨 온 에트랑드"의 슬픔 메타포다. 하지만 "상복의 기인 옷자락을 끌며 여인은 지나갔다"는 혹독한 군국주의의 질곡하에 만주 땅에서 살다 세상을 등지는 가련

오마르 카이얌(1048~1123)의 시집 루바이야트(Rubaiyat) 삽화

한 디아스포라인 조선민족의 현실적인 모습이기도 하며, 아직도 회생의 기운이 전혀 요원한 암울한 조국의 또 다른 모습이기도 한 것이다.

제국의 언어가 피식민자에게 강요되고 피식민자의 역사와 문화는 제국의 담론에 의해 왜곡되고 변형된다는 것을 누누이 강조하는 것으로서 이 디아스포라 여인의 삶과, 이 여인 같은 조국의 모습과 대면하면서 '이산^{離散, Diaspora}'이 아닌 '망명객^{亡命客, a political exile}'으로 자신을 지칭했음에 유의할 필요가 있다.

왜냐하면 이러한 의식은 시대와 합일되지 못했던 상실감의 어떤 특정한 정서로써 그의 문학의 이해 또한 재만조선인으로서의 디아스포라적인 그의 입지가 전제되어야 할 것이기 때문이다.

그리고 「누이야 고향 가며는」에서부터 등장하는 소녀, 처녀, 여인, 나타샤 등 '누이'에 대한 칭호는 그의 만주 기행시에 이르러서는 안나, 매음부, 하나꼬, 미스 조선, 에트랑제의 처녀, 어머니, 할머니로 분류되는 여인들은 조국이 변모해간 모습을 형상화한 편지에 다름 아니다.

삶의 중요한 가치로 몸을 바꾼 편지, 다른 목소리는 들리지 않는다. 다만 슬픔과 따뜻한 응시가 기다림 사이에서 발원하여 만나고 서로를 결속한다.

기행시에 나타난 청춘의 문장들

여행의 사전적 의미는 자기가 사는 곳을 떠나 유람을 목적으로 객지를 두루 돌아다님이다. 올여름 나도 다시 떠나고 싶다. 목적도 없이 혼자 떠나는 쓸쓸한 여행이면 어떠랴. 밤배를 타고 제주도에 내려 아침 버스를 탄다. 바다의 속살을 따라 느릿느릿 달리는 완행버스에 햇살이 가득하다. 정유지마다 마을 할머니 한 분씩 보따리를 들고 올라타신다. 서로를 알아보고 반가워 인사를 나누신다. 여기가 분명 한국이다. 그런데 나는 도통 할머니들이 나누시는 말씀을 한마디도 알아들을 수가 없다. 그저 그들이 서로에게 던지는 미소만 알아듣는다. 그것은 인생을 더없이 사랑한 자들의 선물일 터. 그래서 나는 여행을 돌아올 곳이 있어 떠나는 자의 아름다운 모험 내지는 가장 멀리 있는 자신에게 다시 돌아오는 외로운 편지라고 말하고 싶다.

김조규의 시에서 풍경이란 공간이 대신 기억해주는 쓸쓸한 언어의 이동이다. 순간순간 묘사란 단순히 이질적인 외부세계의 경이를 그리는 것이 아니라, 내적인간의 무관심이 발견해내는 환희로서 "임 나무와 새벽 이슬을 조화하는 성숙한 소녀 안나"는 디아스포라로 찾아온 아직은 오염되지 않은 순결한 조국의 모습이지만 언젠간 병들어 돌아갈 남방의 길손들인 것이다. 그의 47편의 '기행시' 중 18개의 시를 제외한 모든 시의 배경은 밤이다. 이것은 외부공간에 의한 비관적 의식과 현실적으로 무력한 그의 정신적 부담을 동시에 짐작케 하는 것으로써 이런 비판과 새로운 창조를 시도하는 디아스포라인 재만조선인 작가들의 언어에 대한 모든 피식민인들의 끔찍한 정신적 상흔이기도 하다. 트라우마란 이렇게 자신의 영혼을 쉽게 통과하지 못하고 부드러운 여과기에 정체 모를 찌꺼기로 남은 편지의 흔적이기 때문이다.

1) 순결한 이상향, 소녀

> (······)
> 산 하나 없다 둘러보아야 기인 지평선
> 슬픈 葬列처럼 황혼이 흐느낀다
> 저녁이 되어도 눈을 못 뜨는 이 마을의 들창과
> 胡弓의 줄만 고르는 瞑目한 이 마을의 사상과
> (······)
> 기집애야 왜 등잔을 고일 줄 모르느뇨?
> 늬 노래 듣고 어둠이 점점 짙어오는데 오호
>
> 호궁 어두운 들창을 그리는 기억보다도
> 저녁이면 등불을 받드는 풍속을 배워야 한다
>
> - 어머니의 자장노래란다
>
> 「호궁」 부분

혹! 하고 강하게 풍겨지는 불안감! 고국으로부터 분리되었다는 분리불안감^{separation anxiety}은 생을 위협하는 자연적, 사회적 요인들에 대한 울음의 편지들이다. "기인 지평선과 胡弓의 줄만 고르는 瞑目한 이 마을의 사상"은 희미해져가는 조국의 명칭들을 기억하기 위해 불러온 이국의 고유한 풍경들이다. 그런 풍경들은 김조규의 결핍감이 원해서 부르는 것들이지만 작가의 자아정체성을 확인하는 실천의 작용으로 경험의 연대성을 강조하는 '기집애'와 '어머니'로 이어지는 여성들의 이름 부르기로 집약된다. 오염 이전의 조국을 의미하는 '기집애'는 작가의 이상향인 동시에 민족에 대한 애착과 디아스포라의 슬픈 연대감에서 비롯된 것으로서 여성들의 주체성과 행위성을 표현하고 구축하는 한 양식으로 분석된다. 그의 작품 중에서 유난히 자주 등장하는 시어는 '밤', '바다', '강', '여인'으로 상정된다. 다음에 등장하는 온갖 신비를 감춘 소녀, 그의 이상향인 안나가 어떻게 디아스포라인 재만 사회의 정체성에게 구애하는지 살펴보자.

> (……)
> 임 나무와 새벽 이슬을 조화하는 성숙한 소녀 안나
> 밤−피아노의 대에 앉즌 힌 손은 물결을 옷 입다
> (……)
> 어족과 산호와 온갖 신비를 감춘 동화의 海心 童心
> (그러기에 나는 안나의 시원한 눈을 가장 사랑하엿다)
> (……)
> 안개인양 찾아왔다 병들어 돌아간 남방의 길손
> 그날 밤 波濤는 울어울어 울드니만
> (차창에 떠오르던 네 얼굴이 작고만 흐터지드라, 아듀)
> (……)
> 고향아닌 제 고향으로 해풍에 전송되어 돌아갓다드라
> 「해안의 전설」 부분

지속적으로 나타나는 '밤'의 인식은 이 무렵 그의 문학 본질에 가장 가까운 정신적 죽음이다. 이때 정신적 죽음에서 사라져버린 영혼

오귀스트 르누아르, 〈책 읽는 여인〉, 1874, 오르세 미술관

psyche이란 생명·감각·감정·상상력·성찰·추리·판단까지 포함한 개념이다. "그날 밤 波濤는 울어울어 울드니만"에서의 밤의 이미지는 물의 이미지를 통해 탐색되는 이국의 밤이다. 바슐라르의 자유분방한 역동성 자체를 매개로 하는 '4원소' 중 물의 심층심리의 분석으로 발전한 물은 김조규의 시선이 되고 시간을 바라보는 디아스포라의 세계관이 된다. 그리하여 "고향 아닌 제 고향으로 해풍에 전송되어 돌아"간 이 아닌 "돌아갓다드라"는 자발적 적극적인 행위에 의해서가

아니라 타인에 의한 현실탈출을 바라는 지극히 소극적인 대응의 모
순해결책을 제시하기에 이른다. 소녀 안나는 정상적인 조국의 정신활
동에 억압이 채워진 당대의 초상화였던 동시에 해안의 전설로 남는
순결한 조국의 외면일기인 것이다.

2) 수난받는 청춘, 처녀

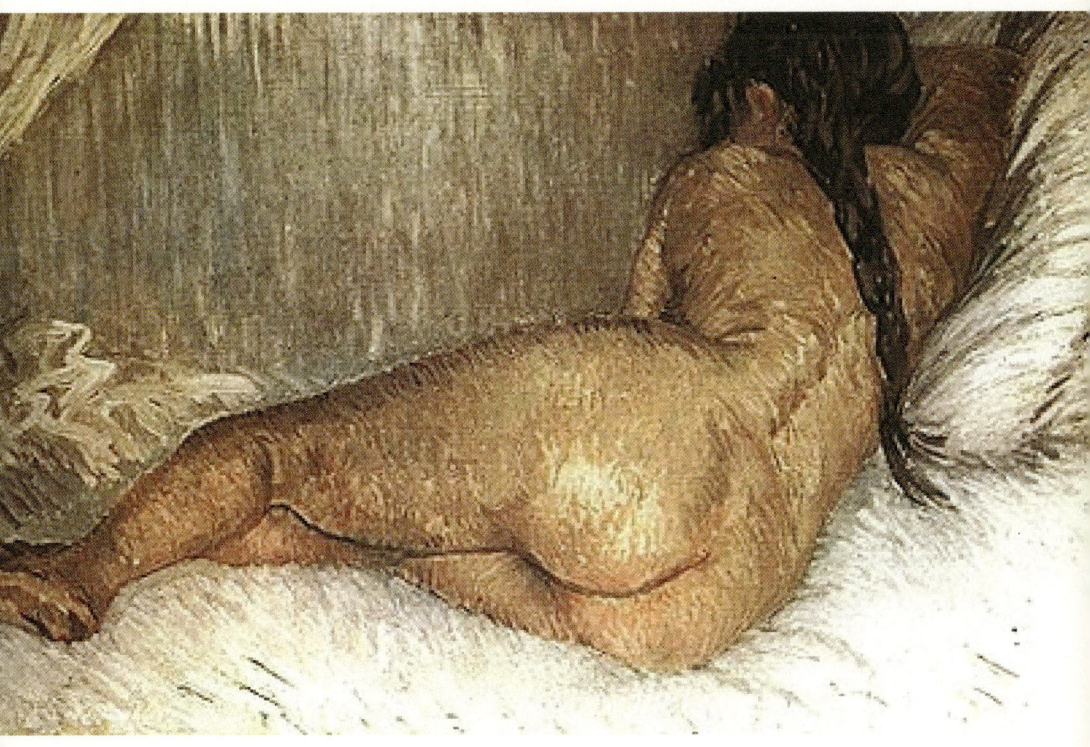

빈센트 반 고흐, 〈벽을 바라보는 처녀〉, 1880

(……)

봄 그 꽃도 모르고 異邦말을 서투르게 번지며 던져주는 빵 조각을
게걸스럽게 받아먹는 강아지의 습성을 배우고 있으니 슬프다 너는
너를 낳아준 볼가 강 잔디 푸른 언덕으로 다시는 돌아가지 못할 에
미 그란드, 네 푸른 너 스스로의 날개로 날아야 할 애어린 파랑새 행
복의 나라는 어느 하늘가 지평선 저쪽에 잠자고 있는 것이냐?

(……)

도야지가 밟고 간 네 가슴의 상처를 부둥켜안고
비 내리는 한밤을 울며 지새웠으나 슬프다 현대의 청년들은 모
두 산 도야지보다 더 미욱하고 暴惡하거니 어찌할 것인가

(……)

에트랑제의 처녀야 너는 네 아름다운 청춘을 너 스스로 좀먹을
것이 아니라 땅 속에서도 저 갈 길 찾아 흐르는 물줄기처럼 너는 네
가 걸어야 할 너의 길을 찾아야 될 것 아니냐?

(……)

창문 유리에 흘러내리는 것은 빗
물이냐? 눈물이냐? 너는 네 가슴 속에 새로 피어날 한 떨기 장미꽃의
이름이라도 유리창에 그려야 한다. 새겨야 한다

茶店 「알라야드」 2장

　이민국 만주의 퇴폐와 자기부정의 경도는 디아스포라적 재만조선
인의 이국정서와 향수, 비애, 고독감 등이 표출된 정서다. 작품 속 '처
녀'는 수난받는 처녀에 대한 애끓는 동정과, 뿌리 뽑혀 이미 타락의
길로 접어든 통제 불능한 조국이다. 이는 독립된 다민족국가로 포장
하고자 한 만주국의 노력의 소산이었지만 저항의 몸짓으로서의 미래
의 행복을 위해 현재의 삶을 저당 잡힌 사람들이 사는 균열된 공간이
기도 하다. "땅속에서도 저 갈 길 찾아 흐르는 물줄기처럼" "물이냐?
눈물이냐?"에서 물은 아늑한 이미지의 모성성의 물이 아니라 끈질긴
생명력으로서의 물, 저항으로서의 물, 원초적 회귀점으로의 물이다.

에두아르 마네, 〈폴리 베르제르의 술집〉, 1882

새로운 질서에 혼용하여 삼투하지 못하는 작가는 수난받는 청춘, 에트랑제의 처녀에게 뿌리 뽑힌 조국의 상처 위에, 다시 돌아가야 할 조국의 이름이라도 유리창에 그려야 하지 않겠느냐고 상처투성이 에트랑제 처녀를 일으켜 세우며 절규한다.

> 너는 '모나리자'의 알 수 없는 미소로 나를 끌어당기고 있었고 불타는 수족관은 독초연기에 취하여 흔들리고 있는데 나는 나라 잃은 젊은이의 설움과 버림받은 나의 인생을 슬퍼하며 술상을 마주하고 있었다. 너의 량 길손 흰 저고리와 다홍치마는 '하나꼬'라는 낯선 이방 이름과는 조화되지 않았으니 너의 검은 머리채 속에는 네가 잃어버린 것 그러나 잊을 수 없는 모든 것이 그대로 깃들어 숨 쉬고 있는 것이 아니냐?
> (⋯⋯)

아아 채 여물지도 못한 비둘기 할딱이는 네젖가슴을 우악스런
검은 손에 내맡기고 너의 정조를 동전 몇 닢으로 희롱해도 너
는 울지도 반항도 못하고 있고나 술상 건너 깨어지는 유리잔과
정력의 낭비와 난폭한 욕설, 순간에서 영원한 쾌락을 찾는 환락
의 일대광란 속에서

(……)

네 어린 동생의 영양실조의 눈동자가 창문에 매달려 들여다보
는 데도 너는 등을 돌려대고 내개 술잔을 권하고 있으니

「카페 '미스' 조선에서」 부분

김조규는 모든 시에 날짜와 장소를 기입하는 성실한 시인이었다. 「카
페 '미스' 조선에서」에도 "－1940.10. 도문에서 소설가 현경준을 만나－"
라는 부제가 어김없이 붙어 있다. 1939년도에 발표한 「P소년의 일대
기」, 「편지」, 「피곤한 풍속」, 「해안의 전설」, 「두만강」 5편 모두가 심
리주의적인 반면 1940년 이후에 발표되는 작품들은 제목에서도 확인
되듯이 우리의 전통 서정으로 회귀한다. 그의 시의 화두는 역사와 민
족 앞에 부끄럼 없는 양심으로 치열하게 분투했던 소명의식이었다.
생존을 위해 정조를 팔고 눈물을 파는 '하나꼬'라는 가명을 사용한
디아스포라인 조선처녀에게 공포와 절망을 딛고 일어서는 출발을 제
시하며 자신의 응축된 생명의 힘에도 은밀한 함의^{含意}를 투여하고 있
다. 현실적 모순에 항거하는 이 작품 역시 죽음과 온갖 회의에 굴종
하지 않는 「포스타가 바람에 날리는 풍경」처럼, 돌파할 수 없는 투쟁
과 배신만이 난무하는 만주국의 현실을 재만조선시문학이 처한 한계
상황을 이용해 폭로하는 것이다. 예를 들면 비자발적인 디아스포라적
형상으로서 한 폭의 정물화로 놓여 있는 다음과 같은 작품이 또한 당
대 만주국에 사는 조선민족의 극명한 현실이었다.

앙리 마티스, 〈빨간 속옷의 오달리스크〉, 1911

가)
침대에 자빠진 淫女. 花盡

「盡 2」 전문

나)
계집은 병인하엿습니다
허면서도 오라고 손질합니다
(……)
계집을 할는 습성을 배웠습니다
금요일의 밤 계집은 물론 여인은 안입니다
붉은 「우쿠레테」의 풍경과
어두운 침실의 화려한 정신과
말이 없고 나도 黙하고
개와 가치 즐길 줄만 아는 것입니다

「접 神」 전문

가)는 그 자신의 지혜와 통찰력이 작품 표면의 진술 배면에 숨어 있다. 고도로 응축된 이미지를 차용한 한 줄의 '하이쿠'를 연상시키는 이작품은 작가의 위장되고 모호한 여러 요소들의 융합이다. 여인의 감정과 자신의 어떤 감정도 절제된 공간에 드러누운 꽃병은 재만디 아스포라들이 겪고 있는 다이아몬드처럼 차갑게 굳어진 이국의 슬픈 정서다. 그는 순응과 저항의 갈등을 실험적 창작으로 감행한 사람이 라기보다 자신의 신념조차 윤리화시키지 못하는 지식인의 회의와 고민을 그린다. 나)는 '茶店「알라야드」 2장'에서와 같이 던져주는 빵 조각을 게걸스럽게 받아먹는 주체성을 상실한 개의 습성이 그대로 재현되고 있다. 동물적 인간관과 아버지의 종교인 개신교를 등진 반윤리적인, 반이성적인 작품으로 디아스포라의 처녀인 '계집'을 매개로 허물어져가는 조국의 슬픈 현실을 그대로 반영한다.

3) 그리운 여인, 어머니

원시적인 풍악소리가 흘러가고 소복한 여인이 느끼며 지나가고

가까운 기억도 머얼리 황혼처럼 떠오르고

고목과 준마와 조화의만하기인 행렬이 흐느낄 때

나는 나의 위치를 슬퍼하고 있었다

「葬列」 전문

1938년 작 「향수」에서와 같이 위의 작품에서도 "소복한 여인이 느끼며 지나가고" 있다. 뿌리 뽑힐 대로 다 뽑히고 살 집도 없어져 버려

클로드 모네, 〈카미유의 임종〉, 1879, 프랑스
오르세 미술관

죽음의 문턱으로만 다가가는 여인, 잡을 시간도 주고 않고 그리운 어
머니가 순식간에 자취도 없이 사라져 버린다. 백의를 차려입은 건강
했던 어머니 그러나 이젠 예전의 어머니가 아니다. 예전의 강건했던
조국은 이제 어디에도 없는 것이다. 가버린 어머니, 가버린 조국에 엎
드려 마음 놓고 조곡은커녕, 마음 놓고 애도의 눈물도 흘리지 못한다.
배반당한 디아스포라인 자신의 처지와 현대사 사이에 '절망'이라는 사
다리를 고여 놓고 만주라는 디아스포라의 시공간에서 이루어진 한국
시의 질곡에 촛불을 켜놓고 상흔의 곡을 타며 슬퍼하고 있는 것이다.

(······)
창문에 흘러드는 달빛마저도
역겨워 여인은 외면합니다
슬퍼도 웃어야 하는 것이
우리에게 생긴 새 의무입니다

<갓떼 구루조또······> 거리에서는
목 갈린 소리 창살을 부시고
달빛 아래서도 물고 뜯고

죽이고, 죽고······

두고 온 고향이여
언제 한번 걸어볼 것인가
못 잊을 마을의 오솔길과
시냇가 언덕을,
(······)
여인은 안문 덧문
조심조심 잠그면서
혼자 중얼거립니다
ㅡ 밤도 깊었으니
이제 새일거예요
이 저주로운 숨 막히는 밤도······

「밤과 여인과 나」 부분

　일제말기 재만조선 지식인에게는 디아스포라라는 선명한 의식이
살아 있어야만 "조선민족으로서의 민족정체성과 만주국민으로서의
국민정체성이라는 이중적 정체성"의 굴레에서 벗어날 수 있었다고
장춘식은 말한다.

요하네스 얀 베르메르, 〈파란색 편지를 읽는 푸른 옷의 여인〉, 1663

"창문에 흘러드는 달빛마저도/역겨워 여인은 외면합니다"라는 표현은 절망적 현실, 짓밟힐 대로 짓밟힌 어머니에게 생긴 새 의무로서 어쩔 수 없이 불편한 두 얼굴을 가지고 순응해갈 수밖에 없는 시인의 처지를 형상화한 것이다. 작가의 의지를 암시하는 것처럼 "밤도 깊었으니/이제 새일거예요"는 방황 속에서도 결연한 믿음을 가진 디아스포라 여인을 통해 만개한 복사꽃 봄으로의 탈출욕구를 보여준다. 채이고, 배반당하며, 죽임당하는 절망적 현실을 넘어서고자 염원하는 극렬한 재생^{regeneration}의 욕구, 희망적인 부활욕구로서, 언제나 내 곁에 있었던 그리운 어머니는 마음의 상춘을 일으키는 봄빛이었다.

이 거리의 등불 꺼진 창문과 함께
너도 슬픈 오늘의 심정이냐?
(……)
울면서 타는 소리냐?

타면서 우는 마음이냐?
(……)
자라서도 그리운
어머니의 자장노래
잃었기에 찾아야 할
조국의 노래란다
가야금 겨레의 마음
(……)
아픈 상처 감싸주는
어머니 손길이여
이 밤이 지새도록 튕기고 튕기여라
그 소리에 실려 새벽이 찾아오리

「가야금에 붙이여」 부분

신윤복, 〈가야금〉, 1758~미상

인간은 태어날 때부터 의존적이라서 누군가를 필요로 한다. 성인
이 된 우리 내면에는 여전히 인정받고 싶은 아이, 지지해주는 사람을
만나고 싶은 욕구가 고스란히 존재한다. 디아스포라 작가가 경험하고
있는 만주국이라는 여전히 낯선 사회와, 자신의 진정한 자아 사이의
분열에 대응할 수 있는 가장 따뜻한 정체성의 의존이라고 할 수 있다.
「밤과 여인과 나」에서처럼 '새벽'은 긴긴 밤의 고통을 통과해야만 찾
아오는 불빛이다. 절망과 탄식의 사막을 통과해야만 나타나는 오아시
스 같은 희망이다. 그 희망은 "어머니의 자장노래/잃었기에 찾아야
할/조국의 노래"에서처럼 디아스포라적 어머니는 가장 대표적인 의
존 대상으로 표출되는 존재이다. 서로 돕고 교류하고 싶은 건강한 의

존 대상으로서 가야금소리로 들려오는 재생시키고 싶은 어머니의 모습이며 "아픈 상처 감싸주는/어머니 손길이여"는 그의 모성고착[mother fixation]적 퇴행심리로 이해될 수 있다. 이로써 그의 조국은 기억 속에서가 아니라 현재 활활 타고 있는 불꽃이 되어 모국어에 대한 끝없는 야생조 같은 청각 사랑을 외치는 것이다.

더욱이 1940년 이전의 초현실주의적 경향 및 모더니즘을 수용한 작품들에 비해 1940년에 창작한 「가야금에 붙이여」를 비롯한 여타 작품군에서는 세계관의 변화와 아울러 회기하고 있는 저항의식의 서정으로 볼 수 있다. 그렇다면 그가 광복 후에 보여준 사상적 전환의 의미를 풀어줄 열쇠로 식민지적 현실에 대한 울분과 좌절감을 직접적으로 표출하던 초기시와 전혀 다른 후기시의 경향에 대해 긍정적으로 볼 것인가, 아니면 부정적으로 볼 것인가가 관건으로 남는다. 1945년 북한으로 들어간 김조규는 처음 출판한 『관서 시인집』에 나타난 시의 경향이 북한의 체제에 맞지 않는다고 비평가들에 의해 비판을 받았던 것을 미루어 보아 그때까지만 해도 그의 시심은 순수한 서정이었을 것으로 판단된다.

4) 사라져버린 조국, 할머니

> 쓰러질 듯 비틀거리는 마음이
> 여인의 방문을 밀고 들어섭니다
> (……)
> 공원길의 오후에도
> 꽃은 없었습니다
> 산에도, 들에도,

(……)
젊음은 푸른 잎새 하나 없이
서리 바람에 시드니
희망이란 어데로 날아간
빛 잃은 낙엽입니까?
(……)
이 숨 막히는 어둠을
혼자서는 견뎌낼 수 없어
여인과 마주 앉았습니다
(……)
― 살아 있다
살아야 한다!

「그 밤의 생명을」 부분

클로드 모네, 〈배 위의 소녀들〉, 1887, 도쿄 국립 서양 미술관

사회적 상황과 시대정신은 작가의 심리적 갈등의 중요한 구성요소다. 작가의 욕구를 충족시켜주는 일과 반복되는 작은 실패들은 자아에 외상을 받게 만들어 누적된 외상$^{\text{cumulative trauma}}$을 발생시킨다. 이에 영향을 미치는 요소들은 외상이 발생한 시기의 사건 자체보다도 그 사건에 대한 김조규의 반응, 그것을 극복하려는 심리적인 시도, 지지 등이다. 일찍부터 항일운동의 주역이었으며 현실비판의 투철한 의식을 가졌던 그의 시문학은 역사의식의 부재, 좌절로 빚어진 현실도피의 일부 작가들이 일제강점기의 작가활동과 결별한 것과는 달리 해방 후에도 일제 때의 작품을 재수록하는 등 자신의 삶에 일관성을 제시하게 된다.

"시들어버린" 낙엽이 된 슬픈 여인에게 자신의 체온을 연결하여 소생하기를, 암흑 같은 현실공간에서 시체가 다된 여인의 이름을 부르며, 조국을 부르며 "ー살아 있다/살아야 한다!"고 부르짖는다. 과거의 조상으로부터 전승되어온 주문처럼 반복함으로써, 그러한 주문의 초월적인 파워가 이름조차 희미해져 가는 여인인 조국을 현재에 다시 불러일으킬 수 있다고 믿는다. 결코 이대로 무너져 내릴 수 없는 자신의 억압된 욕망에 대한 문학적 고해이기도 하다. 슬프디 슬픈 할머니로 표출된 북망산 고인돌의 희미한 흔적을 더듬는 작가의 극복의지는 사회적인 의미로서 초월적인 파워로 재정의된다.

(⋯⋯)
그리고 가마 타고 울면서 간
그 여인의 소식 알려주렴
(⋯⋯)
뜻도 량심도 헌 신발처럼 버리고

짐승이 되면 살기 혈한 세상,
남은 것은 갈대 같은 육체뿐
청춘의 긍지와 희망은
어느 포악한 손아귀에 비틀려
소리 없이 교살당했느냐?
음산한 저녁이여
생소한 대륙의 황혼이여
차는 못 타도 좋으니
저 벌판에 엎드려
토옥이라도 해보자
대지를 끌어안고
한번 크게 소리라도 쳐보자

「추억의 바닷가에서」 부분

　김조규가 디아스포라로서 적극적으로 소리 지르는 대상은 누구인가? 그는 누구에게 소리라도 지르고 싶은 것일까? 일상적으로 수행되고 있는 신념이나 양심만 버린다면 짐승처럼 살기 편한 일제치하의 만주국임엔 분명하지만, 영감 받은 사람, 즉 시인으로서 "수줍음 많은 처녀 그대로" "가마 타고 울면서 간/그 여인의 소식 알려주렴"처럼 옛 경험의 회상을 마치 현재의 경험처럼 사용하여 표현에 연약하게 도달한다. 반대로 디아스포라 지식인 시선에 잡힌 "어느 포악한 손아귀에 비틀려/소리 없이 교살당한" 현실은 어디를 가도, 어디서도 만날 수 없는, 나를 가장 사랑했던 고국의 여인, 할머니를 그리운 조국으로 상정, 애도하기에 이른다. 그리하여 사라져버린 조국, 그 여인을 대신하여 이국의 대지라도 끌어안고 크게 소리칠 수밖에 없는 협력과 저항의 경계를 걸어갔던 재만조선 지식인의 현실은 상춘객들의 술잔에 흔들리는 무덤 같다.

정복하고 싶은 현실

실의에 빠진 채 삼월이 간다. 낙타처럼 천만번의 봄을 슬퍼하며 봄날이 간다. 아슴아슴 『김조규시선집』에 들어있는 '기행시'를 중심으로 1939년부터 1944년까지 창작한 47편의 시들을 분석하였다. 비극적 여성의 디아스포라인 이질적인 텍스트와 디아스포라의 글쓰기를 통해 나라 없이 떠도는 재만조선인들의 당시 시대상과 재만조선인 문학의 본질을 살펴보는 데 목적을 두고 고찰하였다.

시인이 모색하려고 했던 디아스포라인 여성들의 변모양상과 그동안 주목하지 못했던 재만 디아스포라로서 현대시의 새로운 영토를 개척한 그의 시는 만주국의 폭력성을 깨닫고 이를 겪어내고 성찰하며 초월하려는 엘리트의 고민에 초점이 맞춰져 있다.

특히 조국의 처절한 현실에 주된 관심을 두고, 역사적 편견에 눌린 비극적 인물인 여성들을 식민지 디아스포라적 인물로 타자화하여 자기 성찰적 요소로 극대화시킨 것을 볼 수 있다.

이 텍스트를 통해 디아스포라의 역사와 허구, 이미지와 언어가 교차한다는 것을 밝힐 수 있었다. 그의 대부분의 기행시는 실체가 사라져버린 조국, 그 여인들을 대신하여 절절하게 생소한 이국의 대지라

카를 프리드리히 싱켈, 〈록스의 문〉, 1818, 스타트리히 박물관, 베를린

도 끌어안고 크게 소리칠 수밖에 없는 현실 고발의 충실성을 예증하는 데 중점을 두었다.

초기창작에서 현실적 모순에 대한 인식이 부분적으로 나타났던 소녀, 처녀, 여인, 나타샤 등 '누이'에 대한 칭호는 후기 만주 기행시에 이르러서는 비교적 분명한 대상성을 갖고 안나, 매음부, 하나꼬, 미스 조선, 에트랑제의 처녀, 어머니, 할머니로 분류된 디아스포라 여인들은 조국이 슬프게 변모해간 모습을 형상화한 것에 다름 아니다. 이러한 분석을 토대로 김조규의 문학을 통해 나타난 의식은 시대와 합일되지 못했던 상실감의 어떤 특정한 정서로서 디아스포라 민족의 문제에 대한 근원적인 탐구와 재만동포들의 일상을 구체적으로 전달했음을 주목하게 되었다.

이는 문학을 통해 인간의 삶을 터득하고 당시대를 인식하며 역사에 조응하는 시적 자아, 즉 내적 인간$^{inner\ man}$이 아니마^{anima}로서 자신의 무의식적인 여성적을 조각조각 이어붙인 '서간'임을 알겠다. 운명적인 역사의 주체인 것으로 인식된다.

'페티시'를 바라보는
호모비블로스의
유쾌한 저항

무심코 소비하는 상품들 속에는 수많은 페티시[fetish]가 잠재되어 있다. 페티시 상품은 이제 단순한 사용가치를 담고 있는 오브제가 아니라 '판타지'에 의지한 '욕망'을 실현하는 기호이다. '소유'함으로써 '존재'를 증명하려는 부질없는 환상성은 정신적 결핍증증후군에 시달리는 이 시대의 사람들에게 하나의 신앙으로 떠오른 지 오래다.

페티시즘[fetishism] 또는 페티시는 물건이나 특정신체부위 등에서 성적 만족감을 얻는 것을 말한다. 심리학에서 성도착의 형태로 분류되는 페티시의 어원은 '마력을 가진 사물' 또는 '마음이 담긴 물건'을 의미한다. 성적인 의미에서 페니스의 발기를 일으키고 지속시키는 힘으로서 마력을 뜻하는 것이다. 그래서 과거에는 변태 성욕으로 치부되어 왔으나 근래에는 인간의 성욕 중 하나로 대변된다. '페티시'란 어원의 라틴어는 '인공적으로 만들어졌다'는 '팍티티우스[faticius]'에서 유래하였고, 직접적으로는 고대 포르투칼에서 성자의 유물이나 호부, 주물, 즉 나무, 돌, 이, 발톱, 나뭇조각, 조개껍질, 머리카락 등을 '페이티소[feitico], 주물, 호부'라 부르며 숭배한데서 파생된 것으로, 영어의 '페티시'로 변하였으며, 수불 숭배와 성적 도착 현상이란 두 가지의 뜻으로 분류된다.

탁월한 사랑을 선택한 사람들은 언제나 불행하다. 영화도 예외가 아니다. 마르그리트 뒤라스 원작인 <연인>[1991], 쥴스 데이신 감독의 <페드라>[1962], 루이 말 감독의 <데미지>[1992] 등이 그렇다. 분명 세상에는 사회적 질서가 분리해놓은 여성과 남성의 범주에 들어가지 않는 존재들이 있다. 누구나 판타지 없이는 살지 못하듯 그들 또한 꿈을 꾸지 못하면 살 수 없다. 창밖으로 바라보는 폭풍우는 아늑하다. 스크린을 통해서 보는 모든 폭력은 유쾌하다. 스크린이라는 상징질서

메리 카사트, 〈오페라 극장 박스석에서〉, 1879, 개인소장

가 낳은 잉여쾌락이란 현존하는 쾌락질서의 다른 이름이기 때문이다.

스탠리 큐브릭 감독의 영화 <로리타>[1962], 애드리안 라인 감독의 <로리타>[1997]는 블라디미르 나보코프의 장편소설 <로리타>[1955]가 원작이다. 파리에서 출판된 이 책은 12살 소녀와 47살 중년 남자의 변태적인 사랑을 다룬 충격적인 작품으로 파격적인 '로리타 신드롬'을 일으켰다. 그러나 다음 해 판매금지가 되고 1958년 미국에서 다시 발간되어 베스트셀러가 된 후에서야 다시 영화로 재구성될 수 있었다.

사드가 기존의 법과 도덕의 위선을 드러내기 위해 쾌락을 극단으로 밀고 간 것처럼 원작과 영화 역시 결핍과 공허를 채우기 위해 근친상간, 아동성애라는 금기 장르를 등장시킨다. 성에 대한 편향된 시각을 과감하게 해체시키는 이 영화는 마조히즘을 드러낸 작품이다.

그 중심엔 어린 소녀와 중년남성의 응시가 있다. 성인 남자가 어린 소녀를 바라다보는 모호한 시선, 문제는 이것이다.

영화의 첫 장면은 주인공 험버트의 손바닥 위에 로리타의 조각 같은 발이 올려져 있고 그 발에 페디큐어를 칠한다. 매우 선정적이고 자극적인 첫 시퀀스인 셈이다. 성적 욕망을 억제하지 못하고 자신만의 환상을 현실에서 은밀한 기쁨으로 맛보던 광인 험버트처럼 로리타는 관객들로 하여금 사도마조히즘적인 쾌락에 빠져들게 하는 마력이 있다. 소녀의 어머니와 의붓아버지에 대한 사랑과 증오의 반대 감정의 병존^{ambivalence}이 야기하는 공격적이고 사디스트적인 충동들과 반대로 의붓아버지의 소녀에 대한 사랑과 증오의 반대 감정의 병존이 맞물린 이 편집증이야말로 에로틱하다기보다는 그로테스크하다.

소아성애자^{Pedophilia}들이 보이는 아동에 대한 성적 환상과 행동은 그들의 어린 시절의 방임과 유기에 대한 무의식의 발로이며, 자신을 어린아이로 여기면서 '자기에 어울리는' 성적 대상을 선정하는 퇴행증상이다. 따라서 로리타에 대한 험버트의 욕구는 유년시절 지나가버린 복구될 수 없는 시간 그 유토피아에 대한 욕망이다. 로리타를 순진한 거짓 외피 아래 선정적인 유혹을 표현하는 팜므파탈의 원형상징으로 본 결과였다. 나보코프가 집단의 상상계와 무의식에 지속적인 동인을 만들어내는 데 성공한 님펫이 바로 로리타였다. 따라서 '님펫', '로리타 신드롬', '로리타 콤플렉스'라는 원전을 탄생시켰을 뿐만 아니라 <로리타>는 수십 개국에서 번역 출간되어 어린 소녀를 향한 중년 남자의 성적 동경의 보편적인 상징으로 자리 잡았다.

이상하고 희귀한 사랑은 없다. 이상하고 희귀한 편견이 있을 뿐. 소설, 영화, 시로 등장하는 제3의 성들은 현대사회가 가진 성별 이분

법의 문화적 허구성을 고발한다. 소설에서 태어난 로리타는 영화 속에서, 시 속에서 묘한 이중성을 표출한다. 영화 내내 채 다듬어지지 않은 몸짓의 순수함과 그녀의 다리와 발을 클로즈업하여 팜므파탈 이미지를 고정화시킨다. 아래의 시 「로리타」에서 foot fetish는 변태성욕 또는 성적 일탈의 의미를 지닌다.

사탕이라도 문 것일까 여자애는 천진하다 침대에 누워 신발을 신은 채 나무젓가락 다리를 까닥거리고 있다 어린 여자는 사랑보다 사탕을 더 탐하고 그래서 남자는 더 애가 타고 사탕 때문에 울고, 로리타, 어떤 남자들은 헝겊 인형 다리에 고착한다 접착된다 심야 위성 방송에서 뒤라스의 연인을 방영하고 있었다
(……)
현실의 방음벽은 밤새 불량하다
눈 잠깐 붙이고 아침에 장지葬地인 진도로 건너가야 하는데 벽이 점점 곤두선다 여자와 남자가 운다 여자와 남자라기보다는 고양이와 개가 끝없이 서로를 학대, 확대한다 육체가 거듭 운다 윤회를 거듭한다 보이지 않는 윤회의 소음 때문에 윤회라면 넌 덜머리난다 모텔 샹그리아의 얇아빠진 귀 덕분에 윤회의 두터운 불면을 도청한 이후

권현형, 「로리타」 부분

소설이나 시를 영화화한 작품들의 유형은 크게 두 가지다. 하나는 스토리와 담론을 충실하게 영화로 옮기는 경우이고, 다른 하나는 소설이 가지고 있는 로즈버드의 일부만을 차용하여 색다른 시퀀스를 만드는 경우이다. 영화와 문학의 연관관계에 있어서, 영화는 문학이 작용하는 것과 유사하게 시각적인 측면에서 작용하고, 영화와 문학은 서사적인 형태에 있어서 유사성을 지니게 된다. 비록 영화와 문학의 형식상의 매체와 수단은 다를지언정, 양자 간에는 수많은 공통점이

에드몽 아만 장, 〈뮤즈의 감흥을 듣는 헤시오도스〉, 1890

존재한다.

분명한 것은 책이든 영화든 현실감이 부족한 오브제들일수록 우리를 더 미치게 한다는 것이다. 책과 영화가 다른 점은 크게 없다. 시에서 찾아본다면 누군가의 강권에 의해 사랑을 진행시키는 짓 따위는 하지 않는다는 점이다.

권현형의 시에는 험버트의 로리타를 향한 애틋한 마음보다 객지에서 하룻밤을 유숙하며 누군가의 죽음을 애도하거나 그리고 뒤라스의 <연인>을 관람하며 로리타를 주저 없이 등장시켜 그 퍼포먼스에 자신을 맡길 뿐이다. 영화 『로리타』와 소설 「로리타」, 그리고 권현형의 시 「로리타」는 쾌락 페티시에 대한 몰입을 전시하는 행위에서 정서적인 유사성이 존재한다. '소유'와 '지배'라는 오래된 인류의 축적된 페티시는 정신분석학적인 '팔루스Phallus'의 무의식적 기제에 의한 것들이다. 즉, 욕망을 가능하게 하는 어떤 것들이 타자에 전이되는 현상인 것이다. 그런 면에서 권현형의 「로리타」는 소유적 쾌락을 위해 질서를 외면한 채 에로스적인 폭력성을 자극하는 지금 이 시대 현대인의 자화상이다. 자유로운 개인의 가치를 강제하는 조건에 저항하고 있는 시인의 솔직한 기록에 그치지 않고 시인은 로리타-연인-남자-여자-고양이-개-학대-확대-윤회가 통합되어 있는 공간에서 해야 할 직무를 명확히 제시한다. 그것이 독자들에게 보내는 서비스이며 그의 전언이기도 하다.

또한 정상적인 사랑과 비정상적인 사랑의 경계에 대한 물음이기도 하다. 어쩌면 그 덕분에 그의 시가 '윤회의 두터운 불면을 도청'하지만 시인이 가지는 관심의 스펙트럼은 여기서 그치지 않고 더욱 확장되는 이유가 되기도 한다. 하지만 독자에게 보이는 하룻밤 욕망이 응축된 이미지들은 여기까지다. 어쩌면 이것이 시가 아름다울 수 있는 까닭인지도 모를 일이다. 마찬가지로 가벼운 위트로 제기한 하룻밤의 불면에 드러난 작은 죽음은 보다 폭넓은 공감과 대중성을 확보한다.

간혹 시에서 철학을 얻고 가고 치유를 얻고 가는 사람들이 있지만 에로티시즘에 대한 현대인의 과도한 집착과 욕망은 판타지에 기댄 채 쾌락의 페티시를 얻고자 한다. 무엇인가를 소유하게 되면 행복할 수 있다는 믿음을 준 후기자본주의의 구조는 이처럼 성애적 함의까지 소비하게 한다. 권현형의 작품은 인간과 사물, 즉 방/벽의 일상적 관계에서 주체와 타자로 만나는 새로운 접면을 탐구해 윤회를 소비하는 '모텔 샹그리아의 얇아빠진 귀'에 대한 성찰을 유쾌하게 담고 있다.

현대사회를 일컬어 슬라보예 지젝은 잉여쾌락의 시대, 즉 가진 것에 만족할 줄 모르는 주이상스^{jouissance}의 시대라고 말한다. 결코 닿지 않는 근원적 욕망을 향한 인간의 욕구는 멈추는 법이 없고, 유동적이고, 끝이 없다. 주이상스는 고갈을 모르는 사용이며, 미끄러지고 미끄러지면서 결핍을 낳는 무엇이다. 그래서 고정된 가치에 기초한 소유 관념을 초과하는 순간 그 실체는 텅 빈 껍데기로 남는다. 사람의 심리에는 엽기적이고 불쾌한 장면을 보며 묘하게 끌리는 즐거움이 있다. 그것이 바로 주이상스이며 인간을 살게 하는 동력이다.

근원적 마조히즘이 열반원칙, 여성적 마조히즘이 쾌락원칙, 도덕적 마조히즘이 현실원칙이라면, 그토록 로리타를 사랑했던 험버트의 질투는 결국 애정의 결핍에서 나온 주이상스다. 왜냐하면 그가 자신과 로리타를 파괴하는 자유를 선택한 것은 다름 아닌 마조히즘의 쾌락원칙이기 때문이다. 따라서 그의 삶을 움직이는 쾌락 페티시는 금기와 위선을 조롱한 제3의 에로티시즘으로 근원적 마조히즘인 죽음충동이었던 셈이다.

포르노를 보면서 관객이 혐오감을 느끼는 것은 바라보는 대상이 혐오스러워서라기보다 스스로가 대상으로 전락했기 때문인 것처럼 부러움과 질시가 누군가를 사랑하게 만든다는 사실을 기억할 때 승화되지 않은 사랑이란 파괴적이고 이기적인 죽음 충동에 지나지 않는다는 것을 알 수 있겠다.

나는 예술적 감동을 주고 공포와 쾌락을 뒤섞는 알 수 없는 무nothing이면서 동시에 벗어날 수 없는 유everything인 외설 페티시에 쉬이 꽂힌다. 당신의 페티시는 무엇입니까?

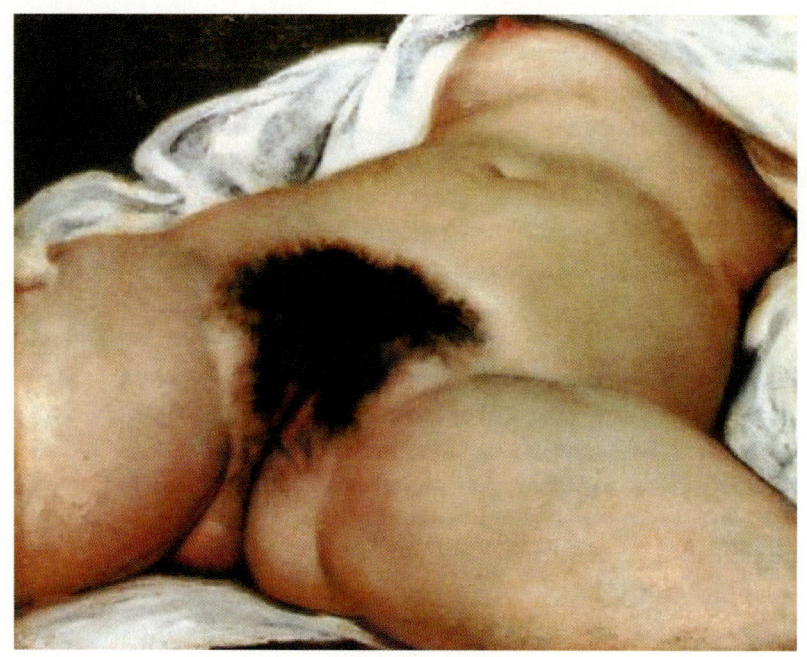

귀스타브 쿠르베, 〈세계의 기원〉, 1866, 파리 오르세 미술관

(……)
구멍. 만물의 심장.
구멍. 나의 조국. 나의 질료. 나의 하나님.(……)
내가 숨을 쉬고, 음식을 먹는 것은 구멍에 대한 경배입니다. 구
멍에 올리는 내 필생의 제사입니다. (……)
길 건너 산부인과에서 한 구멍이 한 구멍을 낳고 있다.(……) 뱉
으소서. 큰 구멍이여!
(……)
구멍은 하늘나라의 창녀

구멍은 공허의 둘째 부인
구멍은 시간의 매춘굴
구멍은 잠의 정찰병

구멍은 이별의 전사(……)
이 구멍의 건축을 메울 수 있는 사람은 아무도 없다.(……)
구멍, 나의 아득한 만다라.(……)
티베트 사람 하나가 내 허벅지에서 뼈를 꺼내 피리를 다듬는
다.(……)
갠지스 강변에서 버터를 마시고(……) 손도 발도 머리도 없는 구
멍이 춤춘다.(……)
하와이(……) 깊은 파도 속을 떠도는 구멍 한 필.

김혜순, 「맨홀 인류」 부분

詩를 재촉하는 시인들은 예술적 오브제를 통해 욕망의 계보들을 재현한다. 짜디짠 눈물이 뚝뚝 떨어질 것만 같은 '구멍'이란 기호는 다양한 지시체를 갖는다. 이때 우주적 질서이며 신성한 질서이기도 한 시머트리symmetry와 감각적 질서이며 시각예술이기도 한 유리드미eurhythmy는 구멍에서 통합되는 기의와 기표가 된다. '아름답다', '인정받을 만한 가치가 있다' 또는 '선하다'는 도덕적 인식과는 별개인 비분리의 미학개념이다.

3만 년 전 구석기시대 조각품을 보면 다산과 풍요를 나타내는 모든 상징이 어머니 신에서 출발한다. 그리스신화를 최초로 체계화시킨 헤시오도스 역시 가이아대지의 여신를 신의 계보 맨 앞에 놓았다. 따라서 동굴, 강물, 달 등의 여성원리는 다시, 받아들이는 자/구멍, 생명을 창조하는 자/구멍, 보호자/구멍, 양육자/구멍의 의미로 굳어지고 로젠거lozenge는 생명매트릭스 또는 음문, 비옥함의 상징으로 정립하고 있다.

노자가 『도덕경』에서 여성이나 여성의 성기를 비유하여 말한 곡신谷神, 즉 현빈玄牝은 죽지 않는 계곡의 신이다. 노자가 꿈꾸었던 위대한 검은 암컷이란 근엄하고 강압적인 존재가 아니라 부드럽게 낮춘 따

뜻한 계곡의 정신이었다. 하늘과 땅의 뿌리인 계곡은 세상의 모든 것이 말라도 마르지 않는 정신을 갖고 있다. 현빈이란 생명관과 우주관의 핵심과 맞닿아 있는 우주 시원의 자궁 또는 뿌리라는 뜻에 다름 아닌 것이다.

마찬가지로 생명의 공간인 양수의 바다에서 한 어머니를 토해내는 김혜순의 시 「맨홀 인류」는 불행을 상상력으로 극복하고, 풍만한 여성성으로 세상을 끌어안은 프랑스 조각가 니키 드 생팔이 작품 <혼>을 연상시킨다. "나는 어머니 안에 있는 어머니다^{I was the mother inside the mother}"라고 말하며 두 다리를 벌리고 누워 있는 만삭인 여자, 그녀는 질구를 통해 사람들을 탄생시키고 다시 흡입시키며 치유와 평화로서의 여성성을 노래한다. 이때 질구라는 구멍은 실재하지만 실존하지 않는 비존재다. 탐지되지 않은 사랑의 들끓음으로 가득한 그러나 무표정이다.

위의 시는 그를 설명하는 하나의 심리적 증상이다. 아니다. 위대한 여신인 여성성을 설명하는 강박증상이며 생사의 현장을 통과한 숭고의 텍스트다. 그 증상을 통해 김혜순은 사람들이 말한 것을 훨씬 넘어서서 독특하게 구멍을 그리며 또 다른 방정식으로 다시 찾을 수 없는 것에 대해 처절하게 애도한다. 관습으로부터 멀어지고 가장 정직한 정신의 민첩성으로 걸어온 최초의 길에 대해, 최후로 돌아가야 할 세계에 대해, 이 구멍의 주머니에서 천년만년 비어 있음의 여백에서 산수유열매 같은 시들을 꺼내 읽자. 그 시의 입자를 입은 구멍의 심연에서 구멍이 태어나기 시작한다.

출산 직전의 체험과 출산 순간의 수없이 많은 몸으로 겹쳐진 투사적 동일시의 체험을 비유하자면 외고조할머니—외증조할머니—외할

여성을 용기(容器)로 사용했던 고대 잉카의 도자기 술잔

머니―어머니―나―나의 딸―나의 딸의 딸―그 딸의 또 딸로 연결되는 순환적 세계에서 구멍이란 관념이 아니라 구체적인 현실이며 구체적인 실체로서 넓은 우주로 연결되는 탯줄인 것이다. 그에게 구멍이란 원초적인 모순과 고통으로부터 구원되기 위하여 하늘, 공허, 시간, 잠, 이별로 구체화된 세계이다.

바흐친이 시의 본질을 대화성으로 보고 『도스토옙스키 시학의 문제들』에서 다성성polyphony을 제시한 것처럼 티베트, 갠지스, 하와이를 떠돌며 예배당 춤과 만다라 춤과 시원의 춤을 추는 김혜순 역시 여성이 여성을 낳고 여성이 여성에게 수유하며 숨 쉬고 먹는 구멍에조차 경배와 제사를 드린다.

이렇게 다성성 하나의 텍스트 안에서의 여성의 구멍은 성속을 넘나들며 수없는 과거와 미래 어머니 여신들의 복합체로 복잡하게 섞인다. 그리하여 텅 빈 구멍에서 만난 그들은 끊임없이 서로의 몸을 교착시키는 혼교를 꿈꾼다. 혼교로 대화를 이루는 어두운 존재의 근원은 그러나 불행한 바다다.

이를 두고 김혜순은 "나의 시에 대한 몸의 확산은 대개 반사경의 이미지로서, 자기상사自己相似를 통한 순환적 세계관을 보여주는 프랙털 기법으로 인식된다. 그러므로 여성은 자신의 몸 안에서 뜨고 지면서 커지고 줄어드는 달처럼 죽고 사는 자신의 정체성을 본다. 그러기에 여성의 몸은 무한대의 프랙털 도형이며 시는 내 태안의 모성을 깨우고 출산하는 행위"라고 말한다.

그렇다면 과연 시인은 무한대의 프랙털 도형이 자신의 자궁에 비칠 때 자신의 최초의 그림자는 본 것일까?

태곳적부터 세상은 외설의 문장들을 새들의 입을 통해 전수받았다.

밤낮없이 인간의 원본능인 에로스와 타나토스는 연기적緣起的 주체로서 시의 진정성으로 담보 받고, 딸을 출산한 어머니의 원형적 체험은 무의식적으로 유전 받은 여성을 인식하고 자신의 여성 계보인 어머니와 외가 여성들의 유적인 과거와 가이아여신의 집단무의식이 하나의 구멍으로 표출되기에 이른다.

"갖은 양념 가加하는지 맛있게도 아파야라"고 출산의 고통과정을 밀도 있게 표출한 나혜석의「母된 감상기」가 자식을 처음 낳는 뿌듯한 어머니로서의 심리적 타나토스였다면, 김혜순의 "산부인과에서 한 구멍이 한 구멍을 낳고 있다"를 외치는 광경은 어머니 이전의 여성으로서 詩딸를 해산하는 시인이 그 시와 동일시된 슬픈 타나토스의 고통이다. 그래서 "뱉으소서. 큰 구멍이여!"는 자연으로부터 분리된 영혼과 몸이 폭력성으로 치닫는 위기의 시대에 대한 자기분만적 반성과 고찰인 셈이다.

흥미로운 것은 '큰 구멍'인데 이때 구멍이란 결코 현실 속에서는 채울 수 없는 저 드높은 창공, 혹은 미래 시제의 의문형 소망을 제시하기도 한다. 다시 말해 신탁의 비밀이 백색우유로 흘러내리는 가이아의 詩적 창조처이며 시인의 탄생처, 즉 여성의 심리적 파토스로 나타난 파과를 겪지 않은 원초적 우주의 상징이다.

바로 그러한 시학을 실현하기 위해 개별적 서사형식으로부터 인간의 기억과 언어에 대한 유기적 결합으로 발전시켜온 김혜순의 성을 대하는 작업들은 산업사회에 대한 민중들의 비판의식을 새로운 시문법으로 반전통의 토대를 마련해왔다.

이런 과정에서 자신의 구멍과 세상의 구멍을 동일시하는 거친 언어와 쉼 없는 그로테스크한 이미지를 통해 모순된 세계를 극복하기 위해 리얼리티를 체현한다. 프로이트이론을 가장 열광적으로 받아들인 초현실주의자들처럼 대상의 실재론^{realism}에 취하는 대신 오히려 보이지 않는 어떤 것의 징후 내지는 증상에 몰두한다. 그러나 다양한 지시체를 갖는 그의 성을 보는 프리즘은 복잡하고 난해하여 공포라는 지상의 흔하디흔한 감정을 느끼게도 한다.

구멍은 문^門이다. 다성성의 생산처인 동시에 원형의 쉼터이다. 이 완전한 굴이야말로 출발점인 동시에 돌아가야 할 마지막 파라다이스다. 이제 그의 시는 자연을 모방하지 않는다. 그리하여 자연의 절대성을 불러들인 그의 시는 신을 영접하는 장소, 즉 구멍이 된다. 구멍에 대한 모든 루머를 보기 좋게 뒤틀어놓고 스캔들이 보기 좋게 들어맞을 때 생기는 나선형의 쾌감은 '없음 또는 비어 있음'이라는 주형에 들이부어진 나선형 사운드다.

그래서 슬픈 음악에 방아쇠를 당기는 그의 시는 사방으로 출구를 가진 클라인의 항아리를 돌아 나온 부드러운 현빈인 것이다. 이렇게 시 심리의 무의식 이미지들이 적극적으로 떠오르도록 우주는, 시는, 인간의 몽상 속에서 스스로를 봉상하며 그 노농의 힘으로 치유될 것이다.

강한 것이 수명장수하고 상전벽해^{桑田碧海}하는 경쟁력만이 성공을 보장한다는 잘못된 생각이 팽배하고 있는 요즈음 노자의 부드럽게 낮추는 물의 계곡정신이 어떤 시절보다도 요구되는 때이다. 많은 여성의 아름다운 향기 속에서 순진한 수컷들이 늘 찾아내는 에스트로겐이란 시각적 즐거움을 공유한 풍성한 살집 속에서 느껴지는 어머니의 젖 냄새 그 젖 냄새에 젖은 한 장의 편지가 아닐까?

12회

트라우마 치유법

– 최영미와 이연주를 중심으로

당신의 심리치료, 도와드릴까요?

자메스 티솟, 〈수태고지〉, (1836~1902), 뉴욕 브루클린 박물관

　실존적 불안을 안고 사는 현대인의 심리적 안정과 성장을 위한 심
리치료는 무엇이 있을까? 다양한 방법 중의 하나가 1980년대부터 활

발하게 전개되고 있는 시 심리치료$^{poetry\ psychology\ therapy}$이다. 시 심리치료는 소외와 결여의 존재인 욕망하는 주체로서의 인간을 이해하고 돌보는 사랑의 임상학문이다. 정신분석적 시 심리치료의 핵심은 시의 기본요소인 은유, 상징, 이미지, 리듬의 어떤 힘이 시적 분석주체의 무의식에 임팩트를 주게 되고 의식화하며 기호로 재현되는 동안 어떤 상호작용으로 인해 욕망하는 주체가 자기 삶의 주체화를 어떻게 이루어내는지 그 과정을 명료하게 밝혀주기 때문이다.

전통문학이 실재의 모방이라는 개념을 축으로 삼았다면 근대에는 실재를 포기하거나 새로운 형태로 구축하고자 하는 원본의 다원화로, 현대에 이르러서는 원본을 갖지 않는 독립적 이미지이며 실재보다 더 실재 같은 초실재를 만들어낸다.

그리하여 에로티시즘은 원본과의 유사성이 아닌 각각의 동일성과 차이의 시뮬라크르를 상사성으로 채우게 되었다. 시뮬라크르에 의한 가상공간에서조차 대중은 성이라는 논의와 변화의 수혜자인 동시에 가해자인 셈이다. 그리하여 과학은 자연현상의 실재성을 변형하거나 파생 실재화하는 기술을 소유함으로써 창조의 원실재까지도 시뮬라크르로 대치하는 데 이르렀다.

오늘날 인간들은 신경증의 시대를 살고 있다. 금연, 금주, 다이어트, 저지방 우유, 과다경쟁 같은 운동 등 생존욕구를 억제하는 이 요구들로 인하여 재미가 없는 삶을 영위한다. 실재를 상실하거나 실재에서 분리된 인간의 공통분모는 정체성을 잃고 불안해하는 부재의 현존이다. 현대의 자아정체성의 위기란 가상공간의 부정적 측면인 익명성이다.

누구나 익명성이라는 페르소나를 쓰고 무절제한 방문을 통해 타자들에게 트라우마를 생산시킨다. 이는 자기통제라는 상실을 겪게 되면서부터 다양한 신경증을 접수받게 되는 이유이다. 당연하게 이때 자아탐색, 자아발견조건을 무의미하게 생각하는 개체로서의 자아를 상실한 사람들이 타인의 실존적 존재를 인정할 줄 모르게 된다는 것이 문제점으로 대두된다.

몸이 상징권력$^{symbolic\ power}$과 자본의 소비가 되어버린 성문화의 성찰 작업의 일환으로 섹스, 에로티시즘은 필수요건이 된다. 이러한 시대에 에로티시즘에 대해서 그것이 얼마나 우리 삶의 조건을 규정하는지는 아무도 모른다.

다시 말해 에로티시즘의 많은 부분이 우리가 미처 의식에 떠올리지도 않은 사회문화적 여건들에 의해 조건화되어 있기 때문이다. 어찌 되었든 IT산업의 확산으로 가상세계로 들어가는 관문인 컴퓨터는 주요한 자리를 차지하는 생활기기로 등용되어 가상현실을 창조하기에 이르렀기 때문이다.

그래서 인간들은 잠식당한 속도의 강박증에서 탈주하고자 들어간 도피처가 매춘굴이며 가상현실인 것이다. 그곳에서 물신의 육체를 잊고 가상의 육체와의 섹스에 몰입하는 것이다. 그러므로 부재하는 현존에게서 현존을 느끼려 하는 섹스는 공허를 이끌어낼 뿐이다. 가상세계에서 부유^{浮游}하는 고독한 영혼들의 에로스를 상실한 섹스에는 자기현존을 확인하기 위해 권태로운 과장이 필연적이다.

인간존재의 가장 근본적인 영역과 대면시키는 이론이자 실천인 정신분석학에서는 자기현존을 중시 여긴다. 가상세계의 영역과 그 경계를 넘나들면서 여성의 몸을 노래한 최영미와 이연주를 텍스트로 하였다.

이 두 시인을 선택한 것은 같은 시기에 활동한 여성시인으로서 그동안 밀실에 가둬놓았던 에로티시즘이라는 같은 주제를 스스로 해체했으며 아울러 섹슈얼리티라는 시 작업을 통해 내면의 트라우마에 천착하여 성찰하고 치유해나갔기 때문이다. 두 시인의 작품으로 최영미의 『서른, 잔치는 끝났다』와 이연주의 『속죄양 유다』, 『매음녀가 있는 밤의 시장』을 텍스트로 하여 삶의 양상과 시 창작의 의미를 살피고, 비교·분석함으로써 이들이 성을 다루고 있는 파르마콘이 기존 사회의 어떤 금기를 깨뜨려 비판하고 있는지 그 긍정적 의미를 정신분석학적으로 규명해보고자 한다.

최영미와 이연주의 시 심리에 트라우마가 어떻게 형상화되었는지, 콤플렉스가 어떻게 상징화되었는지, 자기방어기제가 상실과 애도를 거쳐 어떻게 훈습薰習되었는지, 시 창작에 대한 양가적 감정이 언제 어떻게 통합되었는지 그 공통점과 차이점에 대해 분석해보고자 한다.

시 창작은 자기현시성self-display에서 출발한다. 에로스, 타나토스 개념을 사랑행위에 직접 사용한 그들의 창작에너지는 신경증의 다른 모습이었다. 그들에게 시 쓰기는 그들의 삶의 목표가 아니라 한낱 도구이거나 방편이었다. 시를 잃어버린 시대의 회복은 곧 시 치료의 구현이다. 모든 예술가란 신경증환자다. 다만 창작으로 승화시킬 때에 일상생활이 가능한 사람들이라고 융은 말한다. 마찬가지로 최영미와 이연주의 시 심리 속에서 트라우마가 어떤 자세로 억압과 저항을 대처하고 극복하는지 콤플렉스의 원인과 진단, 그리고 신경증 분출양상과 극복의지를 탐구하고, 이들의 시에 나타난 치유성을 정신분석학 관점에서 살펴보고자 한다.

트라우마의 사회적 배치

헨리 오사와 타너, 〈완전한 결심〉, 1898

    고대에는 예술과 의술의 치료기능이 같았다. 고대의 제례의식에서
샤먼이 행한 시 낭송과 무가와 춤 그리고 샤먼의 주거지였던 동굴의

암각화 등의 주술적 치료를 현대예술치료의 기원으로 본다. 그렇다면 고대문명이나 동굴이나 매장 성역, 투우장에서 빨강이 끊임없이 사용된 것은 왜일까? 태양, 불, 피, 생명의 상징인 빨강은 죽음의 공포를 초월하고 새 생명의 공간으로 이동하는 색이기 때문이다. 원시시대의 빨간색 천이 출혈을 멎게 하는 데 쓰여 왔듯 러시아에서는 성홍열을 치료하는 데 빨간색 플란넬로 된 천이 사용되었다. 스코틀랜드에서는 빨간 모포가 삔 곳을 치료하고, 아일랜드에서는 후두염을 치료하는 데 쓰였다. 그리고 마케도니아에서는 아기가 태어나면 악귀를 묶어두기 위해서 침실 문에 빨간 실을 꼬아서 매어두었고 우리나라 옛 여자아이들의 머리에 붉은 댕기를 길게 매달아 주었던 것과 결혼식 날 새색시의 양 볼에 연지를 바르고, 이마에 곤지를 찍는 풍습 역시 벽사기복^{辟邪祈福}의 의미를 지닌 의식이었다.

이렇게 다양한 신들에게 도와달라고 요청하는 것이야말로 그 당시 의술의 시작과 끝이었기 때문이다. 고대종교 제의식 날은 제사장이 부족의 번영과 다산을 위해서 하늘에다 시를 낭송하였다. 고대 이집트에서는 병의 즉각적인 쾌유를 위해 파피루스에 시를 써서 태운 다음 물에 타서 환자에게 먹인 기록도 있고 두통이 심할 때는 낱알을 입에 물고 얼굴에 큰 눈알이 박혀 있는 흙으로 만든 악어상 앞에서 기도하는 것이었다. 또한 신화 속 아폴로 신이 의신이면서 시^{Art}의 신이고, 오세아누스가 프로메테우스에게 '말은 병든 마음을 치료해주는 의사'라고 말하는 것을 봐도 알 수 있다. 이처럼 시인은 그 시적 치유와 초월을 위해 존재의 부조리를 뚫고 나가는 산 자와 죽은 자의 영매이기도 했다.

라캉은 문학을 기존 언어와 분별하여 '랄랑그^{lalangue}'라고 불렀다. 정신분석학적 시 심리치료가 가능한 이유 중의 하나는 시적인^{poetic}이라는 시의 속성 자체가 라캉이 말하고 있는 랄랑그에 가장 가까운 언어이기 때문이다. 따라서 시 심리치료는 문명의 역사만큼이나 오래된 예술형식이며, 인생의 가장 짧고도 절묘한 표현이다. 랄랑그로 인간의 몸에서 육화되어 나오는 한 편의 시는 시인을 깨우는 폭죽이며 자기성찰로 이끄는 치유의 첫 번째 문이다. 시가 나타내는 감정은 시인이 시를 쓰기 전의 그 감정이 아닌 재수집된 감정이다. 재수집된 감정에는 테라피가 공존한다. 테라피^{therapy}의 어원은 시와 노래, 춤 등으로 병을 고친다는 의미의 그리스어^{therapeia}에서 파생되었다. 이 두 시인의 시 심리에 나타난 다양한 트라우마를 비교하고 마음 깊숙한 내면의 소리를 찾아 그 고통을 애도하는 한편 치유의 그림자로 남아 있던 절실한 기억을 본다. 인간들은 생존하기 위해 평생 동안 페르소나를 쓰고 일련의 감정들을 부인하는 법을 배운다. 그 결과 신을 판단하고 다른 사람을 평가하면서 한 겹도 자기 내면을 들춰보지 못하는 사람들이 있다. 자신의 주된 심리작용이 투사나 외재화 영역에 머문 사람들의 심리상태이다. 분노를 자기 것으로 끌어안을 수도 없고 새로운 대상에게 쏟아낼 수도 없는 자리에서 멈춰서는 것, 그것이 저항^{resist}이다. 저항은 이상화시켜둔 자기 이미지가 깨어질 때, 자기 그림자를 끌어안을 때, 폭발하는 자기 분노에 놀랄 때, 방어기제가 해체되면서 낡은 생존법을 버려야 할 때 일어난다.

트라우마^{trauma}는 인간관계에서 정신적 충격으로 입는 강한 상처인 그림자이다. 감당할 수 없는 쇼크를 경험한 사람은 무의식에 억압이 저장되고 일정한 잠복기를 지나 불안, 초조, 긴장상태 등 이상행동으로 나타나거나 이런 강박상태에서 헤어나지 못하면 신경증으로 발전

펠리샹 롭스 〈창부정치가〉, 16

한다. 움직이는 에너지인 감정을 강제로 억압할 때 인간의 몸속 어딘
가에 변형되어 저장된다. 그래서 감정과 생각을 정리하거나 처리하지
못하고 어딘가에 저장하면 정서적 성격적 결함뿐만 아니라 육체적
질병으로 드러나게 된다.

성적 트라우마의 치유법으로는 애도하는 방법으로서의 '말하기', '글쓰기'가 있다. 성적 트라우마가 사형선고나 불치병이 아니라는 의사의 말 한마디가 자신에게 일어난 수많은 상실을 받아들이고 그동안 억압되었던 감정을 방출하는 통로인 '애도하기'로 나아가는 첫째 문이 된다. 이때 정서적 글쓰기는 자연스럽게 자신의 삶 속에서 분별할 수 없는 이미지나 소리, 냄새, 통증, 촉감이 갑작스럽게 덮치는 '회상환상'을 통해 억압되었던 과거의 상처를 불러내 통렬히 느낌으로써 카타르시스, 동일화, 전이, 애도, 훈습에 이르는 치료적 효과를 거둘 수 있는 기폭제가 된다.

최영미[崔永美, 1961~][10]와 이연주[1953~1992][11]의 나이차는 8년이다. 하지만 문학생활은 이연주가 1991년 『작가세계』로, 최영미가 1992년 『창작과 비평』으로 등단한 1990년대 여성시인들로 에로티시즘이란 공통점에서 출발한다. 사회적 실천영역에서 형성되는 상징적 행위를 전략이라 한다면 최영미의 첫 시집 『서른, 잔치는 끝났다』[1994년]는 뜻밖의 폭발적인 베스트셀러가 되면서 '매춘부의 언어'라는 전형적인 남근중심적인 사고의 매도와 잔미를 한 몸에 받는다. 이렇게 양 극단으로 갈라선 문학외적 풍문에 대해 아비투스[habitus]의 발현과정이라고 설명할 수 있을까. 어쨌든 도시적 감수성으로 정직하게 노래하고 있는 젊은 영혼의 시세계를 에로티시즘 미학으로 찬찬히 따지는 작업은 정

---

10) 서울출생. 홍익대대학원 서양미술사 석사. 1992년 『창작과 비평』 등단. 2006년 13회 이수문학상 수상. 민족문학작가회 회원. 시집 『서른, 잔치는 끝났다』, 『꿈의 페달을 밟고』, 『돼지들에게』, 『도착하지 않은 삶』 등. 장편소설 『흉터와 무늬』, 산문집 『시대의 우울: 최영미의 유럽 일기』, 『우연히 내 일기를 엿보게 될 사람에게』, 『화가의 우연한 시선』, 『길을 잃어야 진짜 여행이다』 등. 번역서로는 『화가의 잔인한 손: 프란시스 베이컨』, 『그리스 신화』, 2002년 영역시집 『Three Poets of Modern Korea』.

11) 전북 군산출생. 수석간호사. 1991년 『작가세계』 가을호에 「가족사진」 외 아홉 편의 시 작품을 발표하면서 등단. 그 해 10월 10일 첫 시집 『매음녀가 있는 밤의 시장』 출간. 1992년 10월, 시인은 시집 분량의 원고를 첫 시집을 내준 세계사에 우송하고 자살. 작고 후에 『속죄양, 유다』가 세계사에서 1993년 출판.

작 통시적이지 않았나 한다. 다시 말해 시인이 표출하는 섹슈얼한 언어가 사회적 실천영역에 일으킨 파장에 비해 자신의 인식 범주 속에 충분히 내면화되지 못하고 있는 것은 아닌지에 대해 분석해보고 가상세계의 에로티시즘 방향성을 제시해주는 공간으로 재설정하고자 한다. 이 공간에서 문화적 억압자라는, 소외자라는 입장에서는 벗어나고 있지만, 자율성은 어디까지나 상대적 일뿐이므로 무인격과의 섹스 역시 욕망과 환상이란 미적 전략을 통해서만 자율성을 상정 받는다. 이때 전략으로서의 행위란 의식적인 계산의 산물이 아니고, 무의식적 프로그램의 산물도 아니다. 한스 페터 뒤르는 『은밀한 몸』에서 전통적으로 여자들에게 전수되어온 '육체의 언어'를 지키지 못하면 아주 혹독한 벌을 받았다고 전언하는데, 지금도 일부 여자 아이들은 어린 시절부터 예의바르게 앉는 것을 내면화시키는 교육을 받고 자란다.

21세기 윤리와 도덕은 계약동거, 계약결혼, 혼전경험, 혼외정사, 동성애, 스와핑 등 삶의 다양한 양상으로 해체된다. 근대적 시간이 참기 힘든 차이 없는 반복의 표본이라면 2000년대 여성시인의 에로티시즘적 시들은 사회문화적인 어떤 구속도 받는 일 없이 개인적인 취향이 선택되어진 작품군들이다. 섹슈얼한 시어들이 여성문학인에게 장애로 출몰하던 시대는 사라졌다. 이렇게 무의식의 심층을 여과 없이 보여주는 시어들이란 어떤 권력이나 보상, 기대감 없이 고도로 전문화된 여성들만의 마켓으로 자리 잡았다는 것을 의미하는 다음 시를 보자.

막스 크링거, 〈사이렌〉, 1895

아침상 오른 굴비 한 마리
발르다 나는 보았네
마침내 드러난 육신의 비밀
파헤쳐진 오장육부, 산산이 부서진 살점들
(……)
상처도 산 자만이 걸치는 옷
더 이상 아프지 않겠다는 약속

그런 사랑 여러 번 했네
찬란한 비늘, 겹겹이 구름 걷히자
우수수 쏟아지던 아침햇살
그 투명함에 놀라 껍질째 오그라들던 너와 나
(……)
살아서 고프던 몸짓
입 안 가득 고여 오는 모두 잃고 나는 씹었네

마지막 섹스의 추억

최영미, 「마지막 섹스의 추억」 부분

「마지막 섹스의 추억」에서 몸은 생산의 장, 정치의 장으로부터 완벽하게 분리되었다고는 말할 수 없다. 그러나 어머니의 자궁으로부터 분리될 때 느꼈던 태초의 분리불안은 시적 자아와 외부세계를 동일시하는 리비도의 전형으로 나타난다. 그렇다면 분리상태의 인간에게 가장 절실한 소망은 무엇일까? 외로움이란 분리상태를 어떻게 극복해야 할까? 최영미는 "파헤쳐진 오장육부, 산산이 부서진 살점들"에서 애착형성이 해리된 분리불안증Separation Anxiety을 확인하고 있다.

그러나 1연에서 '상처'란 '사랑을 잃어버린 자의 옷'이다. "산 자만이 걸치는 옷/더 이상 아프지 않겠다는" 투사적 동일시다. 그 누더기 옷 사이로 보이는 시적 자아의 투명한 알몸은 무차별하게 자기를 폭로하는 솔직한 자기발언인 동시에 사회에 대한 정직성이다. 2연은 자신의 구체적인 삶 속의 레미니상스의 표출방법이다. "아침햇살/그 투명함에 놀라 껍질째 오그라들던 너와 나"의 온몸에 꽂았던 차가운 비늘을 모두 잃고 쓰는 본능에 대한 애착형성에 대한 성찰법이다. 이런 성적 표현은 억압된 피지배자의 욕망의 투사와 본능의 동일시로 확장되어 현실적 모순을 노출시키기도 하지만 때로는 사랑으로 극복된 실존적 불안감만이 타인에 대한 공감의 능력을 강화시킨다는 것을 암시해주기도 한다. 그래서 이러한 경험일수록 외로움에 대한 실존적 불안을 낳는다. 불안한 트라우마를 극복하고 회복된 공감력 배양이야말로 한 인간이 개체적 한계를 벗어나 인간적 전체성에 이를 수 있는 통로가 된다. 따라서 주체를 초월해서 세계 간의 합일에 이르기 위해서는 서로에게 세로토닌serotonin 같은 존재가 되어야 한다.

구스타프 클림트, 〈눈 감고 앉아 있는 누드〉, 1916, 빈 역사박물관

어젯밤
꿈속에서
그대와 그것을 했다

그 모습 그리며
실실 웃다
오늘 아침 밥상머리
돌을 씹었다

그대에게 가는 마음 한 끝
콱!
깨물며 태어난
눈물 한 방울

최영미, 「꿈속의 꿈」 전문

시 심리치료에서 애도^{condolence}에 대한 저항은 여러 가지 형태로 위장되어 나타난다. 위의 시 "그대와 그것을" 하던 "마음 한 끝/콱!/깨물며 태어난/눈물 한 방울"은 아니무스의 원형으로서 아니마를 그리워하는 시적 자아의 인격화된 에로스적 결과물이다. 그들에게서 남자를 기대했고, 내내 남자역할을 할 사람을 찾아내어 사용했다는 사실을 스스로 통찰해낸다. 항상 분리불안을 넘어 내면의 세계를 인식하는 최영미 같은 시인은 의식과 무의식의 대립관계와 경계를 넘어 자신을 애도하는 과정에 있는 사람들이며 이미 '자기' 가까이에 가 있음을 고백하는 것이다. 투사와 전이를 거쳐 애도라는 자기 원형의 뜻을 직접 짊어지고 가는 그의 시가 사회문화적 금기를 위반하고 '씹', '그것을 했다', '마지막 섹스'라는 외설스러운 시어를 등장시켜 기존 문단의 관행을 일시에 깨뜨려버리자 남성 비평가들은 지극히 남근중심적인 시각을 드러냈다. 따라서 남근중심사회가 진정으로 바라는 여성상은 예나 지금이나 정숙한 여성, 순결한 여성에 고착되어 있기 때문이다. 섹스에 대해 말하거나 여성의 섹스가 활자화된다는 것은 곧 그 여성이 순결을 잃어버린 여성, 음욕이 강한 여성이라는 전제가 깔린다. 부정한 금기라는 사회적 시각에도 불구하고 여성이 당당하게 자신의 섹스를 자신의 언어로 말했다는 것은 괄목할 사건이다.

섹스에 탐닉했던 순간을 추억하며, 이때 애도가 남겨준 선물은 지워짐으로써 완성되던 풍경에서 가상세계로의 안정적인 이동이다. 새로운 관계의 동일화를 재발견하는 다음 시를 주목하자.

> 새로운 시간을 입력하세요
> 그는 젊잖게 말한다
> (······)
>
> 이 기록을 삭제해도 될까요?
> 친절하게도 그는 유감스런 과거를 지워준다
> 깨끗이, 없었던 듯, 없애준다
> 어쨌든 그는 매우 인간적이다
> 필요할 때 늘 곁에서 깜박거리는
> 친구보다 낫다
> 애인보다도 낫다
> 말은 없어도 알아서 챙겨주는
> 그 앞에서 한없이 착해지고픈
> 이게 사랑이라면
>
> 아아 컴―퓨―터와 씹할 수만 있다면!
>   최영미, 「Personal Computer」 부분

프란츠 폰 슈투크, 〈여인을 놓고 싸우는 남자들〉, 1905, 에르미타주 박물관 소장

최영미는 여전사다. 자기 기본구성^{basic structure strures of the self}에 손상을 입은 트라우마는 '귀여운 여인', '온순한 소녀', '참한 여자'라는 관념을 과감하게 해체하며 실존 자체가 갖고 있는 에로티시즘에 도전한다. 그런 의미에서 남성의 성적 기대를 채워주는 환상적 용도에서 벗어난 투사의 정수를 보여주는 시가 바로 그의 시 정신이다.

무제약적 향유가 넘쳐나는 헤테로토피아 현실에서 그녀의 가상섹스는 카페인이 제거된 커피, 지방 뺀 크림, 알코올 없는 맥주와 같은 한정된 향유다. 이어폰을 들으며 자신을 가상공간으로 이행시키는 한정된 투사적 동일시는 시간을 순서로 정하지 않는다. 무인격 존재인 컴퓨터와 섹스를 꿈꾸는 이 도발적 분위기는 강한 치유효과를 발휘한다. 이를 두고 남성성들은 '매춘부의 공격성'으로 폄하하지만, 기실 그들의 내면에서는 남성성인 자신들을 내팽개쳐 버리고 체온도 없는 비인격체와 사랑하는 여성을 두려워하며 비하하고 싶은 투사된 공격성일 뿐이다. 외설스러운 성욕을 이처럼 공공연히 드러낼 때 자기 버림에서 오는 참 만남의 미학에 대해 시인은 다음과 같이 현실태로 말하고 있다.

> 언제든지 들려다오, 편리한 때
> (……)
> 기다리고 있을게
> 너의 손길을
> 여기는 너의 왕국
> 그저 건드리기만 하면 돼
> 눈길 가는대로 그저 한번, 건드리기만 하면 돼
> (……)
>
> 최영미, 「24시간 편의점」 부분

> 한때 너를 위해
> 또 너를 위해
> 너희들을 위해
> 씻고 닦고 문지르던 몸
> (……)
>
> 최영미, 「목욕」 부분

21세기의 몸은 단순히 타고난 자연의 선물이 아니라 끊임없이 가꾸고 관리해야 할 프로젝트다. 『몸의 사회학』의 크리스 쉴링에 의하면 몸은 개인의 자아정체성에 대한 메시지를 투사하는 사회적 상징물이다. 몸이 연구대상으로 등장하게 된 배경으로 네 가지 요인을 제

피에르 오귀스트 르누아르,
〈목욕하는 여인〉, 1899

시한다. 첫째, 1960년대 페미니즘운동으로 산아제한과 낙태가 설정되고, 두 번째, 산업인구의 증가와 사회복지제도 운영, 세 번째, 자본주의의 소비증가로 아름다운 몸만들기, 네 번째, 인공수정, 시험관아기, 성형수술 등으로 몸의 위기에 대한 불확실성이다. 따라서 몸은 사회학적 지위는 단지 생물학적 차원에 한정되는 것이 아니라 사회문화적 관계 속에 작용하는 매우 총체적이면서도 포괄적인 함의를 갖는 현존의 권력이다. 「24시간 편의점」의 "언제든지 들려다오/(…)기다리고 있을게/(…)"와 「목욕」의 '너'는 트라우마로 인한 악몽이나 플래시백

등의 증상으로 남성성인 아니마를 포기하지 않으려는 시도이다. 이런 애도를 대체하는 상징들은 잃어버린 사람과 연결의 끈을 놓지 않겠다는 위장된 형태로 나타난다. 하지만 「목욕」에서 "너희들을 위해/씻고 닦고 문지르던 몸"의 존재는 현실을 담당하며 쾌락을 추구한다. 이때 잡다한 관념과 선입견이 완전히 제거된 공간, 무한한 무시간성 non time과 무장소성non places은 현존하는 생의 본질에 부딪치는 몸의 공간이 된다.

최영미의 출생연대와 1920년대 시인인 김명순, 나혜석, 김일엽과는 80여 년이란 간격에도 불구하고 여성성의 차별론에는 큰 격차가 없다. 그런 사회적 제도의 부당함을 깨고 당당히 일어나 가장 아름다운 별, 지구를 멋지게 물들이겠다고 포효하는 모습까지도, 고통스러운 과거에 얽매이지 않고 그로부터 벗어나 내적 자유를 얻는 모습까지도 비슷하다. 대대를 물려온 결핍 속에 여성이 있고, 여성 속에 결핍이 있다. 결핍을 채우기가 이리도 험난한 것인가? 세상을 끌어안으며 상처를 극복할 것인지 상처 속으로 함몰할 것인지는 결국 자신의 선택에 달려 있다.

자본의 소비로서의 몸의 권력과 치유

이연주[1953~1992] 기지촌에서 간호사로 일하면서 지켜보았던 매춘여성들의 삶에 적극적으로 동화된 태도로 글을 써나갔다. 치열성과 정직함이란 가면을 쓰고 여성적 정체성의 추구라는 문을 향해 걸어갔던 여자. 죽음에 이르도록 간절하게 시인 이연주가 말하고 싶어 했던 것은 무엇일까?

이연주의 시집은 처음부터 끝까지 읽기가 쉽지 않다. 그의 시가 난해한 데 원인이 있는 것이 아니라 존재 전체에 숨어 이는 모순과 그 시 속에 들어 있는 죽음의 세계를 직접 대면하는 것이 참으로 힘들기 때문이다. 시세계는 냄새나는 고름투성이다. 일체의 낭만적 환상을 거부한 채, 남근주의적 위선의 복판을 겨눈다. 기지촌의 간호사로 일하면서 매춘여성들의 삶에 적극적으로 동화된다. 단순한 동정이나 연민을 보고하는 것이 아니라 그들이 되어 그들의 썩어가는 몸이 되어 글을 쓴다. 썩어가는 몸과 치료하는 간호사 사이에는 아무런 거리도 없다. 이연주는 그들의 몸 안에서 분노하고 절규한다. 도시의 하수구에 내던져지는 혼이 없는 살주머니인 그 몸들은 욕망의 주체가 아니라, 타인을 위한 용기로서의 객체일 뿐이다.

그의 독창성은 소외의 극한점에 매달린 매음녀들이 자본주의적/남근주의적 문화심리의 숨겨진 페르소나라는 것과 남근주의의 욕망 아래에서 매음녀들의 존재란 단지 사용하다 버리는 용기로 축소되었다는 것을 파악했다는 점에 있다. 따라서 상품화된, 사물화된 육체의 비참 속에서도 여성적 정체성의 추구라는 문을 향해 걸어갔던 모습은 확인되지 않는다.

그의 「유토피아는 없다」에서 "…… 소름 끼치는 장터로 간다/그곳에는…… 간음하고/간음당하고/살아온 날과 살아갈 날이/뼈를 발라낸/도살당한 고깃덩어리와 씹하고" 있었다. 최영미는 「Personal Computer」에서 "아아 컴—퓨—터와 씹할 수만 있다면!" 하고 투사적 동일시를 희망하지만 이연주는 「유토피아는 없다」에서 "씹하고 있었다"는 투사적 동일시는 앞날을 예상하고 계획을 세우는 일을 간섭하는 해리 장애로 나타난다.

이연주의 시가 난해성으로 위장한 이유는 세계의 위악성을 드러내는 데 이보다 좋은 도구는 없었기 때문이다. 악다구니 쓰다 쏟아내다 체념하기로 이어지는 자해의 패키지는 몸의 시학을 위해 연출된 지독한 이연주식 퍼포먼스다. 예컨대 그의 작품 속에는 말초신경염, 비만증, 전염병, 백내장, 긴장형 조발성 치매증, 황달기, 매독, 공수병, 위장병, 문둥병, 실어증, 소화불량증, 진폐증, 혈전증, 천식 등 다종한 질병들이 창궐한다. 또한 코카인, 가나마이신, 항생제, 아티반, 노발긴, 포르말린, 포도당주사 등 구할 수 있는 약품들을 사모아 자신의 질병을 치료하기도 한다. 다시 말하면 자기 심성 깊숙이 숨어 있는 역설을 파헤쳐 작품 속에서는 병 주고 약 주는 전지전능한 존재자로 군림한다. 이런 모순된 행동은 정신분석이 도달하고자 하는 사회를 향한 진단과 치유행위가 함께 만나는 지점이다. 병명의 나열은 사회의 환부에 대한 나름의 진료기록이고, 약명은 그에 알맞은 처방전이다. 저주의 카니발로 변모시킨 시에서 질병은 존재의 이유인 셈이다. 세상의 대책 없는 부조리와 욕망을 외면하는 위선자가 되기 싫었던 그녀는 죽음을 에워싼 3년의 시간을 증언한 두 권의 시집에서 세계의 정직성을 회복하는 것이야말로, 사회가 그녀에게 가했던 부자유와 불합리를 사죄받는 일이라고 항변하고 있다.

> 소금에 절었고 간장에 절었다
> 숏타임 오천원,
> 오늘밤에도 가랑이를 열댓번 벌렸다
> 입에 발린 **XX, XXX**
> 죽어 널브러진 영자년 푸르딩딩한 옆구리에도 발길질이다
> 그렇다, 구제 불능이다
> 죽여도 목숨값 없는 화냥년이다
> 멀쩡 몸뚱어리로 뭐 할 게 없어서
> 그짓이냐고?
> 어이쿠, 이 아저씨 정말 죽여주시네
>
> 이연주, 「매음녀 3」 전문

사회문화적 성^{gender}의 분화가 생물학적 성^{sex}의 분화를 선행한 것은 오래전의 일이다. 현대성의 일상성은 돈, 권력, 쾌락이라는 상품화된 몸이다. 그의 강박증적 불안이 고발하고자 하는 파르마콘은 저항 이데올로기적 역할 수행이다. 이연주의 시 「매음녀 3」에는 돈과 권력의 구조만 나타나고 쾌락은 없다.

"숏타임 오천원/오늘밤에도 가랑이를 열댓번 벌렸다/입에 발린 **XX, XXX**"에서 자신을 욕망하는 남근들을 객관화시키느라 아이러니와 욕

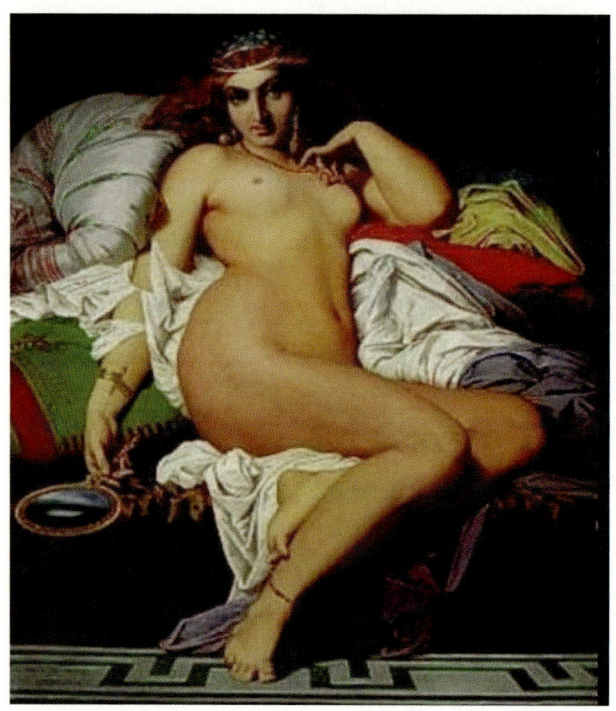

구스타브 블랑거, 〈프리네〉, 1850, 반 고흐 박물관 암스테르담

설, 폭력과 모욕으로 얼룩진 매매춘 여성의 현실을 꽃 속에 살아 있는 죽음으로 동일시하고 있다. 과거 남성에게는 퇴폐적 자유가 용납되면서도 여성에게는 강력한 문화적 정조대$^{Chastity\ belt}$를 착용시켰던 것처럼 현대의 사회문화적인 풍토는 여성성의 상품화, 매춘의 발생구조를 온존시키는 데 부끄러움이 없다. 따라서 이연주의 시적 자아를 상징하는 시어들에는 폭력과 잔혹의 이미지들, 예컨대 발작·시신·병균·전염병·피·간음·도살·낙태·죽은 쥐·혼령 등 폭력적인 애브젝션들이 정제되지 않은 채 각인되어 있다. 위 작품에서 화합본능이 축소되고 파괴본능만 강화된 여성의 왜곡된 존재방식은 공식문화

의 상품가치로 전락하고만 '구제불능'의 "목숨값 없는 화냥년"으로 격하된 여성성이다. 더욱이 이러한 여성의 문제는 그들을 소외여성으로 규정하여 사회에서 격리시킴으로써 성과계급에 의해 이중적 좌절을 당하고 타나토스적 에로티시즘만 증폭될 뿐이다. 그리하여 들뢰즈는 진정한 노마디즘이란 자본과 노동, 백인과 유색인, 선진국과 후진국, 사무직과 생산직 등의 관계가 지배와 복종의 수직에서 벗어날 때 수평의 연대인 리좀^{rhizome, 땅속줄기적} 체계가 이루어진다고 말한다. 인간소외의 의미소로 집단무의식 피라미드 가장 아래에 자신을 배치한 극명한 한 예를 아래 작품에서 찾을 수 있다.

(……)
빵이 될 수 있을까?

살빛을 노르스름 태우고
오븐이라는 전송실을 빠져나오는
양성을 버린 동성, 한,
몸으로의 환생
(……)

이연주, 「우리라는 합성어로의 환생」 부분

몸이 어떻게 육체를 넘어 사회심리학적 상징물인 빵이 되었을까? 앞에서 살펴본 「매음녀 3」은 시적 자아가 체험의 동일시를 통해 감각적으로 형상화한 것인데 반해 위의 시 「우리라는 합성어로의 환생」은 역전이를 통해 기존의 삶을 해체하고 새로운 삶의 영역을 발견하고자 하는 진보적 실험 시다.

"빵이 될 수 있을까?"에서 '빵'은 누구를 위한 빵이 아니라 시적 자

세잔, 〈빵과 달걀이 있는 정물〉, 1865, 미국 신시내티 미술관

아, 즉 자기^{Self}의 생존을 위한 간절한 '빵'이었다. "오븐이라는" 공간은 자신과 분리되고 외부세계와 격리되었던 공간, 뜨거운 불에 온몸을 노랗게 태우며 빵 값을 구하던 매춘세계에서의 마지막 희망인 파르마콘이었다. 그곳에서 빨리 벗어나 "양성을 버린 동성, 한, 몸, 즉 동성만 있는 유토피아, 즉 이 지상에 우리로 다시 환생하여 먹고 싶은 '빵', "원하는 방향으로 삶이 흘러가는 사람들"이 먹던, 그토록 먹어보고 싶었던, 그러나 '사회적 개인'으로는 먹을 수 없었던 인체의 체현된 정보를 공유하고 있는 부드럽고 달콤한 '빵'인 '촉진환경'이었던 것이다.

따라서 그가 원했던 촉진환경이란 충고, 탐색, 해석, 판단의 잣대를 버리고 공감하는 마음으로 자기 내면을 비춰주고 소속감, 안정감, 지지기능을 주고받으며 정신적 성장을 촉진 받는 곳이었다. 이때 '빵—몸', '몸으로의 환생'은 예속과 억압을 정당화하기 위한 시도에서 사용된 적 없는 새로운 미래를 현재화한 투사물인 것이다.

> 친애하는 선생
> 이 도시엔 경계망이 대단하오
> 하루 세 번 교대되는 경비초소의 무장 군인들
> 시간은 촘촘한 그물망처럼 규격이 단단하오
> 소통은 벌써 끊겼소이다 거리마다 화농한 살덩어리
> 불그스럼한 피고름이 질펀하오
> (……)
>
> 이연주, 「집행자는 편지를 읽을 시간이 없다」 부분

위의 시는 편지글 형식을 빌려 죽음집행일을 예비하고 있다. "소통은 벌써 끊겼소이다"로 시적 논리를 설득력 있게 만드는 힘은 무엇일까? 시적 자아의 무의식적 욕망을 역전이 시켜 억누르는 태도는 과도한 억압을 야기시키는 이성의 폭력이다. 격리된 공간에서 우울증에 시달리며 "거리마다 화농한 살덩어리/불그스럼한 피고름이 질펀"하게 썩어가는 자신의 몸을 타자의 시선으로 본다. 피학적인 쾌락을 즐기던 욕동성이나 대체형성^{substitution}되었던 고도의 분노조차 상징적 이미지들 속에 의미를 숨긴다.

더욱이 "촘촘한 그물망"으로 표현된 격리된 공간이란 자살과 탈출을 미연에 방지하기 위한 포주들의 감시망으로써 푸코식 권력의 절합구조인 판옵티콘^{panoption}을 연상케 한다. 이 용어는 푸코가 벤담의 원형감옥을 차용한 개념으로 봄—보임의 결합을 분리시키는 장치로 근

대사회의 특징을 한 권력자가 만인을 감시하는 체제를 설명하는 것이다. 즉, 주위를 둘러싼 원형의 건물 안에서는 밖을 보지 못한 채 완전히 보이기만 한다는 것으로 이것은 권력에 의해 자동적으로 비개성적이 된다는 것을 강조한 것이다. 이연주 역시 세상과 격리된 매춘이란 원형감옥에 갇혀 살았던 것이다. 이 시에서 감시받는 시적 자아는 퇴행적인 전이감정이 표출될 수 없는 공간인 매춘팝옵티콘이라는 신형감옥에 갇힌 것이다. 감시구조는 디지털 네트워크의 속성과도 흡사하다. 그녀의 삶의 중심에는 늘 그들이 지켜보고 있다는 느낌만이 실재한다. 그러나 시인은 감시당하고 있다는 느낌 때문에 실재하지도 존재하지도 않는 감시자에게 쫓겨 자신들의 행동을 묶고 억압한다. 마치 판옵티콘 안에 판옵티콘이 있는 것처럼, 그래서 그는 그가 주요 생존법으로 사용했던 자신의 사고에게 다쳤고 삶의 덫에 의해 많은 것들을 잃은 후의 심중이 아래에서 발견된다.

(……)
지독한 삶의 냄새로부터
쉬고 싶다

원하는 방향으로 삶이 흘러가는 사람들은
어떤 사람들일까……
함박눈 내린다

이연주, 「매음녀 5」 부분

위 시에서 "지독한 삶의 냄새로부터/쉬고 싶다", "역사는 잔혹한 종양의 덩어리"「여섯 알의 아티반과 가위눌림의 날들」에서처럼 매춘에 순응했던 것이 죽음을 재촉해준 전략이 되었다. 그로테스크한 시어들은 작품의

알프레드 시슬레, 〈루시엔의 설경〉, 1878

구석구석마다 치명적인 삶을 구체화시키고 세계의 위선을 감각적으로 포착한다. 이처럼 소통부재의 단절된 공간에서 홀로 고통의 축제를 벌였던 카니발 현장에서 화해의 대상이 아닌 반드시 척결되어야 할 부패의 온상으로 자리매김시킬 뿐만 아니라 사회제도의 폭력에 대항하는 기능으로서 죽음을 공표한다. 이때 드러나는 사도-마조히즘은 1990년대 여성시인들에게서 종종 발견되는 심리현상으로 피학과 분노를 문화적 승화 없이 분출하는 충격어법이다. 이연주의 섹슈얼리티는 주관적이라기보다는 이성적으로는 매춘이 역사상 가장 집약된 모순체계 중의 하나라고 인지하면서도, 남근지배질서에 저항하는 저항의 한계선에 도달하여서는 더 이상 삶의 지향점을 찾지 못하는 한계를 보이고 있다.

남들이 자신의 시를 읽어주는 것조차 꺼리며 "어디에도 소장되지 않는 삶"「네거티브」을 꿈꾸고, 그가 "양로원에도 갈 수 없는 나이"「그렇게, 그저 그렇게」에, "더 이상은 넘길 것이 없네"「마지막 페이지」에서처럼 극단적인 선택으로 생을 마감해버린다. 애정 없는 사람보다는 따스한 돌을 사랑하고 돌에게서 위안받기를 희망했던 다음 시를 살펴보자.

> (······)
> 돌멩이,
> 어렴풋이 기억나는 사람의 가슴 같은 돌에게서
> 숨 쉬는 방법을 다시 배우고 싶다
>
> 이연주, 「성자의 권리 3」 부분

> 그가 나를 실망시킨다 나는 실망한다
> 또 다른 그가 나를 모욕한다 나는 모욕당한다
> 그와 또 다른 그를 나는 눈 속에 집어넣는다
> (······)
> 돌멩이를 사랑하는 일은 쉽다
> 걷어차도 배반 없는, 그러나
> 애정 없는 섹스
>
> 이연주, 「최후 사랑법」 부분

「성자의 권리 3」의 "사람의 가슴 같은 돌에게서/숨 쉬는 방법을 다시 배우고 싶다"는 「최후 사랑법」에서 "돌멩이를 사랑하는 일은 쉽다/걷어차도 배반 없는"에서와는 달리 희망적이며 새로운 누군가와 배반 없는 소통을 욕망하는 에로스의 생명의지다. 그러나 「최후 사랑법」의 섹스에 와서는 자유로운 육체의 쾌락원리 없이 다만 "실망시킨다 나는 실망한다/(…)나는 모욕당한다" 치욕과 모멸로 반복되는 현장에서 매춘부들과 시적 자아가 이토록 아픔을 같이한다는 것은 투사적 동일시로 인한 병증의 전염이거나 '아드레날린 후 우울증'으로 보인다. 어떤 초월성보다도 현장감이 살아 있는 훈습과정이야말로 살기 위한 소통으로서의 자학적인 타나토스의 에로티시즘인 것이다. 양성구유^{androgyne}를 버린 분리불안일 때 건강한 성^{性}은 존재한다. 그의 시는 극단적인 자기모멸과 해방에 대한 동경이 반문화적 충동 속에 집약되어 있는 심리기제이다. 아니마와 아니무스로 갈라지지 않으면 성이 성립되지 않기 때문에 성을 위해서라면 몸은 갈라져야만 한다는 의미이다. 갈라진 순간 다시는 채울 수 없는 갈망이 먼저 생겼고, 성행위는 이에 대한 미봉책으로써 모두 갈라진 상처가 만들어내는 영원한 허전함, 공허함, 갈망에 시달리는 강렬한 욕동에 시달리는 에로티시즘이다. 라캉식의 완전한 욕망의 충족과 합일의 형태인 희열의 삶을 철저하게 관통하려 했던 이연주는 이 시대의 심리적, 역사적 진화론에 자신의 작품이 어떤 영향을 주었는가에 대해 언급하길 거절한다.

두 시집 내내 전반적으로 가늘게 비쳐 들어오던 유토피아적 문맥은 다음 시들에서 막을 내리는 듯하다. 「풀어진 길」에서 "치유할 수 있는 곳이라면 나도 가고 싶다"라든가 「방화범」에서 "살아남아 슬프지 않은 나라/옳거니, 기쁜 일이다, 가자"와 「행로와의 이별」에서 "나는 달빛의 은가락지를 풀어 물에 던진다"는 아웃사이더였던 이연주가 등단 1년 만에 그것도 서른아홉이라는 젊은 나이에, 온몸으로 죽음의 극단까지 끌고 갔던 그의 문학적 성취다. 에로스와 타나토스가

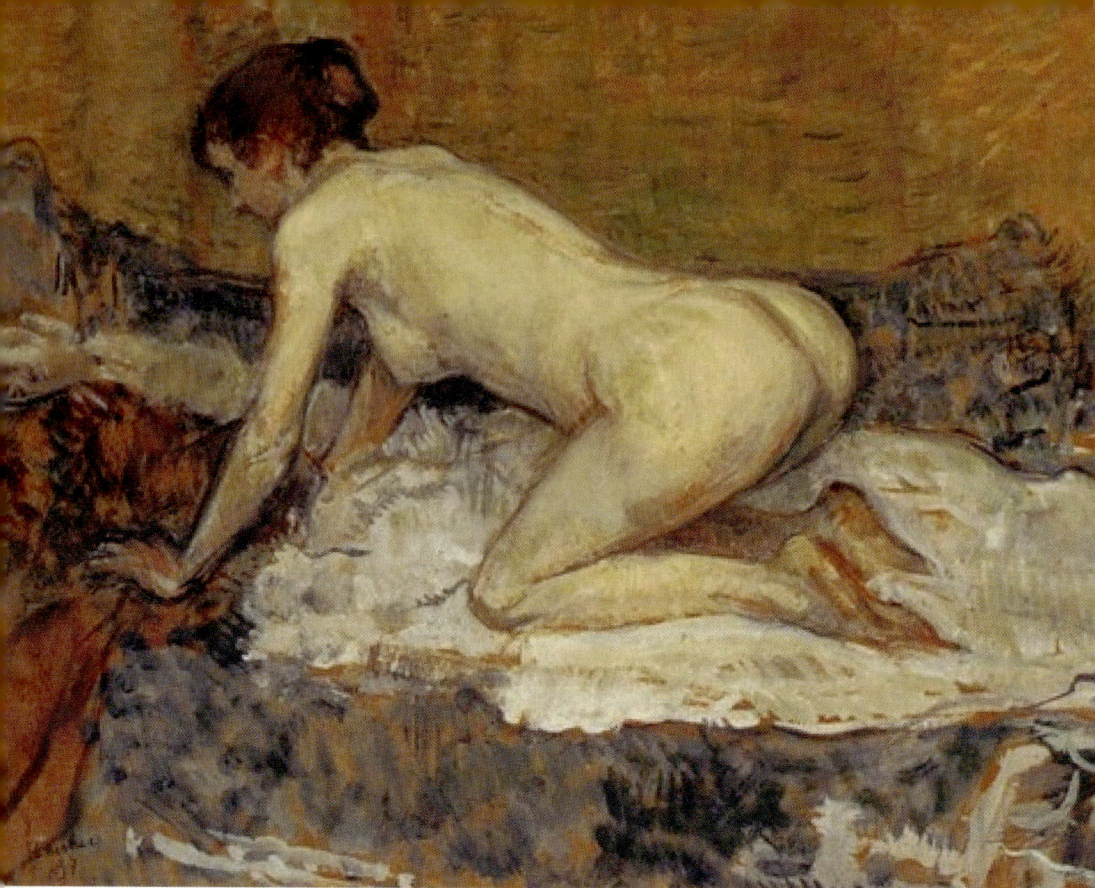

앙리 드 툴루즈로트레크, 〈거울 앞의 누드〉, 1897

진정으로 통합된 장소가 결국은 죽음과 진정한 융화를 성립시킨 자기실현의 마지막 단계인 유토피아였던 것이다. 다시 말해 그는 그가 갖고 있던 현존의 의무보다 현존이 갖는 권위에 집착함으로써 결국 권위를 사유화시키고 사회적 서열의식에서 밀려난 것이다.

따라서 최영미와 이연주는 공통적으로 사랑의 결핍과 부재의 경험칙에 있어 동일시와 전이는 경험에서 비롯된다는 것은 일치한다. 최영미가 암울한 과거 체험을 현실 영역으로 이동시켜 분리의 한계를 극복하기 위해 억압된 자존감에 대한 주체를 동일화하고 자아를 성찰하면서 타자를 수용하게 된다. 그러나 이연주는 존재감을 극복하고 존재 안에서 세계로 나아가는 대신 타나토스와 투사적 동일시하여 이상적인 자가$^{ideal\ self}$를 유토피아에 위탁함으로써, 좌절된 사회적 성취 욕구나 목표달성에 대한 절망감과 결별하는 시 심리 촉진계기로 작용되었던 것이다. 그래서 이연주는 트라우마가 만들어낸 허위虛僞 자기와 절연하지 못한 채 연민과 공포의 카타르시스에 지배되어 현실태의 절망적 자각과 동일시되면서 세계와의 소통과 통합이 불가능해졌다.

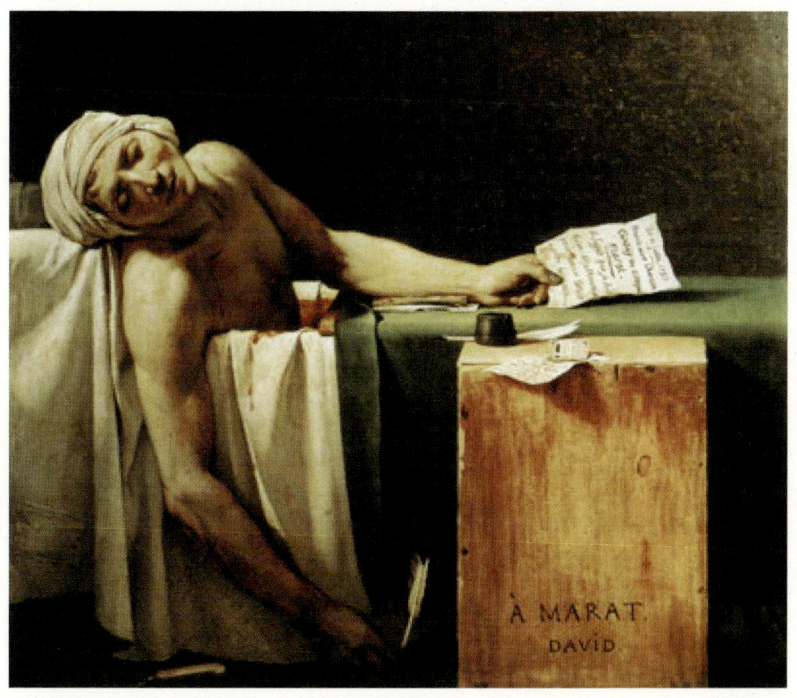

자크 루이 다비드,s 〈마라의 죽음〉, 1793, 벨기에 왕립미술관

아드레날린 우울증 치료법

　최영미와 이연주의 시를 중심으로 시 심리에 나타난 '외상 후 스트 레스 장애'와 '아드레날린 우울증'의 원인인 트라우마를 탐구하였다. 등단시기가 비슷한 두 기성작가의 작품을 비교·분석함으로써 누구 나 글쓰기를 통해 억압을 분출시키는 기제를 발휘한다는 것을 밝혔 다. 시 속에 자주 언급된 에로티시즘을 성찰하면서 이들이 겪은 트라 우마의 전개양상과 극복으로서의 치유적 글쓰기에 논점을 두었다. 섹 스를 시적 오브제로 사용한 점은 유사하였으나 최영미는 트라우마 극복수단으로서의 자신의 경험칙을 글쓰기로 재현하면서 '카타르시 스', '진이', '동일화'를 거쳐 통섭, 통합에 이르렀으나, 이와는 반대로 이연주는 분노의 배양으로 닿는 '투사', '역전이', '상실'을 거쳐 통합 되지 못한 자신을 애도하는 과정에서 예측 불가능한 미정의 미지의 beyond here and now 초현실을 받아들여 죽음으로 진정한 자기실현을 이루는 것을 살펴보았다. 이로써 두 사람의 공통점과 차이점을 탐구하고 정 신분석학적으로 텍스트 글쓰기에 나타난 사회심리적 성격이 시 쓰기 에서 동일화를 경험하면서 감정연쇄와 정서충돌이 어떻게 미래지향 적인 대안을 얻게 되었는지도 교호작용으로써 분석하였다. 이렇듯 최

앙리 드 툴루즈로트레크, 〈물랭루주에서〉, 1893

영미·이연주 두 시인이 각기 다른 삶을 살며 개별적으로 수행한 에로티시즘 무의식에 대한 렐리기오^{religio} 자세에는 심리학적 자기실현과 자기소외가 있을 뿐만 아니라 기존질서에 대한 반항이란 공통된 문화심리가 들어 있다. 그 구조적 유사성과는 달리 최영미에게서는 표층적 인상에 좌우되지 않는 가상세계에서의 완벽한 결합에 이르는 도구로 상정되는 데 비해, 이연주에게서는 기존질서에 반항하거나 궁극적으로 파괴해버려야 할 실현의 상징으로 나타났다. 진정한 에로티시즘적 섹스란 각자의 에로스가 합일되어 성차별이 허용되지 않아야 한다. 라캉에 의하면 상상계의 거울단계 개념에서 허상이 갖는 소외효과란 자아를 공격하는 트라우마다. 이것이 바로 죽음충동이다. 이때 개체성을 파괴시키는 죽음의 회감^{erinnerung}충동, 혹은 존재의 연속성을 향수하는 충동에서 에로티시즘의 치유핵심인 "나는 아무것도 바라지 않는다. 나는 아무것도 두렵지 않다. 나는 자유다."『그리스인 조르바』의 작가 니코스 카잔스키의 묘비명이 발견된다.

위의 사실을 종합해볼 때 이들은 섹스를 억압의 상징으로 투사시키고 있다. 대부분의 생존자는 개인적인 삶의 틀 안에서 트라우마 경험을 완결해간다. 그러나 소수는 트라우마 경험을 불운의 근간으로 삼아 개인적인 비극을 초월하는 방법을 찾지 못한다. 트라우마의 부정의식인 섹스를 아름다운 상실로 기억하는 최영미나 진정한 에로스의 섹스를 위해 새로운 빵으로 태어나기 위해 죽음을 선택한 이연주의 행동은 모두 자기방어기제였던 셈이다. 자기현시성에서 출발한 에로티시즘 시 쓰기의 차이는 이들이 공통적으로 겪은 분리불안과 탈애착형성에서 동기화한다. 트라우마 극복으로서의 세계수용을 형성한 최영미와 달리 이연주는 과거에 머물러 자신의 억압을 극복하지

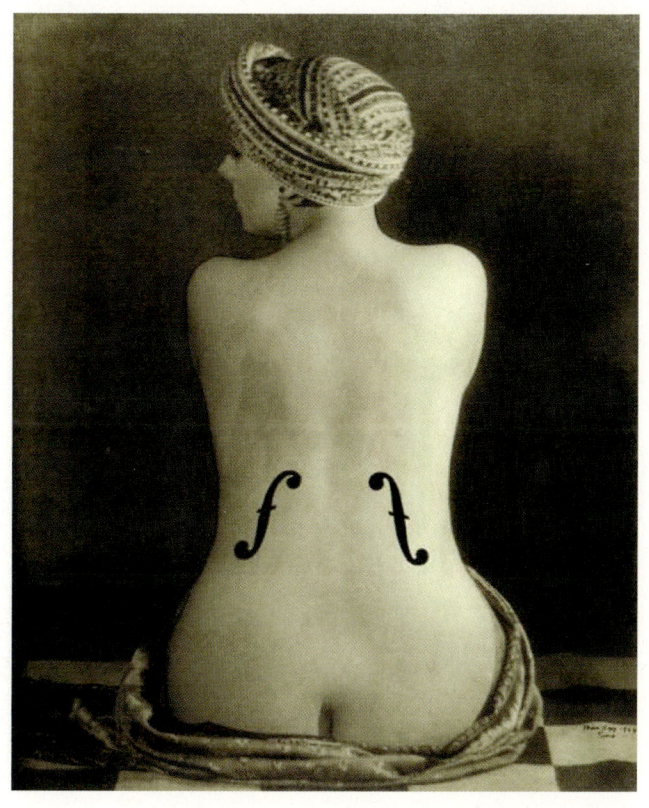

만레이, 〈앵그르의 바이올린〉, 1923, 말리부게의 미술관

못한 채 세계 부정을 형성한다. 따라서 이연주의 시 심리는 타자와 세계 안에서 소통의 한계로서 객관성을 확보하지 못하여 치유적 글쓰기가 되지 못했음이 판단된다. 트라우마의 완결에는 종착지가 없다. 그렇다 하더라도 자신의 마음 심층으로 용기 있게 뛰어내린 두 시인은 본능의 평화로운 조절을 위해 완성된 자기실현의 장, 즉 다시 말해 미래를 현재의 부정성을 소멸시킬 수 있는 카이로스^{kairos}적인 시간으로 상정한 것을 확인할 수 있었다.

13회

알몸, 어루만지다

인간이 바다에서 엉금엉금 기어 나와 육지에서 직립보행을 시작하고 나무로 올라갔을 때, 사방 몇십 킬로미터를 둘러볼 수 있었다. 질마재의 황국들판처럼 눈앞에 펼쳐지는 생사生死와 성속聖俗의 모든 것들을 볼 수 있었다. 경이로움을 뜯어 먹는 시간, 저녁놀에 새빨갛게 불타는 양볼, 그 고양된 이미지들은 외부에 마음을 집중했을 때 나타나는 현상이었다.

어느덧 좋아하는 사람이 즐기는 사람보다 못한 21세기는 여가의 시대다. 놀이하는 동물 호모 루덴스homo ludens가 예술하는 인간을 재생산하는가 하면 한편으로는 경제적 동물인 호모 에코노미쿠스homo economicus가 지배하는 세상이 된 것이다. 전통문학이 실재의 모방이라는 개념을 축으로 삼았다면 근대에는 실재를 포기하거나 새로운 형태로 구축하고자 하는 원본의 다원화로, 원본을 갖지 않는 독립적 이미지의 실재보다 더 실재 같은 초실재를 만들어낸다. 이때 시는 가상공간에서 실재하지 않는 몸을 통해 고통이라는 사치를 누릴 수 있는 여유가 생기고 아픔은 학교 종 소리처럼 요란하게 울리며 몸으로부터 멀어져 간다.

어느 시대를 막론하고, 가장 찬란한 시나 조금 부끄러운 시 속에 한 치의 차이도 없이 연한 색조로 공존하는 것이 있다면 바로 수만 년 된 생각의 연금술이라는 통찰력이 아닐까. 다만 한쪽은 망원경으로 또 다른 한쪽은 캄브리아기 삼엽충의 눈으로 세상을 보았을 뿐이겠다. 우리가 눈을 견자見者로 생각하지만 눈이 하는 일이란 빛을 모으는 일뿐인 것처럼, 어느 시가 몸을 더 어루만지기에 좋았는지, 어느 몸이 시를 어루만지기에 좋았는지는 그래서 완전히 독자들의 몫으로 남는다.

피에르 오귀스트 르누아르, 〈목욕 후〉, 1888, 개인소장

요즘 들어 나는 시를 읽고 그 작품의 작가를 만났을 때, 또는 작가를 만나고 그의 작품을 늦게 읽었을 때, 그 사이에 끼어 미끄러지지 않는 괴리를 발견하고 복잡해하는 나를 만난다. 그러면서 과연 시의 윤리는? 시인의 윤리는? 영혼과 몸, 그 윤리의 취향은? 종종 이런 의문들에 휩싸이게 된다.

낭만주의가 철학에 분노하든, 다다이즘이 사실주의를 폄하하든 시의 과녁은 오늘도 짙은 안개 속으로 날아간다. 더없는 안개의 매끄러운 살을 통과하여 빗살무늬 몸에 살은 도착한다. 그 순간에 선사시대의 시가 마음의 창문으로 들어오는 것처럼 시인은 시의 몸을 얻기 시작한다. 시와 시인은, 영혼의 애착과 육체의 욕망처럼 궁극적 친애요 궁극적인 접촉이다. 그리하여 시는 이율배반적인 것들이 사라지는 숭고한 지점에서 탄생하고 시인은 그 지점에서 사라지는 '클라인의 항아리'인 것이다.

일반적으로 시 전문가들은 시에 올인하려면 재무제표를 들여다보지 말아야 하고, 경험과 상상력이 얼마큼인지 꼼꼼히 따져보고, 과거 시들의 수익이 어떻게 변화해왔는지, 낭송수익배수가 낮은지 높은지, 독자전망에 대해서도 자세히 알아둘 필요가 있다고 이야기한다. 결코 틀린 얘기는 아니다. 하지만 실제 시에 몸을 투자하는 사람들은 이렇게 합리적이고 이성적으로 투자하기보다는 대부분 주먹구구식인 휴리스틱heuristic에 따르는 경우가 많다. 그렇다 하더라도 시인이 시를 찾기 위해 안개 속에서 길을 잃고 헤매는 고통은 놀랄 만한 쾌락을 동반한다. 아슬아슬하여 위태롭고 불안하지만 전혀 뜻밖의 장소에서 판도라의 상자를 찾아내는 기쁨이 있으니 말이다. 이 헤맴을 통해서만 발견되는 시, 즉 각시투구 꽃을 주워 올린 시인은 향기로운 시, 운석

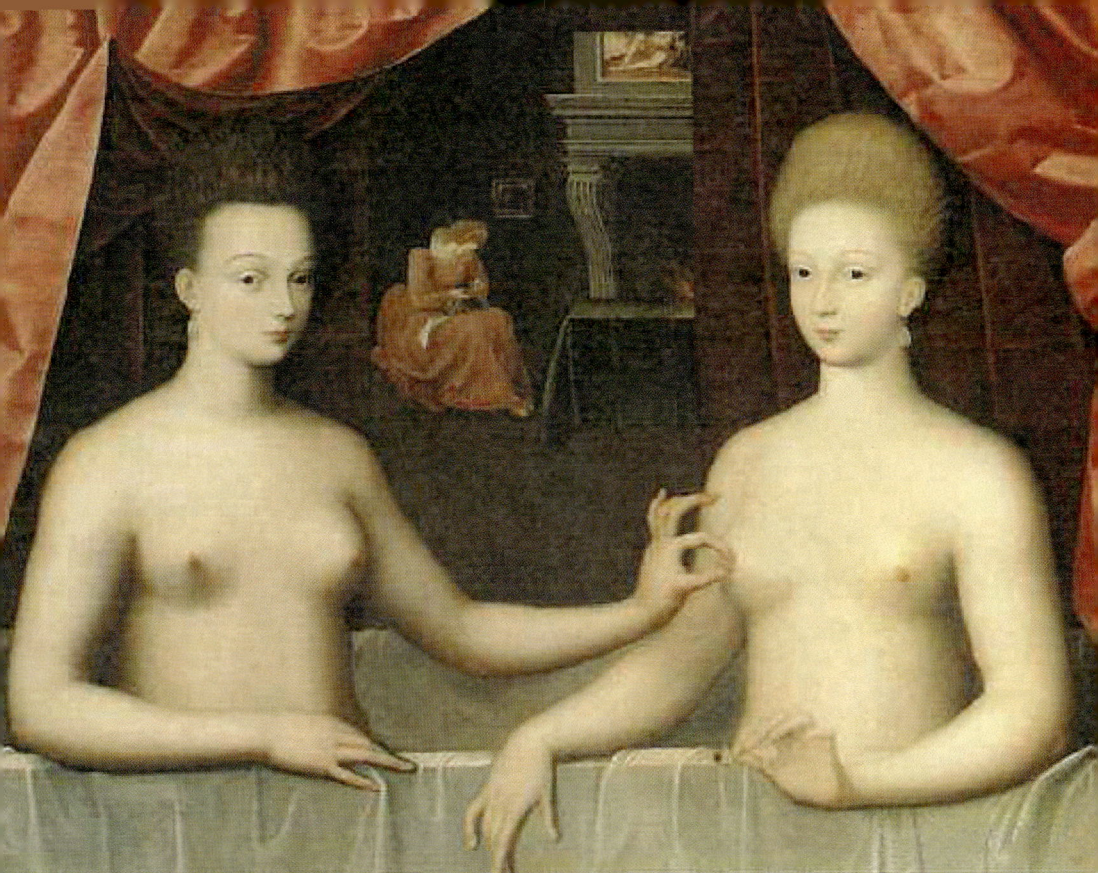

퐁텐블로 화파, 〈가브리엘레 데스트리스와 자매〉, 1596, 파리 루브르 박물관

을 발견한 시인은 보석 같은 시, 스스스스 뱀이 지나가는 소리를 들은 시인은 에로스의 시에 끈덕진 질문을 던질 것이다. 이것은 소유할 수 있는 시의 에너지 그 연속성의 은유를 얻기 위해 태초부터 노력을 해온 범주들이다. 이 연속성으로의 접근과 도취의 보편성이 없다면 시인의 '상상' 속 우주적 범주와 신성은 파악하기 힘든 일이 되고 말았을 것이다.

어린 시절 끼니조차 잊고 놀이에 몰입하여 깔깔대고 흥분할 때처럼, 마이클 레드포드 감독의 영화 〈일 포스티노〉[1994]에서 우편배달부가 네루다와 시를 통해 인생이 구원을 얻는 것처럼, 호모 에코노미쿠스로 길들여진 시인은 일상적 시 창작행위인 도착에서 승화에 이르는 험난한 여정에서 치유하고 구원하는 일을 스스로 발굴하고 분양해야만 한다. 이렇게 한 영혼이 생을 담보로 선명하게 보거나 듣거나 만지거나 냄새를 맡은 우주의 오의奧義들은 모두 시이고 예언이고 종교이다. 그것이야말로 몸의 강조가 아닌 영혼의 경시가 아닌 둘의 조화로운 관계에 이르는 총체적 완성이기 때문이다.

살다보면 시가 올 때가 있는 것처럼 시를 짓고 있는 몸을 보고 있으면 더 따스해지며 사랑이 안기어 올 때가 있다. 영혼이 살아 있는 극진한 몸, 몸은 어루만지기 좋은 편지다.

14회

동시의
마을에 가다

아이의 웃음, 하늘의 웃음

인간의 무의식은 긍정적이든 부정적이든 색을 생명의 에너지로 받아들인다. 시가 하나의 기호로서 시인의식의 상징이라면 감정과 정서, 경험이 다양하게 묘사되는 색채어의 자극은 하나의 감각영역으로부터 연쇄적으로 다른 영역의 감각을 불러일으키는 공감각언어가 되는 셈이다. 시각, 청각, 후각, 촉각 등과 같은 물리적 자극 사이에는 일대일의 대응이 있는데, 때로는 이 원칙에 반하여 색을 보고 맛과 냄새, 음과 촉감 등을 느낄 때도 있다.

이와 같이 색채이미지가 다른 감각기관의 느낌을 수반하는 수반감정은 인간이 지니고 있는 미추美醜를 상징하기도 하며 때론 인간의 심리적 현상과 밀접한 관계를 형성하기도 한다. 그리하여 광원光源을 떠난 빛의 에너지는 눈을 통해 인간의 눈에 가장 아름다운 것을 전달해주는 수단이 된다. 색은 세상의 모든 것을 말로 표현하도록 격려하며 인간의 마음속에 있는 단어를 끌어내는 가장 중요한 도구이기도 하다.

고대로부터 시대별, 종족별, 개인별로 선호하는 색은 다르게 진화해왔다. 그렇지만 대체로 같은 시대 같은 종족의 경우 같은 감각을 나타내는 것을 볼 수 있다. 그리하여 한 시대의 문학작품에 상징적으

후레디난드 드 프리그라우듀, 〈토끼그림자〉, 1895, 개인소장

로 나타난 다양한 색채는 그 종족의 문화적 특성을 반영해준다는 점
에서 중요한 연구텍스트가 될 수 있다. 이연숙에 의하면 "서양의 경
우 스탕달의 『적과 흑』이나 멜빌의 『백경』 등과 같은 작품에 대해서
는 색채연구가 활발하게 이루어져 왔다." 그것은 색채가 단순한 색채
에 그치는 것이 아니라 그 사회문화적 특성을 반영한다는 점에서 하
나의 문화기호가 될 수 있기 때문이다. 이처럼 문학 속의 색채는 주
제와 관련하여 중요한 의미를 지니고 있으므로 문학작품에 나타난

색채분석은 당시의 문화적 특성을 밝혀낼 수 있는 또 하나의 방법이 될 수 있다.

"현대시에 있어서 회화성이 중시되고 있는 이유는 이러한 시각적 이미지를 존중하는 데서 기인하는 것이며, 따라서 현대시에서는 실제로 시각적 이미지가 압도적으로 많이 사용되고 있다.

박목월과 윤동주의 동시에서 가장 두드러지게 표현된 이미지는 오감 중에서 시각적 이미지임을 알 수 있다. 특히 동시에서는 추상어보다 구상어가 많이 쓰이는 관계로 회화성은 더 두드러진다"고 유해숙은 말한다.

박목월과 윤동주의 동시 역시 예외가 아니다. 따라서 시각적 이미지에 회화성이 강한 색채가 덧입혀지는 이런 현상들은 새로운 삶의 창조를 욕망하는 시의 표현장치로서 색채어에 관심을 갖는 것은 그들의 시구에 스며든 신비한 시혼의 세계이며 시인의 절실한 표상의지이다.

1992년 <한국색채협회>가 발족하여 1998년 <한국색채학회>로 명칭을 바꾸며 색채에 대한 연구가 속도를 내고 있다. 이재선이 현대국문학의 주제론에서 시조문학과 현대문학 속에 드러난 색채의 양상에 관해 다루었지만 실제로는 디자인, 의상, 미술, 생활디자인, 건축, 응용분야에 대해 많은 부분을 할애할 뿐 현대문학의 색채에 관한 연구는 미미하게 부분적으로 서술할 뿐이다.

그러나 현대문학 속에 체현된 '동시에 나타난 색채어 연구'는 미미한 정도가 아니라 전무한 실정이다. 물론 박목월과 윤동주 동시연구는 일찍부터 논의되어 왔으나, 서로의 일상과 동화적 세계에 나타난 색채어에 대한 비교연구는 아쉽게도 지금까지 시도된 적이 없다.

그리하여 그들의 동시에 나타난 색채의 의미를 분석함으로써 시에 대한 총체적 평가를 위한 한 노력으로, 동시대에 활동한 두 시인의 문화적 특성을 밝히고자 한다. 박목월과 윤동주는 1910년대에 태어나 1920년대에 10대가 된 시인들이다. 감수성 예민한 시기에 많은 지식인들이 무비판적으로 일본을 통해 들어온 서구사조에 휩쓸리는 동안에도 우리말 동시창작에 역량을 기울인 시인들이다. 그런 시대적 배경에도 불구하고 그들의 동시에서는 식민지의 암울한 분위기를 넘어서고자 하는 미래 예견적인 밝은 희망이 심화되고 있음을 간파할 수 있다.

박목월의 경우 4권의 시집 중『산새알 물새알』에 실린 63편의 동시와 윤동주의 경우『별을 사랑하는 아이들아』에 실린 47편의 동시 작품에 나타난 색의 의미와 색채가 시어에 끼친 태풍몇개, 우뢰몇개, 벼락몇개 그리고 바람과 햇살 한줌을 찾아보겠다.

또한 각각의 색채어를 통해 변별해낸 차이 같은 것－때론 공유하기도 하고 때론 다르기도 한 것들의 의미체계－에 대해 알아보고자 한다. 그리하여 '문체는 그 사람 자신이다'라는 뷰퐁이나 '한 작가가 위대하다는 것, 혹은 위대하게 남는다는 것은 궁극적으로 그의 문체에 의해서다'라고 주장한 도브레의 말처럼 박목월과 윤동주의 문체적 특징 중의 하나인 색채어를 구분하여 저 혼자 둥그러질거 없는 낙수물 소리와 저 혼자 찬란해질리 없는 무지개 자리도 면밀히 고찰하고자 한다.

여기서 색채어 분석대상은 오방색 중 황색을 뺀 나머지 네 가지 색, 즉 청색, 백색, 적색, 흑색에 한하고 그 색채어들이 시인들의 가치관에 어떤 영향을 미쳤는지도 어떤 편지를 쓰게 했는지도 아울러 고찰하고자 한다.

박목월과 윤동주 동시의 문학사적 배경

경주 목월문학관 내

　동시는 반딧불이다. 아롱아롱 나타내서 불쑥불쑥 행복을 나눠주고 상처 깊숙이 들어가 환하게 밝혀주는 철없는 아이다.

　시에서와는 달리 동시의 세계는 언어뿐만 아니라 내용, 형식에서도 많은 제약이 있다. 동시는 아동 존중을 기반으로 하는 근대문학이기 때문이다. 아이를 지칭하는 낱말들 또한 당대의 사회문화적 맥락 안에서 '소년', '어린이', '아이들', '청년' 등으로 불려졌다. 마찬가지로 아동문학이라 부르는 문학은 동시 본래의 목적인 선^善, 천진무구, 사랑, 진실이라는 경계를 벗어나면 안 되는 것이다. 더욱이 동시는 작가 자신이 느낀 감성과 독자들이 그 작품을 통해 접근하는 상호교감의 거리가 최대한 좁혀져야만 미적 생동감은 물론 평화로운 치유감을 획득하게 된다.

박목월1916~1978은 1940년『문장』에 시로 등단하기 7년 전인 1933년 대구 계성중학 2학년 때『어린이』에 「통딱딱 통짝짝」, 『신가정』에 「제비 맞이」란 동시가 당선되었다. 1937년 일제의 조선어말살정책에 의해 아동문학계의 『아이생활』만이 간신히 명맥을 유지하던 시기에 박영종과 김영일이 시도한 자유시론에 의해 동요가 동시로 변환되는 획기적인 전기가 마련되었다.

동시를 처음 발표할 때만 해도 '박영종'이라는 본명을 사용하였고 『문장』지에 시 추천을 받으면서 '목월'이라는 호를 사용하기 시작하였다. 박목월은 문학 소년시절 프랑스 상징주의 시인 베를렌느에 심취했다. 인상파 회화에 영향을 받은 심상풍경을 언어로 그려냈다는 베를렌느를 존경하여 그가 자신을 정신적 수채화가라 명명하였다. 1962년도에 상재된 박목월의 『산새알 물새알』에 실린 시 가운데 여러 편의 동시들은 발표 당시와 다르게 개작되어 있는 것으로 보아 타계할 때까지 동시에 쏟은 애정이 각별했다. 동시의 본격적인 시도는 목월에서 시작된다. 동시와 시를 병행하여 작품활동을 한 그는 아동문학에만 전념한 어느 작가에 못지않게 동시에 독특한 경지를 개척한 것이다.

1940년 이후 발표한 동시 형식은 정형을 고수하던 구전동요를 벗어난 새로운 장르인 자유시로의 진입을 보여주는 것이었고, 더불어 동시와 일반시 경계를 철폐하여 동시의 입지를 공고히 다졌다. 그는 시를 쓰는 동안에도 아동문학에 대해 관심을 줄곧 보였으며 많은 시집과 동시집 『박영종동시집』^{조선아동회, 1946}, 『초록별』^{조선아동문화협회, 1946}, 『산새알 물새알』^{여원사, 1962} 등 외에도 『아동』¹⁹⁴⁰, 『동화』¹⁹⁴⁹의 주간과 『아동문학』¹⁹⁶² 편집위원, 아동문학이론지 『동시의 세계』¹⁹⁶², 『아동의 세계』¹⁹⁶³, 『소년 소녀 문장독본』¹⁹⁶³ 등의 저서를 통해 아동문학의 이론적 초석을 다졌다. 이러한 맥락으로 보아 어느 시인보다도 줄기찬 동시에 대한 애정과 집착을 보여준다. 따라서 그에게 동시는 심혼^{soul}의 고향이므로 그의 동시세계를 일반시 세계로의 출발을 위한 첫 번째 관문 정도로 보아서는 안 될 것이다.

박목월의 동시에 대한 선행연구의 성과는 "첫째, 본격적 동시의 출현에 획기적 이정표를 세웠다. 둘째, 그의 동시는 동화적 환상성을 바탕으로 자연 탐미적 향토성에서 도회 감각적 생활성으로 변모하여 동시의 세계를 확대시켰다. 셋째, 그의 동시에 흐르는 가장 기본적 율조는 전통적 정서에 바탕을 둔 민요조로서 동시의 대표적 한 유형을 형성하였다. 넷째, 그의 동시가 가지는 환상성은 예술적 향기의 심화에는 기여했으나 한편으로 이해와 감상의 통로를 좁히는 결과를 가져와 동시의 한계를 느끼게 했다. 다섯째, 그러나 그는 어휘 하나하나가 가지는 이미지를 중시하여 시어의 발견 및 선태 구사에 특이한 장기를 보여 동시의 질적 향상에 크게 이바지했다"고 이재철은 말한다.

윤동주1917~1945는 5학년 때 고종사촌 송몽규와 『새명동』이란 등사잡지를 만들고 『어린이』, 『아이생활』, 『삼천리』 등을 서울에서 정기적으로 주문하여 읽었다는 사실은 이미 널리 알려져 있다. 『가톨릭소년』에 동시 「병아리」¹⁹³⁶를 처음 발표하였던 그가 관심을 가졌던 작가들 가운데 1925년 『어린이』로 활동한 윤석중, 1926년 『학조』로 활동한 정지용, 1933년 『어린이』로 등단한 박목월이었다. 그토록 그들에게 관심을 기울이고 있던 차에 동요류와 민요풍의 『정지용시집』을 정독하고 쓴 작품이 「조개껍질」인데 이 작품의 성향상 정지용의 세례를 받으셨다는 말은 그래서 설득력을 지닌다

윤동주는 박목월과 한 살 차이로 같은 시대를 같이 건넌 문우다. 윤동주 역시 박목월과 마찬가지로 시를 쓰기 전에 동시로 출발하였다. 1934년-1편, 1935년-1편, 1936년-19편, 1937년-3편, 1938년-1편으로 그는 용정에 있던 1936년에 가장 많은 작품을 생산하였다. 윤동주는 일제치하인 1930년대 중반에서 1940년대 전반에 걸쳐 격렬한 민족저항의식과 인간애 넘치는 127편의 시를 남기고 생전에 시집을 출판해보지도 못한 채 27세에 일본형무소에서 죽었다. 사후인 1948년 친지들에 의해 『하늘과 바람과 별과 시』란 유고시집이 발간되었다. 윤동주의 동시를 분석할 때 동단童丹이라는 필명은 그의 무의식 깊은 곳에는 동심지향적 자각이 깃들어 있음을 볼 수 있는 단초로 규명해도 좋을 듯하다.

자연과 문명 또는 이상과 도덕의 이중적 의미로 쓰이는 인간성에는 인간 존재 그대로의 가치인 자인Sein과 인간의 당위적 가치인 졸렌Sollen을 함의하고 있다. 아동들의 인격을 인정하기 위해 탄생한 동시 역시 자인Sein과 졸렌Sollen의 가치를 조명한 인간존중을 기본으로 하는 근대문학이다. 근대적 주체의 탄생인 동시는 하나의 의미로 고정되는 것을 거부하고 모든 세계의 영역과 자율적 관계를 맺음으로써 경계를 탈성화시킴은 물론 언어 너머의 의미로 확산되고자 노력해왔다. 그리하여 한국의 동시는 구전동요에서부터 출발한다고 보는 것이 근

본적인 입장이다. 한국 동시사의 시대구분을 대부분 전승동요시대^{고대~}¹⁹⁰⁸, 창작동요시대^{1908~1945}, 자유동시시대^{1945~}현재로 크게 나눈다. 박목월과 윤동주는 동시대인으로서 창작동요시대에 자유형의 동시를 독립된 장르로서 확립하는 데 중요한 기여를 하였다. 풀벌레가 울기시작하던 초저녁, 집없던 아이들에게 노래를 선물한 것이다. 이 시기의 두 시인은 전통적 정형률에 구애되던 형태를 완전히 벗어나 내용, 형식면에서 내재율을 가진 '동시도 시'라는 근거 마련에 지대한 공헌을 한 것이다.

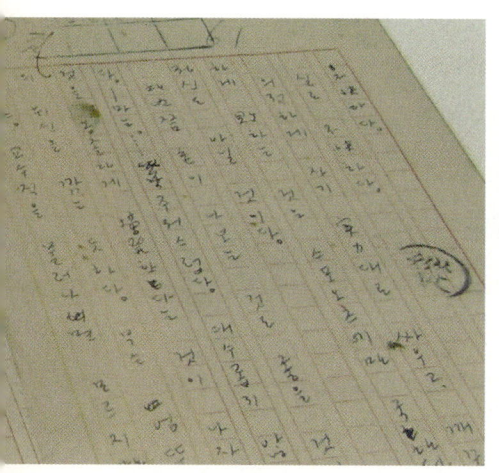

원고지에 세로로 쓴 목월 친필 원고

박목월, 윤동주 동시세계에 나타난 색채어의 의미

아시아권의 민족들은 기본적으로 오방색을 중시하는 공통점을 가지고 있다. 태초에 시각은 빛과 어둠을 구별하는 일에서부터 시작되었을 것이다. 시각은 모든 감각에 선행한다. 그중에서도 한국은 중국의 음양오행사상陰陽五行思想의 영향으로 중앙-황색, 동쪽-청색, 서쪽-백색, 남쪽-적색, 북쪽-흑색의 전통적 오방색 감각이 전래되어오고 있음을 알 수 있다. 요즘 무지개 색깔은 빨주노초파남보, 일곱 가지 색이라고 말한다. 그런데 불과 백 년 전만 하더라도 문학작품에서나 일상에서 오색무지개라고 명명하였다. 우리의 옛 문학작품들을 보면 오색영롱, 오색무지개라는 말은 있어도 칠색무지개라는 말은 어디에도 없다. 오색은 어디에도 백은 선/밝음, 흑은 악/어두움으로 표현하는 서양의 사고방식인 선과 악의 대립개념은 들어 있지 않다. 다시 말해 악·선이라는 개념보다 선·불선의 개념으로 이해했기 때문이다. 선악의 개념은 감정상태의 충돌을 예견하지만 선과 불선의 개념으로 이해하면 의미조화의 여지가 생긴다.

인간의 일생을 좌우하는 이러한 유색광선은 박목월, 윤동주 동시세계에서 시각으로 흡수돼 시인의 가치관과 의미체계에 직간접적으로 영향을 끼친다. 이 색채의 힘은 생명과 죽음 등 모든 에너지 체계에 깊이 관여하고 그들의 정신기능, 감정, 현실의 발화장면에서까지 보이지 않게 당위성을 제공한다. 따라서 그들의 동시세계에 나타난 색채어는 전승동요시대에 대한 일종의 규칙성을 깨뜨림과 동시에, 색채어의 표현을 보다 자유롭게 제시해 놓았다고 볼 수 있다. 이들이 이룩한 색채어의 자유는 공간에 대한 새로운 해석의 탈피로써 시작된다. 그것은 색채시어의 해방과 형태의 데포로마시옹^{Deformation. 변형, 왜곡}으로부터 미적 질서를 추구하는 것이었고, 다른 하나는 그들의 내면의 정신세계로부터 출발한 동시에 대한 새로운 이념이 오늘날의 동시단에 새로운 문제점을 제시한 것이다.

박목월『산새알 물새알』에 나타난 색채어의 색깔별 빈도수 중 밝은 색채인 백색－18회, 청색－24회, 붉은색－7회이고, 어둠의 색채인 흑색－14회였다. 식민지적 무의식이 색채로 드러난 결과로서 감각어가 이미지를 수반한다면 색채의 이미지가 마음의 파장으로 인해 개인의 상징에서 집단상징을 거쳐 전통상징으로 굳어지는 것은 당연한 결과이다. 마찬가지로 시적 장치로서 시각적 이미지의 관련 양상을 찾아내는 것이란 그의 동시의 본질과 특성을 이해하기 위한 것이다. 그 첫 번째가 시각적 이미지이다. 그것은 어떤 이미지보다 뚜렷하고 명쾌하게 구체성을 표출해내기 때문이다.

윤동주『별을 사랑하는 아이들아』의 동시 47편 중에 나타나는 고유 색채어는 청색－7회, 적색－4회, 백색－9회, 흑색－14회이다. 위의 동시에 나타나는 붉은색의 이미지가 주는 따뜻함 이면에는 처절한 가난이 울고 있다.

윤동주 생가가 있는 중국 길림성 용정시 지신향 명동촌

자화상에 나오는 우물

1) 붉은색 – 색의 원형과 주술성

고대에 색깔이 있다는 것은 붉다는 것과 동일한 의미를 지닌다. 인류역사에서 가장 먼저 색으로 대접받고 색으로 사용된 것은 빨강이다. 최초의 인류 조각상인 빌렌도르프의 비너스, 라스코 동굴 벽의 들소 그림에도 제일 마지막까지 남아있는 것은 붉은색이다. 이처럼 고대문명이나 매장성역에서 빨강이 많이 쓰인 것은 왜일까. 태양, 불, 피, 생명의 상징인 빨강은 죽음의 공포를 초월하려는 간절한 기도의 색채가 아니었을까. 예컨대 영어의 '컬러color'도 스페인어의 '콜로라도colorado'에서 유래한다. 빨강 염료로는 케르메스와 꼭두서니가 있었으며 중세에서의 빨강색은 황제의 색이었다. 귀족들은 빨간 망토를 땅에 끌리도록 입고 신분에 맞지 않게 빨간 옷을 입으면 사형에 처하기도 하였다. 붉은색을 이용한 치료color therapy는 이미 오래전 중국, 인도, 티베트 등지에서 시작되었다. 수천 년 전 이집트에서는 제사장들이 빨강, 노랑, 파랑과 같은 색이 사람의 신체적, 정신적, 영적 건강에 활발히 작용한다는 사실을 가르치기도 했으며 색에 대한 이러한 이해와 인식은 수천 년을 거쳐 수용되고 그 폭을 넓혀왔다. 그 예로 고대 중남미의 연지는 사막선인장 사보텐에 사는 코카스 칵티연지벌레 암컷의 피를 말려서 붉은 염료를 얻고, 생명을 잉태시키고 싶은 여자들은 열심히 해 뜨는 시각에 맞추어 연지를 바르며 주술을 암송했다. 멕시코, 잉카, 중화 문명의 고대인들은 빨강색이 태양에서 유래됐다고 여겨 불타는 정열의 상징을 숭배했다. 카페르의 출산한 여자들은 바로 붉은 점토칠을 하고, 미얀마에서는 쿠르쿠마라는 빨간 색소로 칠했다. 일본 여성이 임신하면 빨간 비단 끈을 가슴에 묶었다가 출산 직전에 풀었고, 많은 인디언 종족들은 태어난 아기에게 빨간 황토칠을 했으며, 우리나라 역시 삼칠일까지 금줄과 대문 밖에 황토를 놓아 산모의 안녕을 빌었으며 동지엔 팥죽을 쑤어 잡귀들을 쫓곤 했다.

이런 사실을 미루어볼 때 빨간색이 가지는 방어마술력은 악마와 유령들에 대한 보호색으로서의 주술역할을 해온 것이다. 더욱이 오늘날 예술품에서는 수백 년 이래로 존재하지 않을 것 같던 우주적 사랑을 지닌 신화의 신들과 신들의 색채들이 살아나고 있다. 모든 살아 있는 것들의 결합, 우주적이며 신비로운 사랑의 심오함이 하늘과 땅을 껴안고 있는 우주적 경건함과 밀접하게 연결되어 있는 것을 본다. 마르크 샤갈의 그림에 이러한 본보기가 그려져 있듯 아래 동시에도 붉은색의 적극적인 태도가 수를 놓고 있다.

아아
우리 집을
그려보자
방 옆에 방,
그 방이 엄마 방,
엄마 방은 빨갛게
꽃으로 수 놓자, 꽃 속에
엄마가 계시게
(……)

박목월, 「우리 집」 부분

붉은 사과 한 개를
아버지 어머니
누나, 나 넷이서
껍질째로 송치*까지
다아 나눠 먹었소
* 송치: 속

윤동주, 「사과」 전문

빈센트 반 고흐, 〈첫 발자국〉, 1890, 뉴욕 메트로폴리탄 미술관

경쾌한 동시로서 일제치하의 동시가 감상적이었던 것에 비해 감각적이다. 그 시대 아동들에게 희망을 심어주기 위해 창작된 박목월의 동시 「우리 집」은 시인과 어머니의 관계성립을 조건으로 한다. 그의 동시는 잃어버렸던 유아적 상상력이 꽃으로 가득찬 모성의 신비감을 직관으로 끌어낸다. 내면 의식의 붉은 색채감이 시적 자아의 '빨갛게', '꽃' 등의 색채어에 의해 조형성을 갖춘 경우다. 이런 조형언어를 형상화시킬 수 있는 이면에는 문학 소년시절 베를렌느에 심취했던 영향이 아닌가 한다. 인상파 회화에 영향을 받은 심상풍경을 언어로 그려냈다는 베를렌느를 존경하여 박목월이 자신을 정신적 수채화가라 한 이유가 여기에서 기인되었듯이 말이다. 박목월의 시가 부드럽

고 밝은 이유는 빨간색 색채어를 사용하여 창의적 혁명을 통해 활성화되어가는 새로운 세계를 설계하려는 희망 때문이기도 하지만, 베를렌느의 딱딱함에서 벗어난 부드럽고 환상적인 경쾌함이 가져다준 시적 상상력의 차용이기도 할 것이다. 「우리 집」에 나타나는 꽃의 이미지는 자유로운 상상력을 제한시키지 않고 영원의 생명을 노래하는 다복한 한 가정의 조화로운 원색이다.

박목월과 윤동주의 동시에는 가족을 투영하거나 가족을 소재로 한 것이 많다. 윤동주의 「병아리」는 동물을 소재로 엄마와 자식 간의 사랑을, 위의 동시 「사과」를 비롯해 「버선본」, 「해바라기 얼굴」은 생활이 어려워도 가족끼리 오순도순 살아가는 모습을 그렸다. 위의 동시 「사과」는 아무리 작은 것이라도 나눠먹는 사랑하는 가족의 모습에서 희망찬 앞날을 염원한다. 꽃방에 사는 박목월의 엄마나 사랑이 듬뿍 담긴 사과 한 쪽의 에로스를 건네는 방안은 인간의 감정이 가지는 가장 밝은 에너지이자 역동적인 힘이 된다.

빨간^{red,} ^{적}색과 붉은색^{crimson}, 심홍^{scarlet}, 진홍^{communism}은 우리 옛말에서 분별해서 쓰지 않았던 동일한 의미소이다. 그렇지만 위에 인용된 박목월의 상상의 빨간^{red}색은 늘 새롭고 신기한 쪽을 열망한다는 점에서 자기부정이나 개혁의 욕망과 맞닿아 있는 반면, 윤동주의 현실 속 붉은색^{crimson}의 의미 속성으로서의 높은 가치는 필요하고 알맞은 긍정적인 전이감이라 할 수 있다.

2) 청색 – 미래예견과 희망

가장 늦게까지 태양이 빛나는 이곳에서 파랑이라는 색을 말하거나 파랑을 벽에 투사할 때, 가장 자주 나타나는 연상은 하늘과 산과 바다다. 그 다음 연상되는 것으로 시원함과 얼음을 추가한다. 괴테의『색채론』에 따르면 파랑은 불안하고 유약하며 동경하는 느낌으로 지고한 순수성의 매혹적인 허무와 같다고 표현한다. 하이멘탈은 파랑을 지속성, 헌신, 진지함, 축적, 심화, 자제의 경험 개념과 연결시킨다.『색의 신비』속에서 욜란데 야코비는 파랑을 심연, 휴식, 공포, 상실, 비애와 결부시키고, 칸딘스키는 영원한 초현세의 중심이며 반면에 현세의 휴식, 자기만족이라 하고, 체발리어는 꿈, 신비, 무의식, 명상으로 표현된다고 한다. 이규태에 따르면 백天, 적地, 청生, 흑地下 등 사분법을 기본색상으로 가진, 그리하여 서白·동靑·남赤·북黑이며 청룡·백호·주작·현무 등 모든 방위나 봄, 여름, 가을, 겨울의 계절과 감각, 입맛, 사람의 덕목이나 강상綱常, 그리고 사람의 이름이나 운명까지도 사색으로 나타내는 오방색 철학은 벽사기복이라는 주술성으로 투영되어 왔다. 또한 희랍 신화 속 제우스의 청색 옷은 하늘, 비너스의 녹색 옷은 희망, 고대 이집트에서는 청색은 공기와 지혜, 녹색은 희망과 혼의 재생을 의미하였다. 녹색은 확실성, 항상성, 자기 가치에 대한 자신감을 나타낸다고 루셔는 말한다. 마찬가지로 우리나라에서 통용되는 색채의 표상감정이 루셔나 희랍신화 그리고 고대 이집트의 상징과는 거의 일치하는 현상을 볼 수 있지만 괴테가 말한 청색을 우울하고 슬프다는 주장과는 다르게 마음에 휴식을 제공해주며 때론 창조성을 불러일으키기도 하는 이중성을 보여주고 있다.

이어서 색채어와 주제의식이 연결되어 있어야만 작가가 의도한 색채이미지를 전체적인 작품 속에서 명확하게 구분해낼 수 있다는 전제하에 박목월·윤동주의 동시로 형상화한 청색 이미지를 통해 그들이 천착한 청색의 내면적인 의미를 살펴보자.

아가, 참말로 내가 꾸는 꿈은
소나기 가셔가는 아프리카의
비단양산 은은한 초록 하늘에
참으로 꽃송이처럼 가벼운
공주님의 꽃수레지
(……)
－ 참말로 햇빛 하얀 성문을 나와서
달빛 파란 성문으로 갔지

박목월, 「코끼리야 코끼리야」 부분

(……)
위에 하늘이 펼쳐 있다. 가만히 하늘을 들여다보려면 눈썹에 파
란 물감이 든다. 두 손으로 따뜻한 볼을 씻어 보면
손바닥에서도 파란 물감이 묻어난다. 다시 손바닥을 들여다본
다. 손금에는 맑은 강물이 흐르고, 맑은 강물이 흐르고,
강물 속에는 사랑처럼 슬픈 얼굴－아름다운 순이의 얼굴이 어
린다. (……)

윤동주, 「소년」 부분

　　고대 이집트와 로마로부터 영국현대미술가 데미안 허스트에 이르
기까지, 파란색은 언제나 예술가들의 영감이자 철학의 원천이었다.
위의 인용시 「코끼리야 코끼리야」의 파랑은 천지창조 순간의 파랑이
며, 「소년」의 파랑은 심해의 파랑이다. 독자의 시선을 한눈에 모으는
이 강렬한 파랑은 작품의 바깥에 자리한 모든 것을 잊게 만드는 흡인
력을 가지고 있을 뿐만 아니라 삼원색 중 하나라는 파랑색의 정체성
을 차용하여 모두의 가슴속에서 동심을 끌어 올리며 그 생명성을 읽
어낸다. 우리 옛말에는 청색blue, 파랑·푸른과 초록색green, 녹색의 분별어가 없
었던 만큼 녹색이나 파랑은 혼동되어 초원의 아들딸 또는 바다의 아
이들처럼 동일의미로 쓰였다.

카를 슈피츠베크, 〈나비 잡는 사람〉, 1840, 개인소장

박목월의 동시 「코끼리야 코끼리야」의 배경은 꿈속 아프리카다. 격식과 규율에 얽매어 있던 어린이라는 존재를 해방시켰고 어른들에 겐 동심을 되찾게 촉구한다. 시인이 지향하는 것은 코끼리를 타고 초 록빛 하늘―하얀 성문― 파란 성문을 지나며 밝은 희망으로 가득 채 워진 칸딘스키적 현세 중심의 자기만족이다. 이런 무의식 현상은 일 제치하라는 현실 속의 공포, 상실, 비애의 역투사현상의 결과로 보인 다. 끊임없이 유동하는 코끼리가 끄는 꽃수레는 현실과는 거리가 먼 시적 상상력에 그 기원을 두고 특별한 긴장을 요구하지 않은 채 오래 된 미래를 기다리며 오체투지 한다.

윤동주의 동시 「소년」 또한 청색계열의 봄의 희망이나 생명의 약동, 푸르고 싱싱한 나비의 기운을 드러낸다. 이 작품은 시각에서 촉각으로 전이되고, 다시 시각으로 전이되어 마무리 행에서는 슬픔을 다독여 아름다운 관심을 유발하고 있다. 이는 하이멘탈적 파랑이 지니는 지속성과 동일한 의미로서의 몽상적인 태도를 적극적으로 수용한 것이다. 청으로서, 박목월의 초록빛 하늘, 파란 성문, 윤동주의 하늘, 파란 물감, 그리고 적으로서, 박목월의 꽃송이와 윤동주의 따뜻한 볼은 감각적 색채어이다. 이런 점을 고려한다면 박목월의 꿈과 윤동주의 몽상적인 청·적은 영원, 성실, 희망, 광명, 밝음을 기원하여 티 없이 맑은 꿈의 동심을 표출하기 위한 현실태 밖의 색으로 조금은 두려움이 섞인 편지색이다.

3) 흰색 – 생명열기와 산화

고대 인디언들에게 은하수가 흰색 뱀을 상징하는 것처럼, 백의민족白衣民族인 우리는 백색을 길조로 신성시해왔다. 모든 문학작품에 흰새, 흰 사슴, 흰 뱀, 흰 곰 또는 흰 눈에 대한 길조의 개념은 광범위하게 나타나고 있다. 백색하양, 흰색, 하얀색은 정신성에 대한 표상이자 민족적 특질을 대표하는 강력한 기호로 한민족의 정신을 표상해왔다. 흰색의 색채어는 사회적인 기호, 또는 정신적인 상징으로서 의미를 갖는 것뿐만 아니라 인간의 무의식과도 결부된다. 무의식 속 심리상태에는 절대성의 출발, 신성, 청결, 무구, 높은 상승, 채움과 비움 그리고 이것의 합일을 표현한 흰색이 인도에서는 종교적 상징인 흰색코끼리로, 서양에서는 천사와 처녀성의 상징이 되기에 이르렀다. 시작으로서의 흰색은 순수함과 단순함을 상징한다. 개방과 자유 솔직함 그리고 고행, 금욕, 차가움도 흰색의 무대다. 켈트족의 여신은 흰색 말이며, 속박의 어둠 밖으로 데려가는 티베트여신 역시 흰색 타라이다. 바덴과 에르츠 산맥에 있는 농부들은 흰색 옷을 입고, 흰 수건에 싼 씨를 뿌리고, 구즈베리 나무 밑에 밀가루, 우유, 계란을 놓고 빙빙 춤을 추며 소원성취를 빈다. 바이칼 호숫가의 브리야트족은 堂木 백화나무^{자작나무}에 하얀 헝겊을 매어 행운을 빈다. 우리나라 무속에서의 기복행위 그대로다. 천마총에서 발견된 승마용 장니^{障泥, 말다래}를 백화나무 껍질로 만들고, 그 위에 하늘을 날아가는 天馬를 그렸다. 하고 많은 재료 중에서 하필이면 백화나무 껍질을 썼을까? 그뿐만 아니라 천마총의 주인공은 白樺皮^{백화피}로 만든 모자도 쓰고 있었다. 고대 페르시아 사제들은 흰옷을 입었는데 그렇게 함으로써 그 신과 닮기 위해서이다.

충북 음성군 생극면 큰바위얼굴 조각공원 내 박목월 시비

중국 연길공원 내 윤동주 시비

　　서양 색채논리에서 흰색은 검은색과 함께 색가를 가지지 않고 명도만 갖는다. 하지만 동양의 오방색에서는 삼원색과 마찬가지로 동등한 색으로 대접한다. 백색은 오행 가운데 서쪽에 해당되는 금金으로 계절로는 가을, 풍수로는 백호白虎를 의미한다. 순결, 결백, 진실을 뜻하며 탄생 이전의 무無의 상태로 물들지 않는 맑은 마음의 고결한 내적 아름다움을 말한다. 한 예로 이병금에 의하면 『珍本靑丘永言』에 수록된 580수의 시조 중에 흰색 90여 수와 청색 90여 수, 붉은색 15수, 황색 10여 수, 흑색 15수로 오방색이 묘사되나 횟수로 보아 자연풍경은 거의 청색과 백색으로 표현되었다는 말이 된다. 미루어 짐작하건대 청구영언에서도 오방색을 기본으로 채색하였던바 시대가 바뀌었음에도 박목월과 윤동주 역시 흰색을 우리 민족의 백색으로 보고 그 견지에서 상징화한 모노크롬monochrome·단색화 조형미학인 흰색의 특징들을 살펴보자.

물새는
물새래서 바닷가 바위틈에
알을 낳는다
보얗게 하얀
물새알
(……)

물새알은
간간하고 짭조롬한
미역 냄새
바람 냄새
(……)

물새알은
물새알이래서
날갯죽지 하얀
물새가 된다

(……)

박목월, 「물새알 산새알」 부분

누나!
이 겨울에도
눈이 가득히 왔습니다

흰 봉투에
눈을 한 줌 넣고
글씨도 쓰지 말고
우표도 붙이지 말고
말쑥하게 그대로
편지를 부칠까요

누나 가신 나라엔
눈이 아니 온다기에

윤동주, 「편지」 전문

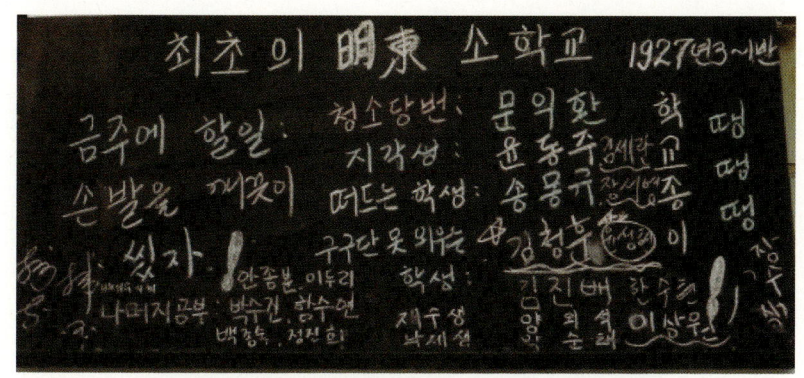

앞의 두 동시의 공간설정은 말하기^{telling}보다는 보여주기^{showing}다. 시각−
후각−시각으로 전이되는 박목월의 「물새알 산새알」에 나타난 그의
동시 미학은 미학으로서의 실험이 완성되었음을 알리는 흰색의 확인

작업이다. 모노포니 음악이나, 김소월 못지않은 그의 가락 살리기에는 가락뿐만이 아니라 구체적 장면의 분위기와 이미지 강화에 색채어의 생동감이 결합되어 효과를 발휘한다. 저 생생하게 떠오르는 달밤의 하얀 물새알 장면은 결국 빛의 문제, 밝음의 추구에서 색채의 문제에 이른 내적 성찰이다. 거침없이 사물의 본성과 통하고 융화되는 경지, 최종적으로는 사실적인 이미지로 귀착하고 있지만 색의 깊이를 결코 소홀히 하지 않는 점은 위 동시에 나타난 "날갯죽지 하얀/물새가 된다"에서 흰색이 신성한 색채로서 새롭게 태어나는 자유의 생명력을 포괄하는 점은 사뭇 역동적이다.

윤동주 동시 「편지」에 나타나는 바라보기의 태도는 칸트의 무관심적이 아닌 무심의 경지에 가깝다. 이 작품에서 오누이가 있는 공간은 이승과 저승이라는 유기적 관련성을 갖지 못한 시공간이다. 죽은 누나가 등장하는 초현실적 자유연상의 공간은 동화적인 사물, 즉 대상의 즉물적인 묘사로 드러나는 공간이지만, 그러나 흰 봉투가 없으면 이어지지 않는 공간이다. '하얀 눈'을 통해 드러내는 나와 누나에 얽힌 정한의 스토리를 우애 있는 오누이 간으로 구체화시킨다. 좋은 오누이 간이란 오랫동안 이야기하면서 두 사람의 자아가 뒤섞이는 경험을 하는 사이다. 지상의 것을 포기한 대신 천상의 자유를 얻은 누나에게 지상의 가장 순수하고 아름다운 고결성을 봉투에 담아 편지를 보낸다. 흰 봉투는 이승과 저승을 이어주는 매개체가 되며 흰색에 담겨져 있는 의미망은 치우침이 없이 대상의 표피를 걷어내고 그것의 실재를 바라볼 수 있는 길조의 혜안인 것이다. 그리하여 흰색은 생명열기의 산화, 즉 그의 고통과 초월적 예술혼이 뒤엉켰다 승화한 그의 내면을 드러내는 색으로 외로운 사랑, 안타까운 그리운 색으로 표출

되었다. 여기서 박목월은 생명의 신성성으로서, 윤동주는 그리움의 강
도를 상징화한 모노크롬 조형미로서 흰색의 특징들을 예시하고 있다.

4) 검은색 ― 평온과 두려움의 이중주

괴테는 『색채론』에서 검정은 흰색처럼 그렇게 태초에 발원한 것이
아니다. 우리는 반쯤 타버린 식물성 영역에서 그것과 만난다. 예를 들

어 판자에 타버린 부분이 빛과 공기와 습기로 인하여 일부분이 없어지면서, 처음의 회색을 거쳐 검은색이 된다고 말한다. 뤼셔는 검정을 부정, 욜란데 야코비는 악, 생명의 결핍, 무의식, 칸딘스키는 영원한 침묵, 감각이 사라진 무無, 하이멘탈은 금기, 마법의 색으로 보았다. 또한 검은색흑색, 검은색은 생산의 여신과 어머니 여신인 대지를 상징한다. 이집트의 여신 이시스가 죽음과 생명의 어머니로 검은색으로 그려지지만, 중국에서는 검을 현玄을 붉은 빛을 띤 흑이라는 뜻으로 생명의 출발점으로 여겨 일찍부터 천지만물의 근원인 동시에 하늘과 땅의 뿌리를 상징하는 여성성의 상징으로 인정, 여성을 현빈玄牝이라 하였다. 문학작품 속 인간의 검은색에 대한 보편적 심리연상을 보면 억제와 폐쇄, 밤, 그림자, 불신, 죄악, 지옥, 동굴, 심연, 죽음으로 자주 등장한다. 하지만 한편으로는 함축과 숨겨진 미를 지향하고 감춤과 드러냄의 아이러니를 성공적으로 수행하며 검은색을 총체적으로 완성하기도 한다. 이것은 과다한 노출을 하는 유채색에 비해 감춰진 품격의 우아한 무채색의 비장미인 것이다. 그리하여 사랑의 시에서조차 검은색이 나타나면 서서히 슬픔으로 치환된다는 암시가 된다. 모노크롬이 회화에서 물질의 비물질화에 깊은 관심을 보였던 것과는 달리 1990년대 <게르니카>로 불리는 스필버그의 모노크롬 작품인 <쉰들러 리스트>1993는 66회 아카데미수상작으로 흑과 백의 대비를 시적 상상력의 차용을 통해 내면의 진실을 전달해준다. 마찬가지로 아래 박목월과 윤동주의 동시 역시 흑백 색채어의 대비를 통해 사물의 안쪽과 그 뒤쪽 비밀의 내적인 성찰을 담고 있다.

프랑스 마르세유 돌을 깐 뒷골목에
새까만 커피와
눈 같은 케익……
미국 아기를 놀음방 뒷문 위에,
그리고,
낡은 성
돌문 안에
어느 나라 컴컴하고 외로운 안뜰 위에
아아,
안데르센 나라의 서러운 색씨들……
그의 설핏한 눈동자
꿈이 삭아가는 서운한 밤 같이,
조용한 색씨들이
가만 가만 온다
(……)

박목월, 「눈」 부분

빨래줄에 걸어논
요에다 그린 지도
지난밤에 내 동생
오줌 싸 그린 지도
꿈에 본 엄마 계신
별나라 지돈가?
돈 벌러 간 아빠 계신
만주 땅 지돈가?

윤동주, 「오줌싸개 지도」 전문

  박목월의 동시 「눈」의 현장은 6·25 동란의 전화가 휩쓸고 지나간
황폐해질 대로 황폐해진 서울의 겨울 어느 날이다. 어느 날의 장소에
서 꿈꾸는 이국정조^{exoticism}이다. 미장센이 선명하게 그려지는 도둑이
들것 같은 바그다드의 새벽, 아프리카 초원의 코끼리 떼, 작은 돌조각

프란스 빌헬름 오델마르크, 〈굴뚝청소부〉, 1880

으로 마감된 마르세유 뒷골목 등, 한 주제에 대한 여러 이미지를 제시함으로써 삶의 다양성과 복합적인 관점을 동시적으로 표출하려 한다. 동시 속 주인공과 현실 속의 자아가 구별되지 않음으로써 현실과 초현실과의 경계가 해체되고 있다는 점은 주목해야 할 부분이다. 초현실의 힘이란 현실적으로 부재하지만 심리적으로 실재하는 욕망이 가시화되는 것에 다름 아니다. 그러므로 인간의 억압되거나 은폐된 욕망 또는 상징계 질서로부터 배제된 요소들을 복원해내는 일이야말로 초현실의 기능인 것이다.

안데르센 나라의 컴컴하고 외로운 안뜰 위에 "새까만 커피와/눈 같은 케익'의 대비를 통해 서러운 색씨들의 "꿈이 삭아가는 서운한 밤"을 야코비의 생명의 결핍, 무의식의 의미로 공포와 평온의 이중주를 표출한다. 동시에 생동과 절망, 질주와 막힘, 실현과 제한이라는 대비를 통해 현재 사회문화의 양가성을 진단한다. 그리하여 모든 열망이 더욱 완벽해지기 위해 프로이드의 억압과 융의 그림자조차 제압하고, 그 위에 감각의 모든 색채를 버무려 구체적인 새까만 커피로 심화시킨다. 문학의 환상이란 거울을 통해 현실에서의 소외와 고독, 지배사회의 이데올로기로부터 일탈, 배회하는 화자의 꿈을 실현시킨 것에 다름 아니다. 이로써 뜨거운 커피에는 잊어버리고 싶은 삶의 고통들이 눈같이 녹기를, 눈 같이 새하얀 케익에는 삶의 희망들이 또 함박눈처럼 쌓이기를 기원하는 지점에서 흑과 백은 서로 수용하며 통합을 이룬다.

윤동주의 시에 등장하는 검은색은 양가적 의미를 가진다. 베다 신화에 나오는 가장 오래된 밤의 신인 Varunar가 천사와 악마의 모습을 동시에 갖고 있는 것처럼, 검은색이 공포로 인한 침묵과 절망적인 이미지로 작용할 때는 부정적이지만, 영원한 침묵이 평안을 향한 안식 이미지로 작동될 때는 긍정적인 의미의 생명의 출발점인 희망으로 사용되기 때문이다. 「오줌싸개 지도」의 배경은 빨랫줄에 널어놓은 지난밤 동생이 오줌 싼 흔적이다. 그 오줌지도를 바라보며 시인은 두 가지 색채의 세계를 떠올린다. 엄마 계신 별나라는 밝아질 수 없는 영원히 어두운 하늘세계와, 그러나 아버지가 계신 만주 땅은 비록 지금은 어두우나 새로운 미래가 열릴 수 있는 밝은 땅으로 형상화한다. 속박을 탈피하려는 시도와 희망을 달성하려는 시도는 검은색의 양가적 의미를 어린아이와 같은 발상법으로 처리하는 묘를 얻고 있다.

윤동주 작품 속에서 사용된 색채계열 중에서 가장 빈번하게 쓰인 색채가 검은색이다. 밤의 색인 검정은 '어머니=생산력=비밀=죽음'이라는 상징복합체를 지니고 있지만, 여기서는 '아버지=생산력=만주=희망'의 상징복합체의 의미망을 지닌 토속적인 원형질의 냄새가 난다. 여기서 제시되는 장면들의 시간은 과거─현재─미래가 자유롭게 전개되는 동시성을 전제로 한다. 위 동시의 주된 검은색은 그들의 내면을 드러내는 동시에 일제치하의 상황색인 죽음을 형상화한 질곡의 색이며, 희망의 시발점이기도 한 색채라 할 수 있다. 이것은 아침이 오기까지 그들의 마음의 여백이나 창작관이 그만큼 어둡고 불안하며 암울했다는 것을 암시하는 좋은 예이다.

아이들의 일요일

월리엄 마샬 브라운, 〈배를 바라보다〉, 1863~1936

박목월의 『산새알 물새알』과 윤동주의 『별을 사랑하는 아이들아』
를 기본 텍스트로 하여 동시에 대해 자각하게 된 배경과 색채어의
범주 안에서 나타나는 시어를 분석하여 그 안에서 시인의 시세계를
조명하였다. 박목월은 동심의 소박한 향토성과 민요풍의 균형을 중
요시하였다. 모노포니monophony. 하나의 소리로 이루어진 음악 종교적인 글귀에 가
락을 얹어 말하듯이 노래하는 것처럼 그는 자연친화적이며 가락이
살아 있는 모노포니적인 작품을 남기고자 했다. 초기 작품의 미학적
공간이 인간적 삶을 외면한 것이라는 이유로 쉽게 폄하되던 것과는
달리 6·25를 거치면서 고유의 정서와 리리시즘lyricism을 재현하여 일
상과 삶의 체험을 시세계로 끌어들이는 데 성공하였다. 그것은 서정
적 근원에의 지향으로서 신비한 미학의 세계로부터 자신의 현실세
계로의 이행을 보여준 것이다.

  윤동주의 경험을 초월한 동시 세계인식은 외면상 밝은 동심의 노
래로 비치지만 그 이면에는 디아스포라Diaspora로서의 비애감과 상실감
등을 표출하고 있으며 그것이 외로움의 정서로 이어지고 있다. 일제
강점기의 비극적인 현실을 겨울, 밤 등으로 인식하고 그 속에서 민족
의 가난과 미래에 대한 타는 의지를 비유적으로 드러내고 있다. 윤동
주의 시에 나타난 시어들을 분석한 결과 약하고 어진 것 순수한 것들
이 그의 동심 색채어와 연결되어 동화적 세계와 밝은 미래에 대한 지
향을 나타내었다. 고향의식과 두 개의 자아, 자연의식을 통한 저항의
식과 휴머니즘 지향의 내면세계를 들 수 있다. 윤동주의 동심세계는
착하고, 진실하고, 아름다운 것을 사랑하고 꿈꾸는 휴머니즘으로 회
귀하고자 한다.

  이처럼 그들의 동시는 일제강점기에 모국어로 창작을 하며 숭고한

민족정신과 어두운 시대의 등불이 되고자 하였다. 이것은 또한 상징 질서에 배제되어 상처받은 영혼을 정화하고 내적 구원을 이끌어낸 것은 그들이 개인적 삶을 넘어 사회적 삶으로 그들의 내적 도약을 이루는 추동력이었다. 두 시인의 동시들을 비교 검토해본 결과 공통으로 나타나는 것으로는 가족애, 고독, 자연친화 의식, 동심지향이 색채어로 잘 표출되고 있고, 이에 반해 변별적인 요소로는 박목월 동시가 동적이라면 윤동주의 시는 정적이라는 점이다. 박목월의 『산새알 물새알』에 실린 시 가운데 여러 편의 동시들은 발표 당시와 다르게 개작되어 있는 것으로 보아 타계할 때까지 동시에 쏟은 애정이 각별했다. 동시와 시를 병행하여 작품활동을 한 그는 아동문학에만 전념한 어느 작가에 못지않게 동시에 독특한 경지를 개척한 것이다. 윤동주 역시 어느 시인보다도 동시에 대한 애정과 집착을 보여준다. 그들의 무의식 깊은 곳에는 동심지향적 자각이 깃들어 있음을 볼 수 있는 단초로 규명된다. 따라서 그들에게 동시는 심혼의 고향이므로 그들의 동시세계를 일반 시세계로의 출발을 위한 첫 번째 관문 정도로 보아서는 안 될 것이다. 작품에서의 현실적 가치와 대립된 초현실적 경험 또한 개인의 내면세계를 진단하고 돌보는 삶의 충동을 향한 지향이었던 그들. 그럼으로써 당대의 시대적 문맥을 담아낸 그들의 시적 성취와 강인한 투혼은 한국문학사와 동시사에 큰 획을 남겼다고 평가된다.

오늘도 밤하늘의 별을 향해 '서시'의 바퀴를 돌린다. 바퀴를 한번 돌릴때마다 바퀴속에 들어있는 기원이 하늘로 올라간다고 믿고 돌리는 것이다.

내일도 태양, 빛나겠다.

후쿠오카 형무소에서 1945년 3월 6일 29살에 순국한 윤동주의 장례식. 용정자택

나를 전율케 한
시의 야만

로렌스 알마 타데마, 〈보이다〉, 1886, 개인소장

니는 미술관에서 내가 좋아하는 그림 앞에 서 있는 사람을 보거나, 비행기에서 내가 좋아하는 책을 읽고 있는 사람을 보면, 왠지 낭만적 사랑이 금방 이루어질 것 같습니다. 그림을 바라보거나, 책을 읽느라 세속적인 긴장이 사라져버린 모습은 그대로 한 폭의 명화를 연상시 킵니다. 그 명화 사이로 난 길을 소리 없이 따라 걷다가 나의 접근이 쉽게 용인될 것 같은 상상을 하는 것은 그리 어려운 일이 아니기 때 문입니다.

예술, 종교, 과학은 같은 나무에서 자라난 나뭇가지라는 아인슈타 인의 말을 빌리지 않더라도 요즘 사람들은 리히텐슈타인의 <행복한

눈물>을 거실에 턱 걸어놓고 행복한 눈물을 흘리고 싶어 합니다. 이렇게 예술을 소비하는 방식이 적극적 체험에서 강한 구매욕으로 확장되는 것을 좋아합니다. 소비의 취향이 점점 더 예술지향적으로 바뀌고 있는 것 알고 계시죠?

그중에 詩! 고리타분한 시(시에겐 고리타분도 예술의 한 장르다)! 돈도 안 되는 시시꼴랑한 시(시에겐 시시꼴랑도 예술의 한 장르다)! 사람 잡는 시(시에겐 사람 잡는 것도 예술의 한 장르다)!

시! 그는 항상성^{homeostasis}에 대하여, 즉 나는 누구인가? 어디로 가고 있는 걸까? 어떻게 살아가야 할까? 어떻게 하면 진정한 나 자신을 찾을 수 있을까? 등의 근원적인 문제에 그래도 착하게 대답을 합니다. 그러나 언제, 어디로, 어떻게, 빨리 혹은 더 늦게 찾아가보라고 암시만 보일 뿐 그는 답을 분명히 가르쳐주는 친절을 베풀지는 않습니다. 또한 적용방법을 나에게 적용시킬지 여부도 전적으로 나에게 맡기면서 말입니다.

모든 마법에는 악이 숨어 있듯 그의 혈 구멍구멍마다엔 악의 꽃이 피어 만발입니다. 악의 꽃은 치명적이라서 한번 그의 범속한 트임$^{Profane\ Erleuchtung}$을 본 사람들은 그의 마력에서 벗어나기가 쉽지 않습니다. 그는 신화와 같이 행복으로 시작하여 비극으로 끝나기도 하고, 그는 옛이야기와 같이 불행하게 시작하여 행복하게 끝나기도 하면서 과거의 아름다운 문화와 정신적 유산을 실어 나릅니다. 그러다가 어느 땐 마치 엄마가 나에게 하듯이 자기의 무릎에 나를 가만히 누여놓고 내 안에서 시를 꺼내 읽어주기도 하고, 내 안에서 상처를 꺼내 쓰다듬어 주기도 합니다. 오래된 상처에 와 닿는 그의 부드러운 손길만큼 감미로운 것은 없습니다. 그의 손가락이 기쁨에 취해 내 몸을 팅팅 튕겨

주며 더듬을 때, 그의 두 입술이 기쁨에 취해 내 머리카락과 귓불을 호~호~ 불어댈 때, 내 핏줄을 타고 흐르는 독약 같은 그의 목소리에서 나는 구원의 나의 연인을 보게 됩니다. 나쁜 남자를 좋아하는 저의 취향이 고스란히 드러나는 장면이지요.

詩! 그는 자기를 숭배하는 사람들을 마법으로 끌어들여 자기 자신을 확대시키며 강화시키는 천재입니다. 그는 나에게 명령하고, 착취하며, 상처를 입히고, 모욕을 가합니다. 그런 그가 어느 날부터 나에게 명령받고, 착취당하고, 상처를 입고, 모욕을 당합니다. 그와 나는 둘이면서 하나입니다. 그와 나는 서로를 지배하는 사람이 아니라 자기를 지배하는 가장 좋은 독재자들입니다.

그는 나를 먹이고 보호하기도 하지만 뭔가 다른 특별한 그의 생명에 있는 사회적 지위나 자존심이 나로 인해 고양되기도 합니다. 처음 만났을 때 나의 모호한 한 부분은 위대한 그의 한 부분이었고, 현재는 그의 위대한 한 부분이 나의 모호한 한 부분이 되었습니다. 내가 그의 일부였을 때와 그가 나의 일부였을 때의 차이점은 놀랄 만큼 미미해졌습니다. 세속적 복종을 건너뛴 복종의 관계입니다. 운명에 대한, 예술에 대한, 병에 대한, 마약에 대한 최면적 황홀경에 의해 도취되는 일시적 복종이 아닌 것입니다. 그건 정신적 복종뿐만 아니라 몸 전체로 참여하는 복종을 통과하여, 그의 정신으로 나의 정신을 만져주고, 그의 몸으로 나의 몸을 만져주는 제삼의 복종인 것입니다. 특별한 제삼의 복종은 시를 창조하는 기적적인 행동을 수행할 수 있는 몸으로 나타나며, 외부세계와 합일을 실행하는 마지막 추임새, 즉 사랑의 실존으로 현현합니다.

그가 어디서 무얼 하며 어떻게 살았는지는 하등 중요할 것이 없습

에두아르 마네, 〈피리 부는 소년〉, 1866, 파리 오르세 미술관

니다. 그와 내가 자주 얼굴을 맞대고 서로의 눈을 바라보며 갑자기 사랑에 빠졌을 때의 징후처럼, 수시로 동그랗게 커지는 그의 눈망울은 도착적인 순진함의 극치였습니다. 그 극치에 찔리면 아무 생각이 나지 않는 게 특징이지요. 처음엔 그의 동공 크기 따위는 철저히 무시했습니다.

그러나 차츰 가까워지자 우리 둘은 한집에 살게 되었습니다. 그와 함께 갓 구운 빵을 먹고, 그와 함께 따뜻한 커피를 마시고, 그와 함께 기도 올리며, 몸을 정갈하게 씻듯 몇 년에 한 번씩 집안에 들어찬 묵은 시를 퍼내면서 나의 운명을 기꺼이 떠맡겼습니다. 그러던 어느 날 그가 홀연히 사라졌다가 아무렇지도 않게 세상을 타박거리다 돌아왔을 때, 그를 이해하기까지는 너무 길고 고통스러웠습니다. 고통스럽고도 각별한 나의 관심을 슬쩍 비웃기라도 하듯 그런 그를 미워할 수 없었던 것은 끊어질듯, 끊어질듯, 끊어지지 않는 그의 탐색이 있었기 때문이지요. 또한 지속하여 그를 원망하지 못하는 것은 어느 새 내가 그를 기다리고 있다는 것을 발견하였기 때문인지도 모릅니다.

피리 부는 남자가 쥐떼를 몰고 가듯 나는 그의 피리소리에 이미 저항할 수 없게 된 것입니다. 아닙니다. 아니죠. 길에서 아무나 휘파람 불어 유혹하던 선수가, 그토록 깐깐하고 자유분방했던 선수가, 겁을 집어먹고 꼬리를 내린 채 공공연히 내 품에 풍덩! 뛰어들며 맹세했기 때문이랍니다. 내 엉덩이 옆에 아주 푸근히 누워있겠노라고…… 푸하하 설마!

시 속의 나는 외출 중입니다. 나의 제멋대로의 본능은 벌레가 사과 속으로 들어가듯 그의 몸에 스며들어 오랜 숙성을 거쳐 마침내 완전한 몸을 갖춘 자아, 몸을 간질이는 사랑의 만조를 보며 그를 통해 교

무하, 〈시〉, 1898

화되었다고 믿습니다.

방이 오기까지 서로의 사랑에 동의하지 못하면 금방이라도 죽을 것 같았지만, 스스로의 사랑을 놓으면 곧 죽을 것 같았지만 그러나 그와 나는 하려는 어떤 일에 대해 단 한 번도 논의한 적이 없습니다. 그와 나는 하려는 일에 대해 계획을 세워본 적은 더더욱 없습니다.

그의 세계관이 어느덧 나의 세계관과 일치하기에 이른 것일까요? 우리들의 동의는 본능적이었죠. 그이처럼 나도 무생물계의 등, 등, 등을 대할 때 생물계의 인간을 대하는 것처럼 대등하게 대하게 되었습니다. 다만 내가 나무와 바람, 바위와 동물들의 말을 알아듣지 못하여 원활한 이야기를 나누지 못하였다면 그건 내가 그들의 마음속으로 깊이 걸어들어 가지 못한 이유일 뿐입니다.

다시 그들 속으로 깊이 걸어 들어가 환호작약하며 격의 없는 웃음을 나눌 때, 이 지구에 도착한 순간부터 신체를 마무리하는 그때까지 나는 놀라고 경탄하며 그들이 웃어주었던 웃음을 잊지 않으려 노력할 것입니다.

내 어린 시절의 사물은 온통 빛이거나 온통 어둠으로 보였습니다. 그때 내가 예감을 품었었는지 직관을 따라갔었는지는 알 수 없습니다. 그저 보이는 대로 경계 짓기에 골몰했을 테니까요. 깨끗하지 않으면 더럽고, 용감하지 않으면 겁쟁이고, 높지 않으면 낮고, 좋아하지 않으면 미워하고, 아름답지 않으면 못 생겼으며, 행복하지 않으면 불행했습니다. 그 중간에는 아무것도 없었습니다. 그 중간이란 것은 아예 생각해본 적도 없습니다. 그러면서 이런 감정들 사이에 나이와 상관없이 불쑥불쑥 출현하는 분리불안separation anxiety의 그림자에 놀라곤 했습니다.

옛이야기에서 '부모의 상징'이 사랑과 거절이라는 반대감정을 상

피에르 오귀스트 르누아르, 〈시〉, 1890년경

징하는 두 인물로 나누어지듯이 나는 내 맘에 들지 않는, 그래서 나의 일부라고 인정하기 싫은 것들을 모두 누군가에게로 외부화시키며 투사시키기 시작했습니다. 물론 의식적으로 그랬다는 게 아니라 무의식 차원의 방어기제의 작동 탓이었지요.

그러나 이제는 그 중간이 너무 길어지고 있다고 생각합니다. 이는 분명 나이 들어가는 탓이겠지요. 깨끗한 것도 더 깨끗한 것을 만나면 깨끗하지 않고 더러운 것도 더 더러운 것을 만나면 더럽지 않은 것처럼, 용감한 것도 더 용감한 것을 만나면 용감하지 않은 것이고 겁쟁이도 더 겁쟁이를 만나면 겁쟁이가 아닌 것처럼, 높은 것도 더 높은 것을 만나면 높지 않고 낮은 것도 더 낮은 것을 만나면 낮지 않은 것처럼, 아름다운 것도 더 아름다운 것을 만나면 아름다운 것이 아니고 못생긴 것도 더 못생긴 것을 만나면 못생긴 것이 아닌 것처럼, 행복도 더 행복한 것을 만나면 행복한 것이 아니고 불행도 더 불행한 것을 만나면 불행한 것이 아닌 것처럼 말입니다. 이렇듯 세상은 모두 상대적이니까요.

본질적으로 훌륭한 화가의 삽화가 내 시집에 실렸다 해도 외출 중인 내 시에는 그리 큰 도움이 되지 않습니다. 만약 내 시에 "그 아이는 해질 무렵/순자네 감자밭 둔덕을 기어 올라가/둔덕 너머에 반짝이며 흐르는/황금빛 강물을 보았습니다/그 아이는 또 한 번/황금빛 물결 위로 기차가 남기고 간/하얀 구름을 보았습니다"라고 쓰여 있다면, 이 시를 본 화가는 그런 풍경을 연상하여 삽화를 그릴 것입니다.

그러나 아쉽게도 화가는 나의 시적 모티브가 되었던 연상과는 무관한 자기만의 연상칼라로 그림을 채워나갈 것입니다. 그의 머릿속 영상들은 지금까지 그가 본 적이 있는, 경험해보았던, 아름다운 둔덕과 강과 기차와 새털구름들로 이루어집니다. 특히 이 삽화는 그 단어들이 그 화가에게 처음 불러일으킨 바로 그 둔덕, 강, 기차의 유동流動을 따라 속도감과 하얀 새털구름들로 채워지는 것이 상례입니다. 나 또한 똑같은 이치로 타인의 시를 읽고, 두근두근 연상하며, 희죽희죽 웃다가 시를 쓰기도 하는 것이 다반사이기 때문입니다. 그 두근두근 연상은 나의 상상력이 나를 엿보며 비웃는 세상일지도 모르며, 그 희죽희죽 웃음은 내가 경험한 다양한 세상들이 튀어나와 거리낌 없이 돌아다니는 또 다른 열정의 견고한 세상일지도 모릅니다.

힌두 민간요법에서처럼 나는 마음의 병을 앓고 있는 사람들에게 치료를 권할 때 그에게 알맞은 옛날 시나 옛날이야기를 골라 들려줍니다. 명상음악이 배경으로 깔린 낭송시라면 더욱 좋습니다.

고대로부터 내려온 옛날 시를 명상하는 동안 병을 앓고 있는 사람은 자기 괴로움의 본질과 해결방법을 머릿속에 스스로 떠올리게 되기 때문이지요. 언뜻 이해할 수 없고 따라서 미신 같아 보이는 이 방법이 서구사회에서 대유행이 된 건 벌써 오래전의 일이지요. 더욱이 톨킨 J. R. R. Tolkien, 1892~1973은 환상, 회복, 도망, 그리고 위안은 좋은 시의 필요한 특질이며, 이런 희망, 절망, 고난의 극복법을 담고 있는 특정 시는 환자로 하여금 고통에서 벗어나는 방법뿐만 아니라 이야기 속 주인공처럼 자기 자신을 발견하는 방법까지 알아낼 수 있다고 말합니다.

내가 꿈꾸는 시 치유법은 형체도 대상도 보이지 않습니다. 그러나 몽상의 노동이나 꿈속에서 자신의 바깥을 내어주면서 만나는 건 이상적인 모습입니다. 아무도 보지 않은 유토피아를 먼저 점유하는 자아 이상ego-idea의 완성요건을 갖춘 셈이지요. 언제 왔는지 피그말리온Pygmalion도 나를 쳐다보며 맞아, 맞는 말이야! 시 치유법이란 실재와 환상을 넘나들

앙리 루소, 〈시인에게 영감을 주는 뮤즈〉, 1909, 개인소장

며, 꿈꾸며, 나를 조각하는 거야! 라고 고개를 끄덕입니다.

그와 내가 벼락같은 첫 만남을 이룬 것은 22년 전 어느 겨울날이었습니다. 눈은 내렸던가? 새들의 노래도 그치고 강한 햇빛에 탈색된 나무들만 야속하게 저 홀로 빛나고 있었습니다. 차 한 잔을 앞에 놓고 청매알 같은 서로의 콧등이 부끄러워 시선을 미끄러트리는데 미끄러지며 시선을 들어 그때 그가 수천 년 전부터 입에서 입으로 전해 내려온 인도의 잠언 『수바시따subhasita』를 들려주었습니다.

"나 아닌 것들을 위해/마음을 나눌 줄 아는 사람은/아무리 험한 날이 닥쳐오더라도/스스로 험해지지 않는다/갈라지면서도/도끼 날을 향기롭게 하는/전단향나무처럼"

갈라지면서도 도끼날을 향기롭게 하는 전단향나무가 되리라. 껍질을 벗겨낼수록 더 광이 나 어두운 밤길을 밝히리라. 그날부터 내 가슴속에는 전단향나무 한 그루가 뿌리를 내리기 시작하였음을 고백합니다. 깜박 물 주기를 잊어버린 날에도 보채지 않는 나무. 내 인생의 일등공신인 내적 귀인Internal Attribution은 뭐니뭐니해도 그, 나의 연인, 나의 시, 전단향나무를 만난 일입니다. 그리고 그 책에는 또 "문학도/음악도/미술도 모르는 자는/뿔과 꼬리를 달지 않은 짐승"이라고 쓰고 싶어지는 저녁이 온다고. 우와! 짐승이 안 되려면 일할 때 장사익이라도 걸든지 한대수라도 걸어야겠습니다. 그러면서 한 번 더 묻습니다. 내가 사랑하는 것이 정말로 그인가? 아니면 내가 그의 시선을 받고 있다는 사실을 사랑하는가?

내가 갈망하던 모든 것들이 내 안으로 돌아갑니다. 내 자신의 새벽으로 돌아갑니다. 빈 문장에 숨겨둔 자신의 신성을 돌보겠다는 듯이. 숨겨둔 자신의 오래된 침묵이 하얀 원고지에 서 물러나도록. 이미 내 안에 은자隱者로 뿌리내린 지 오래인 그를, 그간 나는 이름도 모르는 가난한 그림자로 분류해 알아보지도 못하고 놓칠 뻔하였습니다.

그때였습니다. 전혀 다른 운명이 내게로 오는 발소리를 들었습니다. 아, 이 사람을 떼어낼 수 없겠구나! 오랜 기다림 끝에 종달이처럼 지지배배 지지배배 그와 합환을 이룬 날부터 나는 동화처럼 달라졌습니다. 내 영혼이 멀리 달아났을 때 해질녘까지 쫓아가 다시 불러들이는 것도 그의 일이 되었습니다.

나는 나에게서 태어난 것이 아니라 그에게서 태어났습니다. 바람에 발목 잡히지 않기 위해 들꽃의 황금비율에 눈을 맞추고 있지요. 멀리서 남의 꽃을 추앙하기보다는 내 안에서 수려한 꽃향기의 문신을 발견하느라 애칭도 오렌지로 바꾸어 부르고 있습니다. 그러면서 진정한 자비에 대해 무연한 고요가 아닌 콩 꽃들이 모여 사는 마음의 콩밭에 시 한 편을 물고기처럼 흔들며 눈부시게 펼쳐놓습니다. 물위에 떠가는 구름이 나에게 말합니다. "행운이 왔을 때 베푸시오, 신이 또 채워줄 것이니, 행운이 시들 때 역시 베푸시오, 어차피 죄다 없어질 것이니" 꼭 스승 같습니다. 이런 문화적 최면을 항우울제라 하던가요?

그의 가슴골에 고인 개울을 지나 내 해안선으로 몰려드는 충동, 숨을 내쉬고 들이쉬는 동안 충동을 초월하며, 나아가 그 충동을 승화시키는 것, 이것이 내 시의 초석이라고 말하면 다 그런 것 아니냐고 비웃으시겠지만 주목할 점은 일관성 있게 오래도록 흥미를 잃지 않는다는 데 초점이 있습니다. 더욱이 내가 생후 최초로 만난 후각과 청각과 시각의 기억을 동원하여 詩의 성castle에 들러 세상의 모든 금지들의 차가운 질감을 범할 수 있었으니까요. 그의 튼실한 엉덩이와 그의 초콜릿 복근을 만져본 사람이라면 그 탱글탱글한 황홀한 질감을 사랑하지 않을 수 없을 것입니다. 예컨대 그의 신전은 다름 아닌 거대한 음문이기 때문입니다. 경련이 멈춰지지 않는 수태는 당연한 결과였지요. 앞에 아름다움을 달고 있는 소년과 뒤에 아름다움을 붙이고 있는 소녀도 생산했지요. 인간적인 가락을 포기하지 않는 이 수일秀逸한 이미지는 그러나 살얼음에 찔리고 그 얼음물에 빠져 동상을 입는 날 밤, 나를 경책警策하는 발의 일기도 간혹 내겐 있었습니다.

장담하건대 지금 이 시간에 내 시에 대해 생각하고 있는 사람은 아무도 없습니다. 왜냐하면 그들은 자신의 시만을 생각하기에도 바쁘기 때문입니다. 바로 내가 내 자신만의 시를 생각하고 있는 것처럼…… 정말 그럴까?

자기 얼굴을 한 번도 직접 보지 못한 사람들이 자기 얼굴을 알고 있다고 생각하는 것처럼…… 정말 그럴까?

삶이 기술이듯, 문학도, 사랑도 기술이라면 사랑에 실패한 사람들은 문학, 음악, 의학이나 공학, 건축의 기술에서와 같은 방법으로 실패한 원인을 찾고, 분석하고, 사랑의 기술을 새롭게 배워야 하겠죠? 어느 기술이건 이론과 실기에 숙달했다고 하여 마스터가 되는 것은 아니니까요. 마스터가 되려면 이론과 실기의 합일된 기술 이외에, 세상에서 단 하나뿐인 최고의 기술을 또 하나 더 얹어야 한다지요?

그렇습니다. 불광불급不狂不及! 미치지 않으면 미치지 못한다. 그래, 그렇다면 미치면 될 것을 미치자! 미쳐버리자! 미쳐야 독자를 미치게

아서 보웬 데이비스, 〈유니콘〉, 1906

하는 글이 나오는 법인데 글자는 읽을 줄 알면서 왜 목숨 걸어 천착
하지 못하는 거니.

　멋진 의사와 마주 앉아 데이트함으로써 감기가 나아지기를 바라는
나의 게으른 이 지병은 언제나 고쳐질꼬. 으흐흐.

　　"시골 콩밭의 새로 핀 콩 꽃 같고, 보리밭 위로 날아오르는 종
　　달새의 웃음소리 같은 때 묻지 않은 웃음이 깃들어 있기 때문
　　이다. 다만 여기서 내가 특히 우리 윤 시인에게 한마디 주의시
　　키고자 하는 것이 있으니 그것은 다른 것이 아니라 우리나라
　　시골 사람들이 도시에 나오면 흔히 걸리는 그 '현대유행병'이라
　　는 것에 걸리지 않도록 늘 조심하라는 것이다. 이것 한 가지만
　　조심하면 좋고 반가운 시들을 윤 시인은 이어서 잘 써나갈 수

　있을 것이다."

　1995년 3월 7일. 미당 서정주 선생님이 써주신 『굴참나무 숲과 딱따구리』라는 나의 두 번째 시집의 서문 중 일부입니다. 그날 이 콩 꽃 그늘 같은 서문을 받고 나는, 내 가슴 아래서 두 마리의 종달새가 살아서 파닥이는 것을 느꼈습니다. 지난가을에는 황국이 눈부시게 피어 있는 질마재를 지나 선생님 묘소에 들렀지요. 좋아하시던 맥주 한 캔과 뜨거운 커피 한 잔을 따라드리며 벌 나비 윙윙거리는 향기에 취해 한참을 수다 떨다 왔습니다.

　어느 새 세월은 흘러 해 뜨고 지는 일에 고개를 끄덕일 줄 아는 콩 꽃이 되었습니다. 화려하진 않지만 주렁주렁한 열매를 포대기로 업고, 강경증환자 같은 구태(舊態)가 되지 않기 위해 그날의 냉정한 긍정을 통과합니다. 엄마 약손처럼 오늘도 선생님이 말아주신 맥주 한 잔으로 힐링하면서……

2013. 봄!
우연히 구례군청으로부터 시 1편을 청탁받았습니다.

세상에
갓 태어난 아기 울음
그치는가 싶더니
무명천 안개 자락에 지리는 배냇똥
자오선 살얼음을 헛디디며 몇 만 리를 흘러왔는지
반가부좌 엉덩이마다 환하게 피는 봄

깨금발로 지나쳐간 내 사랑의 뒤란에
샛노랗게 반짝이는 등불 한 송이

윤향기, 「산수유」

유서의 기억

— 시집 「프로메테우스의 유서」를 중심으로

이재식李在植, 1949~2009은 시의 숲과 정원, 비탈진 좁은 골목길들을 다 데리고 바삐 지나갔다. 프로메테우스의 유서를 써놓고 한 번 건너면 다시 올 수 없는 곳으로 걸어가기 시작했다. 시의 가솔들을 통솔한 지 25년 만에 자신의 재산목록에 등재될 리 없는 시집 『프로메테우스의 유서』 외 7권과, 2권의 수필집과 칼럼 집을 남겨 놓은 채 명부전冥府殿이란 낯선 이름의 명단에 오른 것이다.

그는 삶의 오욕칠정이란 페르소나persona를 벗고 詩라는 정밀한 비문에 의해 정화되기를 바랐다. 그리하여 달리는 자동차의 급부레이크처럼 끼익 하고 멈춰 섰는지도 모른다. 운동화 끈을 푸는 속도와 그의 운명이 흘러내리는 속도가 딱 맞아 떨어진 것이다. 그의 운명이 끌고 온 시의 숲은 한때 원색의 꽃들로 수런거려 발걸음을 멈추게 하였으나 이제는 되돌아오며 볼 수 없는 대신 실제 모습be의 보이는 것seem 뒤편의 궁극이 되어버렸다. 그는 그런 길을 알고 있는 듯이, 꼭 그런 길을 모르는 듯이 알고 있었는지도 모르겠다.

문상객들이 횡단보도를 뛰어오며 휴대전화로 그의 부고를 전달하고, 육개장으로 시린 속을 다스리는 동안 미리 온 사람들은 영안실 자판기의 커피를 뽑아먹고 그 커피 향을 전하려 그에게 전화를 건다. 그의 영면을 잠시 잊어버린 지인들은 받을 리 없는 이승의 신호음을 듣는다. 벌레처럼 파고드는 뚜뚜뚜뚜뚜……

그가 만나고 그가 사랑한 사람들의 어진 이름들을 아직 다 불러보지도 못했는데 그 순한 이름들은 저 봄 언덕에, 봄 하늘에, 봄꽃으로 피어 흘러가는데 그는 길의 출발지에 다시 서 있는 것이다.

생각을 씹을 때마다
잇몸이 시리고 아프다 붓는다
양치질한 생각을 뱉어내자
거품 속에 붉은 것이 비친다

오래 버티었다. 뽑는다
상한 이가 빠지며 살 찢어지는 소리
흐르는 피에 멍든 눈물이 섞여 있다

「발치拔齒」

이tooth란 타인들의 세계로부터, 냉혹한 현실로부터, 어쩜 자신을 보호해주던 울타리였는지도 모른다. 발치란 이의 죽음이다. 시인의 보호막이 부서져 내린 것이다. 인간의 첫 번째 즐거움인 빨기, 씹기, 깨물기 등을 포함한 구강욕구, 즉 구강의 씹는 즐거움이 퇴행되어버린 공간이다. 시리고, 붓고, 아프다 결국 눈물범벅이 되어 죽음을 맞이하는 방식은 사람의 죽음행로와 별반 다르지 않다. 실종될지도 모르는 불안과 소외의 경계에서 고통의 감도는 더욱 고조에 다다른다. 시적 화자가 실종될지도 모른다는 위기감, 영원히 사라질지도 모른다는 위기감을 감지하는 것은 죽음을 앞에 둔 절박한 순간에 찾아오는 공포인 동시에 존재론적인 슬픔인 까닭이기 때문이다. 이때 발치의 공포가 두려운 것은 내부로부터 기인되는 것인바 공포의 대상은 외부로부터 오는 위협이 아닌 내 마음의 내부에 자리 잡은 실재이기 때문이다. 그러므로 공포를 물리치려면 바로 그것과 하나가 되는 것이라고 분석심리학에선 말한다. 하지만 과연 어찌해야 죽음과 한 몸을 이룰 수 있는 것일까? 어느 죽음이든 때로는 서늘하고 때론 깊고 때론 적막하여 그것을 인정하는 것이 너무나 힘겹기만 한데 대극의 합

야체크 말체프스키, 〈죽음〉, 1902, 폴란드 국립박물관

일이라니.

이렇듯 한 편의 시는 읽는 사람에 따라 서로 다른 수많은 현실들을 드러낸다. 양치질한 생각 속에 붉은 것이 비칠 때부터 몇 겹의 적막을 뚫고 시인이 "살 찢어지는 소리와 흐르는 피에 멍든 눈물"을 예견한 것은 그러나 삶의 다양한 상속 중의 하나일 뿐이다. 이미 시적 화자는 시간을 삼켜 묵중해진 나이뿐만 아니라 일상의 배후에 적병처럼 은닉되어 있는 치통, 다함없는 욕심을 삼켜 단단한 적층을 이룬 발톱을 바라보며 어느새 시인은 생을 비우는 유의미한 작업을 진행하고 있다.

> 시간의 칼에 깎이는 것이 어찌,
> 나이 뿐이랴만
> 떨어져 나가는 것은 매양
> 껍질이다
>
> 한때는 너를 부려 몸을 세웠고
> 평탄하거나 거친 길이거나
> 진창을 걷고 걸어 밥을 얻었지만
>
> 세월만큼이나 두꺼워진
> 욕망의 적층積蹭
> 누군가에게 무좀의 상처도 입히기도 했고
> 수많은 생명체를 밟기도 했을,
> 자라난 이 욕심을 깎는다
> (……)

「발톱을 자르며」 부분

불교의 근본인 무집착과 무욕, 무아와 무위의 사상을 시인은 발톱을 깎는 행위를 통해 여실히 보여준다. 자신의 정수리에 찬물을 들이붓거나 나약한 사람으로 보일 것에 대한 두려움 같은 것은 없다. "흰 부분이 다 깎여/비워질 때까지"란 존재어의 성찰은 주관적, 실천적으로 우리들이 진실로 있다고 생각하여 집착하고 있는 '나'와 '나의 것'에 대한 집착성을 없애고, 타인에게 상처를 입히고 생명체를 밟기도 했을 누적된 자아에 대한 통찰과 애도로 분위기를 이끌고 있다. 이는 분리된 삶을 살고 있던 시인의 삶이 종교의 원천과 하나 되는 상태로

오스카 구스타프 레일렌더, 〈시련〉, 1813~1875

돌아감에 따라 분리된 상처를 치유하여 다시 전일성^{wholeness}을 회복하고 생에 대한 갈망을 잠재우는 데 일조하고 있는 것이다. 다시 말해 신성한 자신의 자리인 내면의 중심에 도달했다는 이 주관적 진실이란 죽음을 향해 가야만 하는 현실에 대한 자각의 반영이기도 하다.

자유로운 에너지의 집중^{free cathexis}인 욕망의 적층을 다 깎아낸 시인은 "어디서 왔는가, 그래서 어디로 가는가"「무위」란 근원적인 화두에 몰입한다. 이 화두는 자신이 처한 현실로부터 스스로를 방어하지 못할 때, 자기를 구원하기 위해 자신을 받아들이지 못할 때 던지는 물음이거나, 이상화되었던 꿈과 연결되지 않을 때 혼동되어 가는 자신에게 던지는 질문, 또는 확인할 수 없는 상실감의 모티브이기도 하다. 그러나 시인은 이러한 맥락에서 무리 없이 연어가 부화를 위해 가야 할 그 먼 곳의 물 냄새를 맡듯 "풋감이 떨어져도 소리 나지 않는 곳"의 냄새를 맡기에 이른다. 속세의 관심과 무시, 혐오와 애착, 사랑과 증오의 군단들과 분류되지 못한 채, "이 안개 혼돈 지역을 벗어나면 거기가 왔던 길일까라고 자문하다가 드디어 병풍 한 점, 한지 한 닢 사이가 이토록 멀고 먼 것인가 하늘에 걸려 있는 골목을 간다"「짝퉁」고 막막한 심정으로 미지의 세계를 자명하게 인정하고 만다. 말하자면 이때의 상실의 정서란 실존의 슬픔으로 귀결하기에 이른다는 말에 다름 아니기 때문이다. 이러한 해석을 신빙성 있게 받아들이기 위해서는 다음 시 「病」을 인용할 필요가 있다.

　　쏜살같은 오십을 넘어서자
　　자주 새로운 친구가 생기네
　　빚쟁이 같은, 빚쟁이 같이

저리고 쑤시는 것쯤이야
뛰고 걷는다 할지라도
어디선가 자라나는 독버섯을 다스리기엔
세월의 칼이 너무 낡았네

하늘의 뜻이네

「病」부분

　죽음이 바짝 다가온다. 무르익은 죽음의 순간순간을 입는 현실은
하늘의 뜻이다. 자아가 배제됨을 경련을 일으키며 노출하는 이 심리
기제의 저층에는 시인이 혼자이고 동시에 낭떠러지에 완전히 고립되
어 있음을 암시한다. '病', 즉 '암'을 친구로 동일시하기까지 시인이
겪어냈을 환경적 상황과 심리적 상황에 대한 개인의 반응은 상상을
초월했겠다. 그것은 그것을 극복하려는 원시적이고 병리적인 시도들
과 자신과 타인에 의해 제공된 모든 지지들조차 고통을 약화시키기
는커녕 강화의 수단처럼 믿겨져 분노하고, 의심하고, 억울해하다 최
종적으로 받아들인 과정의 결과물이다. 종교의 초월성을 껴입지 못하
면 아무도 갈 수 없는, 종교의 다리를 건너지 않고는 통합하기 어려
운 이런 완전한 외로움, 고립 그리고 아무것도 아니라는 것에 대한
두려움은 숨을 쉴 틈을 주지 않고 죽음으로 몰고 가는 것이 특성이기
때문이다. 60년의 저녁을 한 번에 건너게 하는, 배려가 완전히 배제된
완전한 독단성! 어디선가 제 맘대로 자라나는 암의 싹들을 칼로 베어
내기엔 너무 낡고 너무 늦어버린 것이다. 너무 낡았다는 범주의 칼은
시적 화자인 동시에 나약한 자기모순과 사회적 관계망에서 자발적으
로 자신을 베어낸 칼이기도 하다. 아픔도 오래가면 친구가 되고만, 그
새로운 친구와 동행하고 있는 시인은 극도의 신비함과 공포가 양가

에드바르 뭉크, 〈절규〉, 1893, 노르웨이 오슬로 뭉크미술관

적으로 나타나는 자신의 도플갱어^{doppelganger}와 맞닥뜨림으로써 '죽음'이 가까워짐을 내면화시키며 자신이 세상으로부터 서서히 분리되어 가고 있다는 자각에 동의하고 만다.

1.
다수운 꽃밭을 떠나 온 뒤
어느 가시수렁 속을 헤맸을까

하필이면,
더러운 흙물 속에 한 발로 서서
푸른 장삼으로 하늘마저 가린 채
선방에서 좌선하는
흰 스님의 미소 눈물 나네

2.
살면서 물든 분홍빛 꽃 멍울
치기 어린 욕심이야 누군들 없었으랴만
얼마를 닦아서 저런 빛으로 환생했을까
비어버린 줄기로 세상을 떠받고 있네
(……)

3.
불사른 보시만이 등신불이겠는가
세상의 인연을 무 토막으로 잘라놓고
선 채로 맞을 죽음, 갈색
뼈마디만 앙상하다

어떤 번뇌가 저 빛으로 남은 걸까
행자는 어디 갔나
꽃 진 선방에는 검은빛이 도도네

임자 없는 방에는
사리 몇 개 흩어졌네

「행자 – 백련」 부분

카르마^{karma}가 육체와 정신의 작용을 가두고, 묶어두고, 잡고 있다면

아르놀트 뵈클린, 〈죽음의 섬〉, 1886

다르마^{dharma}는 모든 조건과 올가미에서 우리를 해방시키며 있어야 할 곳의 장소와 이름을 주는 빛이다. 연꽃은 다르마 안에 살고 있는 빛인 동시에 시인의 동경이다. 무엇으로부터 생겨나고 죽는 것이 아닌 스스로 영원히 존재하는 투명한 빛. 티끌 하나 없이 맑고 깨끗하며, 태양처럼 어떤 형태에도 구속되지 않으며, 언제 어디서나 스스로 밝은 자신의 본래 마음을 바라볼 줄 아는 흰 스님, 즉 연꽃이다.

그러나 다른 관점에서 보면 빛이 존재한다고 말할 수 없다. 왜냐하면 우주 전체가 광명이고, 빛 밖이라거나 빛 안이라는 것도 결국 하나―큰 나, 텅 비어 있는 나―를 지나 결국은 임자 없는 방에 몇 알의 사리로 흩어질 生이기 때문이다.

이는 운명의 부재나 죽음에 대한 방어라기보다 죽음을 초월하기 위해 시인이 영원성과 초월성의 상징으로 사용한 무의식적 보상심리로 여겨진다.

위 시 "더러운 흙물 속에 한 발로 서서"에서 '흙물'은 여성성으로서의 모성성이다. 이것은 무의식적인 모성성에 대한 회귀로 제시된 것이다. 이러한 희구는 자연의 순리와 순환인 근원으로의 합일과 결부시킨다. 그리고 뒤이어 "세상의 인연을 무 토막으로 잘라놓고/선 채로 맞을 죽음"에 와서 시인은 최선을 다했음에도 삶의 완강한 성벽을 깨부수고 오늘 여기를 벗어나지 못한다는 것에 대해 깊은 절망을 한다.

어찌 보면 그것은 자신의 죽음을 위하여 죽음의 한복판뿐만 아니라 죽음의 구석구석까지 의미를 채우고자 하는 또 다른 몸짓이기도 하다. 그러나 반대로, 증폭되는 절망과 배가되는 고통을 부여안고도 낯익은 세계, 낯익은 몸, 낯익은 결속에서 풀려나 시간과 공간의 경계를 뛰어넘어 자신을 확장시키고자 서글프게 수용했을 가능성도 있다. 죽음이란 결코 소홀히 할 수 없는 또 다른 삶이라는 것은 알고 있으나 시인 역시 죽음과 한 번도 떨어진 적이 없기 때문에 단번에 죽음을 객관화시킨다는 것은 사실상 불가능한 것이기 때문이다.

「행자-백련」 "짐을 벗고 나면 몸이 저리 새털일까/하늘에서 내려온 흰 별 한 송이"에서 보이는 대양감oceanic feeling의 경험은 극도의 퇴행을 의미하는 것으로 버림받은 느낌 혹은 버림받는 위협을 체험한 후에 흔히 나타나는 이치라고 할 수 있다. 즉, 소모적이고 파괴적인 병적인 감정의 가시수렁을 헤쳐 나온 결과로서 미루어 보건대 시인은 대양감의 증상을 통해 분홍연꽃의 죽음과 사리가 자신의 상징으로서

기능하고 있음을 직시한다.

이것은 다시 말해 자신의 날비린내 달라붙는 죽음과 분홍연꽃의 범종같은 죽음을 조응하며 그 자리에서 깨끗하고 순수한 마음을 일으켜 사리로 자신을 동일시하고 있다는 것과 같은 맥락이다. 사람들은 누구나 자신의 죽음만 인정하기 힘든 것이 아니라 지지하는 대상, 사물의 죽음 역시 인정하고 싶어 하지 않는 특성을 갖고 있다.

그런데 어느새 이재식은 벗겨지고, 깨여지고, 흩어지는 자기 삶의 무게를 받아내기 시작하면서 그 모두를 초월한 것이다. 그리하여 신성한 삶의 시간을 집어삼키며 슬픔의 정조에서 죽음의 정조로, 죽음의 정조에서 다시 초월적 정조로 나아간다. 이재식의 시는 멱살잡이 싸움판 이승한쪽으로 뻗은 가지를 뚝 부러뜨리는 순간 무정無情에서 유정有情이 되어버린 것이다. "Amor Fati, 네 운명을 사랑하라."

사랑의 침묵이 완성되기까지 바람이 조금만 그를 두드려도 은은한 슬픔을 울었다.

17회

당신의 삶은
안녕하신가요?

구스타프 클림트, 〈다나에〉, 1907, 개인소장

　존재^{Sein}인 여자에서 존재자^{Seiende}인 어머니로의 이동은 경이롭다 못
해 숭고하다. 대모신이나 곡신 같은 모성 이미지는 스스로 체험하는
구체적인 경험영역이다. 그러나 21세기의 여성시 중에는 이와는 반대
로 여성을 모성과 동일시하는 것에 대해 자학적으로 거부하기도 한

다. 여기에는 상징질서로부터 아이 낳는 용기로 억압되고 왜곡되어진 부정적인 인식이 깔려 있기 때문이다.

어머니는 매우 특별한 단어$^{code word}$이다. 고대 희랍인들은 바닷물을 '타랏사'라 부르며 어머니의 상징으로 수용했고, 보티첼리의 그림 <비너스의 탄생>에서도 아프로디테는 바다에서 태어난다. 여성을 만들어낸 거대한 바다로서의 마음을 '해인^{海印}'이라 하고, 중국의 한자 '海'에는 母가 파도를 바치고 있을 뿐만 아니라 프랑스어의 'mere/어머니'에도 mer/바다가 포함되어 있다. 마치 바다인 여자가 아이를 출산함으로써 인간의 한계를 넘어 비로소 위대한 어머니 여신이 되는 것과 같다. 그때 초월은 경악, 숨 조이는 고통, 참담, 포기의 절정에서 내쉬는 마지막 호흡을 지나 도둑고양이처럼 온다. 그 순간의 어머니는 금욕적인 어머니, 관능을 제거한 어머니로서 아름다운 어떤 것도 사절한다. 세계 내 존재$^{Being-in-the-world}$, 즉 '지금 여기^{Da}에 있는 존재^{sein}'인 현 존재^{Dasein}와의 성스러운 첫 면대는 이렇게 시작된다.

아이의 출산으로 모성은 비로소 영원한 회귀운동에서 치유되어 당신의 외부가 된 또 다른 당신과의 통섭을 이룬다. 이때부터 어머니에게 아이는 특별한 무엇이기도 하고 모든 것이기도 한 타인이 된 또 다른 당신이다. 타인으로서 실존하는 타자는 로고스적 사유의 대상이 아니라 몸과 몸의 만남으로 인정해야 할 당신의 외부가 된 것이다. 이런 위대한 여신인 어머니를 세상 여자$^{das Woman}$와 구분하지 못하고 익명의 사람으로 '전락'시키는 것은 크나큰 죄악이겠다. 그래서 사람들은 여자는 약하지만 어머니는 강하다고 눈치눈치 보며 누대를 걸쳐 이야기하고 있는 것일까? 그러나 여기 눈치 보지 않는 눈부신 모성이 있다. 가령,

세 자매가 손을 잡고 걸어온다

이제 보니 자매가 아니다
꼽추인 어미를 가운데 두고
두 딸은 키가 훌쩍 크다
어미는 얼마나 작은지 누에 같다
제 몸의 이천 배나 되는 실을
뽑아낸다는 누에
저 등에 짊어진 혹에서
비단실 두 가닥 풀려 나온 걸까
비단실 두 가닥이
이제 빈 누에고치를 감싸고 있다
그 비단실에
내 몸도 휘감겨 따라가면서
나는 만삭의 배를 가만히 쓸어안는다

나희덕, 「누에」

살면서 사실 숨기고 싶고 감추고 싶은 비루한 일상을 날 것 그대로 보여주며 살고 싶은 사람이 몇 명이나 될까? 손톱 밑에 가난이 촘촘히 박혀도, 낙타의 혹 위로 덕지덕지 쏟아지던 천대와 질시가 혹독해도 그 시절을 벗어나 두 딸과 나란히 대로를 걸어가게 한 힘은 오직 희망 하나 남은 판도라상자가 아니었을까? 푸시킨이 누군지도 모르면서 생활이 자신을 속여도 슬퍼하지 않고 노하지 않으며 살아왔을 저 등 굽은 여인이 심드렁한 얼굴로 우리에게 질문을 한다. "당신의 삶은 안녕하신가요?"

이렇게 곧바로 감정을 불러일으키는 풍경이 있는가 하면 지적 이해라는 경로를 통해 감정이 이입되는 풍경이 있다. 「누에」는 전자를 따르며 분석이 아닌 증명을 지향한다. 암탉 뱃속에서 막 토해져 나온

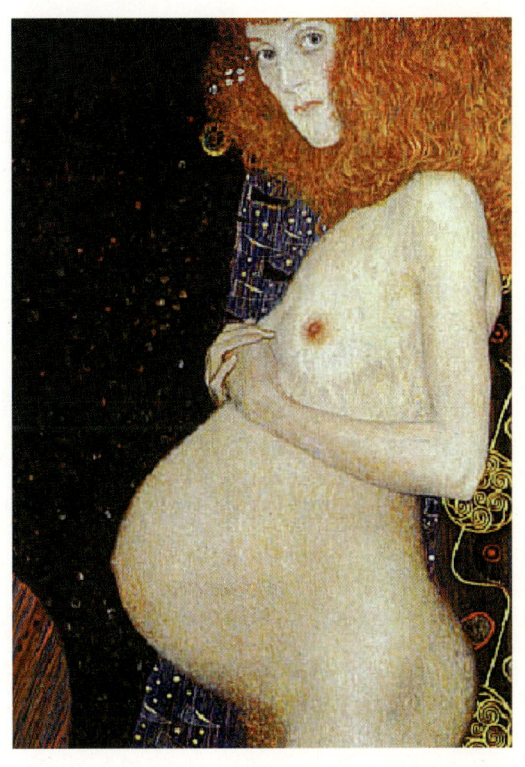

구스타프 클림트, 〈희망〉, 1903,
캐나다 오타와 국립미술관 소장

듯한 뽀얀 달걀이 보인다. 텅 빈 고치 속에는 그가 일생을 바쳐 쏴아 쏴아 베어 먹은 꽃과 이슬과 바람의 지문이 있다. 연둣빛 새순에서 자줏빛 오디에 이르는 뽕나무의 그 백색 소음으로 이루어진 문양 속에는 그를 품고 있던 생의 온기와 냄새의 웅얼거림이 깃털처럼 남겨져 있다 날아간다. 그러나 가끔은 그 깃털의 바람에 흔들려 울컥 주저앉는 빈 둥우리 증후군도 있다. 그러나 시인은 빈 둥우리 증후군 이전에 꼽추라는 장애에 대해 사회적 낙인을 찍으려는 시선을 먼저 읽어내지만 무엇 때문에 꼽추가 되었는지에 대해서는 전혀 설명을 유보한다. 나희덕이 보여주는 것은 그녀가 꼽추가 됐다는 사실뿐이다. 그럼에도 불구하고 이처럼 우생학적 계획이 단절되지 않은 선형적인 구성에서 그러나 일상인들과 구별되는 고독한 장애의 비단실을 발견한다.

혹에서 풀려나온 비단실 두 가닥이나, 만삭의 몸에서 새로 태어날 신생이 어찌 "제 몸의 이천 배나 되는 실"만 뽑아낼 것인가? 태어남으로 죽고, 죽음으로 다시 태어나는 상호명멸의 주문은 그래서 아직도 신선함으로 빛나며 유효하다. 삶은 결코 환상이 아니라고, 우리 삶은 때론 신경안정제보다 환상이 필요하다고 낯선 여행길에서 우연히 만난 윤회처럼 말하면서.

연미복을 차려입은 귀뚜라미가 가을의 아름다운 절정에서 신발도 신지 않고 검은 외투자락 같은 밤을 건너가고 있다. "높은 가지를 흔드는 매미소리에 묻혀/(……) 내 울음 아직은 노래 아니다/(……) 귀뚜루루르 귀뚜루루르 보내는 내 타전소리가/누구의 마음 하나 울릴 수 있을까/(……) 발길에 눌려 우는 내 울음도/누군가의 가슴에 실려 가는 노래일 수 있을까."

안치환의 노래는 건조하지 않다. 정확히 말하면 나희덕의 시 「귀뚜라미」에 곡을 붙여 부른 것이다. 가을 밤 길게 늘인 이 노래를 듣는 내내 당신의 귀뚜라미는 나희덕의 「귀뚜라미」를 따라온 밤의 말 주머니를 펼쳐서 축축한 당신 가슴에 새벽노을로 스러질 것이다. 또 있다. 그의 시 「배추의 마음」은 중학교 3학년 책에 수록되어 있다. 이 작품을 읽은 당신의 소매에는 '배추 풀물'이 들었고, 당신의 바지춤에는 '귀뚜라미'의 울음소리가 스며들어 가을의 적멸 부근을 맴돌 것이다.

마르크 샤갈, 〈임신한 여인〉, 1913, 암스테르담 시립 미술관 소장

이렇게 존재가 왔다가 사라지는 방식에는 두 가지가 있다. 수분이 남아 있을 때까지 썩거나, 수분이 다 날아갈 때까지 건조해지는 것이다. 수분이 남아 있을 때까지 당신을 그리워하며 자신을 버리거나, 수

분이 다 날아갈 때까지 당신을 부르며 자신을 다 소멸시키거나 그것은 완전히 당신의 선택할 몫이지만 말이다. 잘 비워낸 한 생애가 천천히 식어가는 동안 귀뚜라미의 울음처럼, 배추의 마음처럼, 뜨거운 국밥처럼, 추운 이들을 감싸주는 나희덕의 힘은 뢴트겐 광선처럼 당신을 뚫고 당신의 내면을 뚫고 어김없이 지나갈 것이다. 여성주체의식이 생명에 대한 총체적 인식과 낙관적 전망의 정체성을 겨냥하듯이. 그의 투명한 언어가 낯설지 않게 느껴지는 것은 시 속의 세계가 나희덕의 무의식의 반영이 아니라 현실의 반영이기 때문이다.

"만삭의 배를 가만히 쓸어안는" 나희덕은 남근질서가 만들어놓은 프로크루스테스의 침대에 억지로 맞추는 용기로서의 모성이 아니라, 부정하면서도 닮을 수밖에 없는 애증의 대상이 아니라, 융통성 있고 부드러운 모성의 현대를 열고 있다. 이러한 모성에 대한 탐구는 단순한 회귀나 퇴행이 아니라 생명의 순환이라는 자기증명적 라포르^{rapport ·} ^{신뢰관계}의식을 통해 아이를 가질 수 있는 자신의 잠재력과 생명의 찬탄을 감동적으로 보여준다. 이로써 나희덕은 시의 마지막 구절을 통해 자신이 지닌 기법의 최고 정수를 보여준 셈이다. 네 집 걸러 한 집이 불임인 이 외상^{外傷}의 시대에.

18회

붉은색 사용법

알타미라 붉은색 사용법

　인간에게 가장 중요한 에너지는 무엇일까? 태곳적 동굴에서 막 벗어난 인간이 가장 먼저 본 것은 붉게 떠오르는 태양이었다. 색의 근원은 이 빛으로부터 유래한다. 하루도 색채와 떨어져서 생활할 수 없는 인간들은 붉은 태양을 생명의 에너지, 즉 탄생이라고 생각하고 태양이 지면 어둠, 즉 죽음이라고 생각했다.

　눈에 보이는 가시광선의 폭은 700㎚의 빨강에서 약 400㎚의 보라까지인데 이렇게 눈에 보이는 물체의 색채는 각각의 빛을 흡수하고

세계에서 가장 오래된 알타미라(Altamira) 동굴벽화

반사하는 성질로 인해 지각되는 현상이다. 모든 색은 원래부터 그 색이 아니라 주위의 다른 색 후광을 받아 고유한 색을 지니게 된다. 지상에 현존하는 사물들은 빛의 후원 아래 소멸과 탄생을 지속한다. 그러므로 모든 사물이란 단지 떨고 있는 본질이 부재한 빛의 아름다움이다. 그 아름다움에서 떠난 빛의 에너지가 시인의 눈에 하나의 시적 기호로 접목된다. 이것이 시에 의미변화를 주는 색채어이다.

그렇다면 가장 원초적인 색, 초월적 힘을 지닌 치유의 색은 무엇일까? 그건 바로 붉은색, 빨강이다. 빨강색은 강렬한 힘을 나타내는 확실한 색이다. 고대 컬러 테라피$^{color\ therapy}$에서 처음 사용한 색 또한 빨강색이다. 선사시대의 동굴 '알타미라'나 '라스코'의 암각화를 보면 모두 붉은색이다. 얼마나 생동감 있게 그렸는지 곧 달려들 것 같은 이 유감주술적$^{Homeopathic\ Magic}$ 동물군들은 하나같이 주술적 예언과 기원, 치유를 목적으로 한다.

이런 의미로부터 진화한 빨강색은 중세 유럽에 들어 현찰과 교환되는 가장 비싼 원단으로 등장한다. 빨간색 천 10kg을 염색하려면 케르메스^{연지벌레}를 14만 마리를 잡았는데 이렇게 만들어진 옷감은 왕족만이 누릴 수 있는 사치였다. 현대에도 빨간색 넥타이는 권위와 권력을 상징하고 인류평화를 수호하는 적십자의 빨간 십자가, 융숭한 대접의 레드 카펫, 운동선수들의 유니폼, 붉은 신호등, 붉은 악마의 빨간 티셔츠 등은 강렬한 색채로 상징이미지를 팔고 있으며, 학문적으로는 너무 뻔한 거짓말을 '새빨간 거짓말', 더할 나위 없이 명백하다는 '명약관화^{明若觀火}'와 같이 역동성과 명확함을 나타내는 도구로 쓰이기도 한다. 이때 붉은색의 가장 정확한 특징은 다른 어떤 붉은색도 아닌 것이 바로 그 붉은색의 개념이라는 데 있다.

시문학 속에 표현되는 색채 이미지는 시인의 고양된 감정이나 경험을 포함한다. 색채는 시인 의식의 상징으로서 정서의 변화에 따라 다양한 색채어로 변용 시인의 심리적 생활과 밀접한 관계를 형성한다. 성기조의 시 세계에서 유색광선은 모호한 의미의 내포성을 확장하는 시각으로 흡수돼 시인의 가치관과 의미체계에 직간접적으로 영향을 끼친다. 인간의 눈에 가장 아름다운 것을 전달해주는 수단인 이 색채의 힘은 에로스와 타나토스, 미추^{美醜} 등 모든 체계에 깊이 관여하고 그들의 정신기능, 감정, 현실의 발화장면에서까지 보이지 않게 당위성을 제공한다. 그가 이룩한 색채어의 자유는 공간에 대한 새로운 해석의 탈피로써 시작된다. 그것은 색채시어의 해방과 형태의 데포로마시옹으로부터 미적 질서를 추구하는 것이었고, 다른 하나는 그들의 내면의 정신세계로부터 일탈을 의미하는 새로운 문제점을 제시한 것이다.

시대별, 종족별, 개인별로 선호하는 색은 다르게 진화해왔다. 그렇지만 대체로 같은 시대 같은 종족의 경우 같은 감각을 나타내는 것을 볼 수 있다. 그리하여 한 시대의 문학작품에 상징적으로 나타난 다양한 색채는 그 종족의 문화적 특성을 반영해준다는 점에서 중요한 연구텍스트가 될 수 있다. 스탕달의『적과 흑』이나 멜빌의『백경』등은 색채연구가 활발하게 이루어진 작품들이다. 그것은 색채가 단순한 색채에 그치는 것이 아니라 그 사회문화적 특성을 반영한다는 점에서 하나의 문화기호가 될 수 있기 때문이다. 이처럼 문학 속의 색채는 주제와 관련하여 중요한 에크리튀르$^{ecriture \cdot 쓰는 \ 것, \ 쓰여지는것}$의 의미를 지니고 있으므로 문학작품에 나타난 색채분석은 당시의 문화적 특성을 밝혀낼 수 있는 또 하나의 방법이 될 수 있다.

외광파 모네도 처음에는 색이었다. 빛이 아니었다. 이처럼 현대시에 있어서 시각적 이미지가 존중받는 것은 회화성이 중시되고 있는 이유이기도 하다. 여타 현대시에서와 같이 성기조의 시에서 가장 두드러지게 표현된 이미지는 오감 중의 시각적 이미지가 압도적으로 많이 사용되고 있음을 알 수 있다. 특히 회화성을 두드러지게 하는 구상어가 시각적 색채어로서 갖는 의미는 삶의 새로운 창조를 욕망하는 시적 표현장치다. 그리하여 색채어에 관심을 갖는 것은 그들의 시구에 스며든 신비한 시혼의 세계이며 시인의 절실한 표상의지이다.

그의 무의식은 긍정적이든 부정적이든 색을 생명의 에너지로 받아들인다. 시가 하나의 기호로서 시인의식의 상징이라면 감정과 정서, 경험이 다양하게 묘사되는 색채어의 자극은 하나의 감각영역으로부터 연쇄적으로 다른 영역의 감각을 불러일으키는 공감각언어가 되는 셈이다. 그래서 시각, 청각, 후각, 촉각 등과 같은 물리적 자극 사이에는 일대일의 대응이 있는데, 때로는 이 원칙에 반하여 색을 보고 맛과 냄새, 음과 촉감 등을 느낄 때도 있다.

성기조 시 속에 나타난 붉은 색채어는 제1시집 『별이 뜬 대낮』, 「풀꽃의 思想」에서부터 제20시집 『아침 뻐꾸기』, 「상처」까지 검토한 결과 총 34회로 그 빈도가 낮았다. 이것은 그의 유가론적인 무의식이 색채로 드러난 결과이다. 마찬가지로 시적 장치로서 시각적 이미지의 관련 양상을 찾아내는 것이란 그의 시의 본질과 특성을 이해하기 위한 것이다. 그 첫 번째가 시각적 이미지이다. 그것은 어떤 이미지보다 뚜렷하고 명쾌하게 구체성을 표출해내기 때문이다. 붉은색의 이미지가 주는 따뜻한 가족애와 인간애, 민족애의 웅혼 같은 기상은 시의 텍스트에 영향을 끼치는 작가의 페르소나로 표출되고 있다. 이렇듯

예산 '무한천'을 닮은 알킵 쿠인지, 〈드네프르 강의 아침〉, 1881

시에는 화려한 회화적 색채요소보다는 고졸하면서도 웅대한 남성적 기백의 이미지 작품들이 주종을 이룬다. 이런 사조를 지닌 시인의 작품에 드러난 붉은색이란 감각어에서 개인의 상징과 집단상징을 거쳐 전통상징으로까지 굳어진 심리적 배경을 살펴보고자 한다.

　성기조의 시에 나타난 색채의 의미를 분석함으로써 그의 시에 대한 총체적 평가를 위한 한 노력으로 시인의 사회문화적, 분석심리학적 특성을 밝히는 데 있다. 우리말 시 창작에 역량을 기울인 그의 작품집에 나타난 붉은색의 의미와 시어에 끼친 차이의 은유－때론 공유하기도 하고 때론 다르기도 한 아키타입Archetype과 키노타입Kenotype의 의미체계－에 대해 알아보고자 한다. 그리고 시인의 가치관에 어떤 영향을 미쳤는지도 아울러 고찰하고자 한다.

운명에게 길을 묻다

1934년 6월 1일, 충남 홍성에서 출생, 무한천을 매일 건너 예산농
고를 다녔고, 경희대학교를 거쳐 단국대 문학박사로 한국교원대학교

안톤 마우베, 〈헛간 옆 시골 여인〉, 1838~1888

교수를 정년하였다. 1958년 『시와 시론』에 「꽃」이 당선되어 문단에 등단하였고, 『시와 시론』 동인으로 활동하였다. 시인, 작가, 평론가로 서 제1시집 『별이 뜬 대낮』 외 21시집, 『시전집 1·2·3·4···…』, 창작집 『유성의 상처』, 서간집 『사랑의 구름다리』, 『성기조 작품집』 1·2, 고등학교 <문학> 및 <작문> 교과서 등 150여 권의 저서, 편서 가 있으며 1992년 제2회 충청문학상, 1998년 제24회 한국펜문학상과 2003년 일본의 세계문화예술훈장, 2007년 제44회 한국문학상, 2009년 제5회 원종린 수필문학상을 받고, 미국, 프랑스, 일본, 캐나다, 룩셈부 르크, 중국, 필리핀 등에서 작품집이 번역 출간되었다. 국제펜클럽한 국본부 회장, 재단법인 한국문학진흥재단 이사장, 한국경제일보 논설 위원을 역임했으며, 문예지 『문예운동』, 『수필시대』의 발행, 편집인 이며, 한국예총 수석부회장, 중국 낙양대학교 석좌교수로 활동 중이 며, 올해로 문단활동 55년째인 그는 젊어 한때 수영장을 세 개나 세 워 경영했을 만큼 사리와 이재에 두루 밝은 분이다. 그의 작품에는 아버지보다 어머니에 관한 소재가 많다. 어머니가 자식들과 주고받은 많은 편지가 명문이었던 점으로 보아 그의 시인으로서의 자질은 모 친에게서 물려받은 영향이라고 볼 수 있다. 또한 형제들이 대부분 문 인 혹은 교육자의 길을 걷게 된 것 또한 모친의 유가론적 교육의 효 과라고 짐작된다. 이런 가풍에서 어렸을 때부터 자기 절제와 자기 관 리로 철저하게 다져온 자존감은 그의 시 속에서 염결성과 선민의식 이라는 내적 특질의 고양으로 나타난다. 이것은 그의 가풍과 교직이 라는 직업적 특성으로 이행되어온 그의 인간됨이 시 작품이라는 무 한성의 영역에서 시학적 면모를 발휘했기 때문으로 보인다.

　1950년대는 한국전쟁 이후라는 특이한 상황으로 인해 실존주의가 도입되고, 하이데거와 사르트르, 에밀졸라와 까뮈 등의 실존철학이 집중 소개되었으며 새로운 시대의 문화적 아이콘으로 주목받았다. 프랑스 지식인들의 앙가주망^Engagement · 정치참여이 미술과 시의 메시지를 전달하기 위해 예술의 사회참여를 유도하듯 첨단의 서구 사조시학과 우리 고유의 전통시학은 문학적 주제로 부각됨과 동시에 공존의 길을 걷게 된다.

성기조는 전후의 경험을 시로 쓰기도 하였지만 모더니즘과 실존주의 또는 전통담론 어느 한 편도 지지하지 않았다. 리얼리즘과는 거리를 둔 것 같은 그의 서정적 회감의 시작품들은 실상 분석해보면 참여적인 성격을 강하게 띤 것들이 많다. 그는 자신의 예술적 비전 안에서 시라는 매체를 선택하고 카타르시스라는 개념과 상통하는 사회비판과 교훈으로서의 쾌감으로 미학적 실천을 거듭해나간 결과였다. 그 안에서 이론이나 직관에 가까운 그의 시학은 시간이 흐를수록 성찰의 빛을 발하는 실천적인 이론으로 자리 잡는다.

또한 후기시 「가을을 먹고」를 보면 "(……)추억은 내일 모레/밤하늘의 별은 주먹만 하다/열사흘, 초저녁 달이 창문을 열고 대청에 들어오면/전등불을 꺼야 한다/(……)/도시에서 찌든 때를 훌훌 벗기고/가을을 단번에 먹는 나는 신선이 되었다"라며 빛깔이 지니는 그 확고하고 절대적인 문명의 상태는 끄고, 가을이란 붉은색을 자연스럽게 먹음으로써 신선의 경이로운 경지로 회귀해 들어가는 특성을 보인다. 이러한 흐름은 성기조의 시가 추구하는 마지막 지향이기도 한데 그 표현기법 중 특히 시각이미지를 가장 빈번히 사용하고 있다는 점이 주목해야 할 부분이다. 시의 초기는 생활주변의 서정성을 중시하여 일반적 관념과 융합시키다가 차츰 자연에 대한 깊은 이해와 성찰로 바뀌었

블라디스롤프 포드코빈스키, 〈벽〉, 1886

다. 중기 이후에 들어가서는 관조로 이어지는 인생관을 통하여 현실을 정화시키고자 노력하였다. 즉, 시각적 이미지인 색채어의 효과적인 표현과 맞물린 청각, 촉각, 후각기법의 다른 이미지들은 보조적으로 활용하여 현존하는 삶의 지혜로 형상화시켜나갔다. 현존하는 그의 자연은 인간 전체이며 삶이며 예술이다. 인간의 아니무스와 아니마, 페르소나와 자기애, 애착, 동일시, 투사, 그 안과 밖을 규정하는 무엇이며, 그러나 절대로 다 소유할 수 없는 그 무엇이기도 하다. 그래서 성기조의 자연은 진정한 시가 태어나는 근본적인 모태로써의 필연적인 탐구로써의 긴 편지라 할 수 있다.

붉은색 테라피

'붉은색을 이용한 치료color therapy'는 이미 오래전 티베트, 인도, 중국 등지에서 시작되었다. 수천 년 전 이집트에서는 제사장들이 빨강, 노랑, 파랑과 같은 색이 사람의 신체적, 정신적, 영적 건강에 활발히 작용한다는 사실을 가르치기도 했다. 색에 대한 이러한 이해와 인식은 수천 년을 거쳐 온 고대의 문헌을 통해 현대 주술로 수용되고 있다. 프랑스 고고색채학자 안느 바리숑은 『색깔』에서 "사프란으로 물들인 승복에서 보듯 빨간색은 불교의 색깔이다. 빨간색은 가장 에너지가 넘치는 색이다. 여성에게는 생명의 상징이며 남성에게는 복수의 피를 의미한다. 집단의 결속을 강화하고 신앙을 고조시키는 밀고 당기는 매혹적인 색깔이다"라고 정의한다.

영어의 '컬러color'는 스페인어의 '콜로라도colorado'에서 유래한다. 콜로라도는 '색'을 뜻하며 동시에 '빨강'을 의미한다. 빨강은 사람이 이름 붙인 첫 번째 색이며 세계에서 가장 오래된 색 이름이다. 붉은색 어원은 '밝다>붉다>붉다'로 양성모음인 '밝다'와 음성모음인 '붉다'는 밝음과 불의 의미를 나타낸다. 중국에서의 어원 '적赤'이라는 글자는 '대大'와 '화火'의 합성어로 큰불 '적赤'은 땅土과 불꽃火을 가리키는 말로서 땅 위의 불꽃을 칭한다. 빨강은 음양으로는 태양, 교통 표지판의

스페인 투우장면

금지, 축구에서의 레드카드 경고, 성별로는 여성·홍등가, 온수, 사상으로는 공산주의, 꽃으로는 정열을 뜻하지만 우리 옛말에서는 빨간ʳᵉᵈ 적색과 붉은색ᶜʳⁱᵐˢᵒⁿ, 심홍ˢᶜᵃʳˡᵉᵗ, 진홍ᶜᵒᵐᵐᵘⁿⁱˢᵐ은 분별해서 쓰지 않았던 동일한 의미소이다. 최초의 인류 조각상인 빌렌도르프의 비너스, 라스코 동굴 벽의 들소 그림에도 제일 마지막까지 남아 있는 것은 붉은 색이다. 이처럼 고대문명이나 매장 성역, 투우장에서 빨강이 끊임없이 사용된 것은 왜일까? 태양, 불, 피, 생명의 상징인 빨강은 죽음의 공포를 초월하고 새 생명의 공간으로 이동하는 색이기 때문이다. 빨강염료로는 케르메스와 꼭두서니가 있다. 원시시대의 빨간색 천이 출혈을 멎게 하는 데 쓰여 왔듯 러시아에서는 성홍열을 치료하는 데 빨간색 플란넬로 된 천이 사용되었다. 스코틀랜드에서는 빨간 모포가 삔 곳을 치료하고, 아일랜드에서는 후두염을 치료하는 데 쓰였다. 빨간색의 봉랍에는 부스럼을 치료하는 신비한 힘이 들어 있다고 믿었으며 영국에서는 빨간 산호가 풍치를 막아준다 하여 선호하였으며, 포르투갈에서는 두통을 가라앉혀 준다고 믿었다. 그리고 마케도니아에서는 아기가 태어나면 악귀를 묶어두기 위해서 침실 문에 빨간 실을 꼬아서 매어두었다. 중국인들은 병과 악귀를 없애주는 행운의 상징으로 장수를 누리기 위해서 빨간 루비를 지니고 다녔고 지금도 새해에는 붉은 등을 달고 세뱃돈과 축의금은 항상 붉은 봉투에 넣어주며 경제적 부를 상징하고 있다. 마찬가지로 우리나라 옛 여자 아이들의 머리에 붉은 댕기를 길게 매달아 주었던 것과 결혼식 날 새색시의 양 볼에 연지를 바르고, 이마에 곤지를 찍는 풍습 역시 벽사기복^{辟邪祈福}의 의미를 지닌 의식이다. 이런 사실로 보아 붉은색이 가지는 벽사기복의 힘이야말로 방어 마술력에 다름 아닌 것이다. 붉은색으로 재앙을 쫓고 복을 부르는 다음 시를 살펴보자.

1) 기원과 주술성의 원형

　(……)
　재앙을 쫓는다나요
　붉은 팥을 삶아 넣고
　시루떡을 해야죠
　안방 문설주에
　대청 대들보 위에
　부엌문 뒤에
　헛간에
　광에
　대문간에
　그리고 그리고 뒷간에까지

앞집에서 가져온 시루떡

〈시루떡 찌는 고구려 여인〉, 1700여 년 전, 안악 3호분 벽화

조금씩 떼 놓고
　빌어야죠 運數大通운수대통을―
　(……)

제5시집 『흙』, 「흙……20-가을」 부분

　앞집에서 이사 왔다고 가져온 김이 모락모락 나는 시루떡 한 덩어리 자, 드셔보세요. 참 맛있네요. 범신론이라 부르는 토템의 내원을 거슬러 가보면 모든 우주만물이 혈족이라는 감응관계를 형성한다. 토템totem의 어원은 '그의 친족'이란 뜻의 아메리카 인디언의 방언이다. 예컨대 붉은 팥은 시루떡과 친족이고 고사는 운수대통과 친족이고 고향은 기억과 친족이다. 그렇다면 앞집에서 시루떡을 가져온 이유란 친족이 안 되면 최소한 친구라도 되고 싶다는 염원의 상징이 되는 것이다.

　「흙……20-가을」은 가을 축제로 고향집에서 고사 지내는 기억의 친족을 만난 장면이다. 기억의 정서적 재현에는 크게 세 가지가 있다. 첫째는 학습된 것을 기억하는 '서술기억', 두 번째는 20년 만에 자전거를 타도 금세 잘 타는 '절차기억', 따스함과 포근함, 불안과 분노 등 감성과 관련된 '정서기억'이다. 이런 원초적 감성과 관련된 정서기억은 뇌의 한 중앙 깊숙한 편도체amigdala라는 곳에 박힌다. 성기조의 편도체에 풍경으로 보관된 고사 날은 문자가 현실을 정혁鼎革할 수 없을 때 조상들은 주술적 상징물을 제시하여 존재의 간원懇願을 통렬히 드러낸 현장이다.

　시루떡을 빚는 어머니들의 금기와 정성은 대단했다. 떡 빚기 3일 전부터 부정 탄 것을 보지 않기 위해 나들이를 금했고 성생활도 피했다. 전야에는 목욕재계하고 창호지로 입을 봉하고서 작업에 임했다.

그것은 신명神明에게 바치는 제물이기 때문이다. 팥 시루떡은 '재앙을 쫓는다'라는 개연성 있는 발복적 소재다. 김이 무럭무럭 나는 팥 시루떡은 악귀가 가장 무서워하는 붉은색의 '제마효과'를 염두에 둔 것이다. 집안의 운수대통을 위하여 무서움을 꾹꾹 누르며 냄새 나는 장소에까지 골고루 떡을 갖다 놓는 그 심부름의 힘은 '벽사기복'을 노린 심리효과이다. 마찬가지로 동짓날 팥죽을 끓여 집안 도처에 살포한 후에 온 가족이 둘러앉아 맛있게 먹는 의식은 악귀를 쫓아내며 카타르시스를 느끼는 경험과 같은 이치다.

길흉화복을 신이 지배한다는 이런 유감주술성은 근대화 이전 사람들에겐 통념이었다. 유목민이 의식에 제일 먼저 바치는 제물이 양이라면 농경민족의 제물은 곡식의 신에게 바칠 떡이었다. 시루가 상고시대 유물출토나 삼국시대 98호 고분에서 출토되었고, 『삼국유사』 죽지랑조竹旨郞條에 어머니가 아들을 보러갈 때 설병舌餅을 들고 갔는데 이것은 음으로 보아 설기떡으로 여겨진다는 정혜옥의 의견으로 보아 시루떡은 상고시대로부터 이어져 온 기원과 주술성의 원형문화임이 확증된다.

> 서쪽으로 넘어가는 붉은 노을이
> 감나무에 모여들어
> 작은 불씨를 만들었다
> (……)
>
> 제20시집 『아침 뻐꾸기』, 「감」 부분

색채학자 미셸 파스투로는 "색은 문화적, 역사적, 사회적인 영원한 주제"라고 말한다. 셰익스피어의 연극을 보고도 사람들마다 느끼는 미적 경험이 다르듯 자연현상을 보고 느끼는 심리 또한 다 다르기 마련이다. 미적 혹은 미학적 경험은 예술적 경험보다도 포괄적인 것으로서 미학적 경험은 무엇이든 예술적 경험과 동일시된다는 위험성은 내포하고 있지만 「감」은 접촉주술 혹은 감염주술의 효과를 극대화시킨 작품으로 볼 수 있다. 붉은 노을-감나무-작은 불씨로 축약되며 이동하는 이런 창의적 상황논리에는 '심리적 거리^{psychological distance}'가 존재하는데 여기에서는 바로 '감'이라는 붉은 시간을 암시한다. 시속 자아가 관습적으로 자각하던 현재라는 시간은 과거와 미래를 연결하는 소통의 시간이 되고 그 소통의 시간은 기존의 선형적 시간을 전복시켜 무위자연의 불씨에서 위안을 받게 만든다.

빨강색은 인간의 역사를 통틀어 승승장구해온 당신보다 나보다 훨씬 나이가 많은 색이다. 인간은 현존의 시성이나 표피성을 벗어나기 위해 탈주를 꿈꾼다. 이것은 부단히 과거나 미래적 시간에 가 닿고 싶어 한다는 말에 다름 아니다.

2) 예견과 희망의 심리적 거리

(……)
7천만 배달겨레의 가슴을
뜨겁게 달구는 불덩어리
보라, 21세기 첫날에 떠오른 햇살을
눈부신 빛깔은 이 강산을 뒤덮고
내일의 희망찬 우리들의 설계를 여물게 할지니
(……)

제15시집 『나무가 되고 싶다』, 충청남도 발행 '충청도정'
신년 축시 「21세기, 새해 아침에」 부분

(……)
활활 타오르는 새해, 새날의 태양이
금오산 꼭대기에서 우리들을 지켜본다

싯뻘건 불덩이, 계미년의 아침을 밝히는

갈매기가 소리 내어 울 때, 노을은 지글지글
끓으며, 타서 붉게 바다를 물들이네
　　　　　　제19시집 『혼자 말하는 나무』, 「안면도 바다」 전문

(……)
샌프란시스코의 불빛에서 눈을 돌려
태평양을 바라보았다
아, 지는 해의 아름다움에서
황홀한 낙조를 보고 숨이 멎을 것 같다
　　　　　제19시집 『혼자 말하는 나무』, 「타말파이스의 낙조」 부분

　셰익스피어가 왜 '연인'과 '광인'과 '시인'을 같은 범주로 분류했는지 알 것만 같다. 여행은 희망된 예견이다. 희망이라는 생의 성지에는 체념의 자리가 없다. 한 소년을 감동시켜 전쟁의 포화를 멈추게 한 알비노니의 아다지오 연주와는 달리 그들은 체념의 포화를 멈추는 법이 없기 때문이다.
　가을 정원에 앉아 「21세기, 새해 아침에」, 「안면도 바다」를 읽으며 갓 내린 커피를 마신다. 내 견고한 고독이 가슴속에 묻어둔 별 한 포기 살짝 끄집어내어 탁자 위에 올려놓고 알비노니의 아다지오를 듣는다. 어느 사이 쏟아지는 아침 첫 햇살에서 우주의 어메니티[Amenity], 쾌적성을 듣고 있다. 당신의 고정된 시각과 편벽성은 웅대하게 떠오르는 태양을 보는 순간 한낱 점으로 추락한다.

빈센트 반 고흐, 〈싸이프러스 나무가 있는 길〉, 1890, 크뢸러 뮐러 미술관

웰빙 욕구로 가득 찬 햇살 속에는 쾌적한 리듬의 삼라만상들이 모여 있다. 서로를 끌어당기는 이 우주적 인력이 시를 태동시킨 원초적 에너지일 터. 자연에 밀착된 내밀한 생의 한 경지를 엿보는 「타말파이스의 낙조」에 나타난 희망의 심리적 거리가 부각된 이 정경은 범상한 정경이 아니다. 붉은빛으로 피어오르는 이 동적인 감각전달은 그렇지만 늘 새롭고 신기한 쪽을 열망한다. 따라서 통증이 짜릿한 불도

장을 찍힌 온몸은 자기부정이나 개혁의 욕망과 맞닿아 있고 그 의미 속성의 가치에는 긍정적인 전이감만 팽배하다. 분리와 단절의 인간사를 버리고 외로움을 모르는 대자연과 합일을 이루는 순간 시속 자아는 대자유인이 된 것이다.

미국 심리학자 매슬로우의 '욕구 5단계설'에 의하면 여행은 1·2단계인 생존과 안전에 대한 욕구를 지난 3단계인 인정, 성취의 욕구단계이다. 「21세기, 새해 아침에」, 「안면도 바다」 작품에서는 새해 새 아침을 맞이하여 환희롭게 새날의 웅혼과 자기 존중인 공감의 4단계로 비약하는 시속 자아의 활기찬 욕구가 주목되며, 「타말파이스의 낙조」에서는 5단계 욕구인 자아실현의 욕구로 자신의 재능과 잠재력을 발휘해 자기의 경험 속에서 모든 것을 성취하려는 최고수준의 인지적, 심미적 심리로 묘사된다.

3) 에로스와 타나토스의 이중주

秋夕추석 다음 날

紅玉홍옥처럼 볼이 붉은 어린 두 놈과
그리고 세상을 겁먹어
주름 잡힌 內者내자와
昌慶苑창경원 뜰을 거닐다
(······)

제2시집 『성기조 작품집』, 「소풍」 부분

(······)
초롱초롱 눈동자 가진 돌백이가
글 배워 물어 오면

청릉어 부끄러움 볼을 붉히네
(……)
제2시집 『성기조 작품집·Ⅰ』, 「내 목소리」 부분

(……)
붉은 꽃 흰 꽃 분홍 꽃
어쩌면 그렇게 여러 가지 색깔이 함께 필까

손톱을 곱게 물들이면
저승길 환히 밝혀
고생하지 않는다고 심으신 봉숭아
(……)

제11시집 『방문을 열며』, 「봉숭아 씨를 받으며」 부분

프레드릭 코트먼, 〈가족의 일원〉, 1880

(······)
무덤 밑에 고추밭
그 후손인 늙은 아낙은
저승길 밝혀 줄 등불 같은
빨간 고추만 딴다

제13시집 『다락리에서』, 「다락리에서 · 24」 부분

바타유는 『에로티즘』을 통해 종래의 주술적 · 공리적 해석을 단순하고 빈약한 것으로 물리치면서 에로티즘 속에 에로스$^{Eros,\ Amor}$와 타나토스^{Thanatos}가 공존하고, 인간이 고독한 불연속적 존재인 만큼 필사적으로 연속성을 갈망한다고 말한다.

위의 시 「소풍」, 「내 목소리」는 사랑이 충만한 생명의 본능인 에로스적 풍경이다. "홍옥처럼 볼이 붉은 어린 두 놈과/(······) 주름 잡힌 내자와/(······) 창경원 뜰을 거닐다"에서 보여주는 것처럼 가족관계 안에 희망이 있음을 고백한다. 프로이트의 '쾌락원칙'에 따르면, 불쾌는 긴장의 생성으로부터 발생하고 쾌는 긴장의 소멸로부터 발생한다. 범인들은 천사나 신을 구별할 눈이 달려 있지 않다. 살다 보면 행운을 박대하기도 하고 조우하여 예기치 않던 소득을 얻기도 한다. 시 속 자아는 부인과 볼 붉은 아이들을 바라보며 신화 속 신들이 인간에게 엄청난 기적을 베풀어주는 것보다는 일상의 작고 사소한 기쁨에서 위안과 충만감을 받는다. 의식적이든 의도되지 않았든 그의 과거의 체험들이 시인의 내면에 뒤엉켜 있다가 현재의 시간 속에서 한 장의 사진처럼 구상화된다.

또 다른 시 「봉숭아 씨를 받으며」, 「다락리에서 · 24」는 평생을 바쳐 자식들의 앞길을 밝힌 숭고한 등불이다. 이제 서서히 기름 떨어져

죽음의 길로 한발씩 다가가는 죽음본능을 묘사한 타나토스적 작품이다. "저승길 환히 밝혀/고생하지 않는다고" 봉숭아꽃 찌어 손톱을 곱게 물들이던 어머니를 그리워한다. 어머니가 건네는 위로와 행복으로 충만했던 시인의 심리상태가 오롯이 녹아 있다. 이때 어머니는 시인이 발견하고자 하는 자신의 이상적 존재인 동시에 자신과 동일시시키는 존재이기도 하다. 어떤 이미지보다 공유된 시각적 이미지는 이때 선명한 느낌으로 표출되기 때문에 시 속 자아는 자식이라는 페르소나와 이미 늙어가고 있는 부모라는 페르소나를 빌어 '투사'와 '동화'를 거쳐 자아와 대상을 쉽게 동일체로 인식하는 '동일성'의 심리기제다. 그것은 다시 말해 서로 겹치고 이어지며 지속적으로 순환되는 우로보로스^{Ouroboros}, 즉 에로스적 시들과 아래 타나토스적 시들이 주체와 시 속 자아가 대리보충$^{the\ supplement}$적 관계를 형성함으로써 불연속적 존재들이 공명의 파장을 거치는 동안 연속성으로의 궁극적인 지점으로 도달할 수 있다는 것을 가시적으로 보여주는 고리이다.

4) 아름다운 상처 위에서

(……)
붉은색은 슬라브 민족의 아름다움의 상징이라지만
공산당의 깃발과 완장이 되고
광장 이름도 붉은 광장이 되었다나?
어디 한 군데도 붉은 색깔이 없다
그러면서도 이름은 붉은 광장
레닌이 혁명을 성공하지 못했으면
생겨나지 않았을 이름
붉은 광장이 세계 공산주의의 중심이었다는데

믿기지 않는다

(……)

제18시집 『산으로 가는 곰』, 「붉은 광장」 부분

모스크바에 처음 갔을 때 나는 제일 먼저 본 것은 내가 밟고 있는 붉은 광장이었다. 붉은 광장이라 하여 당연히 붉은색일 줄 알았는데 전혀 아니었다. 그동안 내내 속은 것이 원통했다. '붉은 광장'은 러시아어로는 '끄라스나야 쁠로샤지$^{Красная\ Площадь}$'라고 불리는데 원래는 '아름다운 광장'이라는 뜻이다. 그러나 이곳 주변은 그 어디에서도 붉은색을 찾아볼 수가 없다. 그 유래에 대해서는 두 가지 해석이 있다. 하나는 이곳에서 혁명기념일과 메이데이 등 주요행사가 열렸을 때 많은 사람들이 '붉은색 현수막'을 내걸었기 때문이고, 또 하나는 '끄라스나야'라는 말 자체가 '중요한', '붉은'이라는 의미도 함께 담겨져 있기 때문이란다. '붉은 광장'이라는 혁명으로 남아 있는 성공을 생각하며 마르크스주의에 굴절된 부정적 이념을 상징으로 표출된 「붉은 광장」에서는 아무것도 행위하지 않을 권리를 통해 인류애를 선언하는 모든 시적 행위는 의미심장하기만 하다.

어느 해 여름 프라하 시내를 걷다 더위에 지쳐 잠시 시원한 음료수라도 사먹으려고 들른 근처 맥도널드. 문을 열고 들어서자 에어컨보다도 더 먼저 내 눈을 사로잡은 것은 무하의 대형 그림이었다. 그녀가 먼저 들어와 나를 기다리며 커피를 마시고 있었다. 너무 반가웠다. 어른을 위한 동화 같은 그녀의 이런저런 이야기에 빠져 나는 그 여인을 사랑하게 되었고 또 소비했다. 고대 슬라브인들은 자신들을 창조한 신 로드^{Rod}와 여성적 신격인 로짜니짜^{Rozhanitsa}에 의해 보이는 세계인 로드^{Rod}와 보이지 않는 세계인 나비^{Nav}가 창조되고 진실과 거짓도 구별

알폰스 무하, 〈슬라비아〉, 1896

하게 되었었다고 믿었다. '무하 스타일'이라고 부르게 된 아르누보의
거장 알폰스 무하^{Mucha, 1860~1939}의 그림은 대부분 아름다운 그녀가 주인
공이다. 매혹적인 곡선으로 세기 말을 사로잡은 그는 유혹적인 그림
으로 인정을 받자 광고용 포스터 주문이 물밀듯이 들어온다. 그러나
포스터를 그리는 그에게 한 가지 근심이 생겼다. 순수미술가가 아닌
상업미술가로 남을지도 모른다는 두려움이었다. 50세에 모든 명성과
요청을 물리치고 고향으로 돌아가 <슬라브 서사시>라는 슬라브인들
의 역사와 전통, 종교를 아우르는 대작(4~6m)을 시작한다. 템페라
연작에 남은 열정을 다 바쳐 1920년 20장으로 된 작품을 프라하에 기

증했다. 슬라비아 화가인 무하는 말년에 슬라브 민족의 창조와 기나긴 역경의 역사를 대작의 연작으로 남기어 국민들의 자긍심을 높이는 데 일조를 하였다. 슬라브인의 정체성을 확실히 보여준 그의 심층 심리학적 키워드는 '만남', 즉 행복의 추구였다.

붉은 광장의 크렘린에 있는 성 바실리카 성당과 스파스카야 탑

貨幣

(······)
그리하여 애비는 핏자국이 깃든 田畓전답을 팔아야 했고, 우리 우리들은 이렇게 陽動양동에서, 鐘路종로에서, 墨井洞묵정동에서, 그리고 또 어느 길 모를 모퉁이에서

화폐와 去來거래되는 웃음을 팔아야 살고, 살아서 애비에게 農事농사 돈을 대고, 에미에게 양잿물 값을 물어야 했고, 또 방망

로드와 로자니짜를 러시아 민중 자수로 묘사한 탁자보

이를 드는 눈 째진 아주메에기 밥값을 치러야 했고— 거 무슨 肉庫육고에 걸려있는 말라빠진 고깃덩이처럼 흥정되어야 하는 肉身육신

(……)
燕脂연지와 朴家粉박가분은 아니라도 깨어진 거울 앞에서 누덕누더기 쳐 발라야 됐고 百圜백환짜리 千圜천환짜리 萬圜만환짜리가 되어도 몸에 걸쳐야 되는 밑천들, 그런 밑천들

에미가 알고 애비가 알고 동생이 알고 누이가 알아도, 알아도 하늘만 쳐다보며 눈물지어야 하고 한숨지어야 하는 事實사실 우리 가슴에 불을 질러야 되는 스스로의 運命운명

가슴에 불을 질러 스스로의 肉身육신이 타는 냄새
냄새
(······)
핏기가 말라도
眞正진정 우리는 배는 고파도
고깃덩이는 아니올시다

제1시집 『별이 뜬 대낮』, 「애비창가」 부분

(······)
누가 질투하여 목을 쳤나?

아, 진한 핏방울처럼 피어난 동백꽃

제16시집 『겨울나무』, 「동백꽃·1」 부분

(······)
그러나 피여
아득히 먼 옛날부터
죽으며 살아와 連連연연히 이어져
生動생동하는 歷史역사를 創造창조하고
그것을 다시 한 줌 흙으로 만들기도 한 피
(······)

(······)
弱약한 血管혈관엔 勇氣용기를 불어 넣어
가슴은 온통 힘의 行進행진이다
살아서 움직이는 피
죽음으로 살아 있는 피
(······)

제2시집 『성기조 작품집·Ⅰ』, 「피」 부분

루이스 웰던 호킨스, 〈가을에게〉, 1849～1910

「붉은 광장」의 붉은 광장-혁명-공산주의, 「애비창가」의 핏덩이
-육신-웃음-박가분-고깃덩이, 「동백꽃·1」의 질투-핏방울-동
백꽃, 「피」의 피-흙-죽음-피에는 출산·성·생명·부정·죽음·이
데올로기가 혼합되어 있다. 중세에서 황제의 색으로 통했던 빨강색이
「붉은 광장」에 와서는 공산주의의 상징으로 묘사된다. 「애비창가」에
나타난 붉은색은 시대를 잘못 타고난 가난한 운명을 저주하는 색으
로 기술된다. 이때 붉은 피는 부정, 소멸과 광기, 폭력으로 치닫는 죽
음의 색채심리이기도 하다. "핏기가 말라도/진정 우리는 배는 고파도/
고깃덩이는 아니올시다"가 갖는 감각적 심리는 진실과 일치하지 않
음에도 진실은 오직 감각을 통해 전달될 수밖에 없다는 슬픔이 내재
되어 있다. 이런 '피'의 심리적 상징적 영향은 긍정적인 생명감 대신
촘촘하게 짜인 가난이라는 굴레에서 탈피하고자 하는 저항, 파멸, 즉
불연속성으로서 피할 수만 있다면 영원히 피하고 싶었던 죽음으로의
삶의 염결성이다.

　「동백꽃·1」에서 '동백나무'는 바로 시 속 자아가 그대로 투영된
대상, 곧 직접적 상관물이다. 막 피어나는 동백꽃의 탄생을 빌려 "누
가 질투하여 목을 쳤나?"라고 탄식하는 뒷면에는 이미 죽음이 도착해
있다. 이 혼자만의 독백인 디아노이아^{dianoia}도 따지고 보면 비의나 신
이 아닌 인간의 근원적인 그리움을 향해 자기영혼이 자신에게 던지
는 대화이다. 이것 역시 바타유의 연속성과 불연속성이 드러나는 풍
경 중의 하나이다. 한 나무에 핀 꽃 한 송이에게 시 속 자아는 에로스
와 타나토스라는 두 벌의 옷을 동시에 입힌 것이다. 새로운 개체의
탄생이란 새로운 불연속적 존재를 탄생 속에서 개체의 소멸, 즉 대체
의 죽음을 발견하는 지점이다.

「피」는 패배의식을 극복한 참여시다. 시는 참여성을 획득한다. 그는 「붉은 광장」, 「애비창가」에서 모순과 이데올로기로 가득 찬 현실적인 삶의 세계를 탐구하다가 「동백꽃·1」, 「피」에 와서는 존재의 본질과 순수세계를 염결성으로 탐구하며 점차 확대되어 나아간다. 그는 이러한 과정 속에서 애상과 체념 혹은 비애와 탄식의 태도를 보여주기도 하였지만 관조 혹은 초월의 자세를 지향함으로써 선민의식을 드러내기도 하였다. 「피」에 시 속 자아가 "피여/아득히 먼 옛날부터/죽으며 살아와 연연히 이어져/(……) 살아서 움직이는 피/죽음으로 살아 있는 피"라고 묘사한 순간 '피'는 생동하는 역사의 탄생과 죽음이 한 몸으로 뒤엉켜 매혹과 혐오의 연속성을 구현한다. 왜냐하면 피의 빨간색은 「피」에서 어떤 색보다 힘과 생명력의 정수로 수호받기 때문이다. 이렇듯 그는 자연과 인간이 파괴와 착취가 아닌 진정한 생명의 원리로 서로 연대성을 회복하기를 바랐다. 생명회복의 그 궁극적인 목적은 소통의 힘이며 미래에 대한 희망이기 때문이다. 시인이 가장 첨예한 전유방식으로 삶의 의지를 실현시킨 생의 강렬했던 순간을 드러내는 작품이다.

한 사람의 좋은 시에는 그 시인의 경건성과 정직성 그리고 서늘한 명징이 서려 있다. 그가 실제 현실을 어떤 시적 장치와 어법으로 시적 현실로 바꾸어내느냐에 모아진다. 그리고 이렇게 빚어진 서정시에서의 시 속 자아는 시인 자신이다. 이러한 그의 서정성의 근원은 상관물과 만나는 그 경험의 찰나를 동일화·투사·몰입·집중의 순간으로 그 속성은 시가 짧아야 할 근거가 된다. 이런 엄격한 의례를 감지할 때면 시적 진실이 충분히 드러나 감동적이다. 그의 시는 생 체험의 꿈과 아름다움을 넘어서 자신을 깨우치고자 하는 범신론적인 깊은 통찰과 신명의 예지로 번득인다. 그의 시가 갖는 시의 매력이란 통찰과 예지의 연결고리인 통합이라는 자연에 대한 경외심이라는 부호이다.

반성이 뒤를 잇고 이해를 위로하는 그의 모든 쓰기, 즉 에크리튀르ecriture는 열린 의미의 지대로 무한히 미끄러져 가면서 은유가 먼저 밟히는 텍스트다. 텍스트는 붉은색 의미가 존재하는 방식에 관한 메타성을 함의하는데, 그것은 바로 텍스트의 창조적인 체계가 만든 중핵의 무한성 때문이다. 붉은 색채어를 통해 유추할 수 있는 시작 화두는 생명성, 주술성의 원형, 예견과 희망의 심리적 거리, 에로스와 타나토스의 이중성, 그리움, 영혼의 아름다움 등이다. 이런 색채심리를 통한 성기조의 실재 그 자체reality itself와 그의 몸 전체를 뒤흔들고 지나갔을 무욕의 세계를 향한 정신적 해탈의 드라마는 늘 조금은 젖은 채 너무 굳거나 딱딱하지 않은 추억의 속도로 걸어왔다.

천 개의 붉은 공감

Be the Reds!를 '빨갱이가 되자'라고 오역하게 한 시절이 있었던 것처럼 문화의 범주에 따라 '빨강색'은 이렇게 전혀 다른 이미지를 만들어낸 것도 사실이다. 그러나 이제 한국에서 빨강은 더 이상 공산주의, 빨갱이, 적군의 상징이 아니다.

2002년 대한민국 국민들을 열광케 만들었던 축구선수의 빨강은 '붉은 악마'라는 티셔츠의 열정과 투혼의 상징으로 거듭났을 뿐만 아니라 쟁취, 다이내믹이라는 본래의 제자리를 찾았고, 2012년 대선에서 승리한 박근혜 새누리당의 칼라도 빨강색이었다. 이 또한 1970년대였더라면 상상할 수도 없었던 칼라의 선택이다. 왜냐하면 그 당시의 빨강색이란 공산당이었기 때문이다.

매해 연말에 발표되는 독일의 인기단어 목록이 있다. 20위가 빨강이다. 초록, 노랑, 파랑 등은 100위 안에 들지도 않는다는 점을 감안해본다면 분명 특이한 상황인 것이다. 또한 많은 나라의 국기 중 77개에 붉은색이 쓰였다는 것을 볼 수 있을 뿐만 아니라 <레드>, <남자, 빨강을 보다>, <레드 바이올린>, <샤이닝>, <홍등>, <국두> 등의 영화를 비롯, 뭉크의 <비명>, <인생의 춤>, 동화 <빨간 모자>, <빨간 구

오노레 도미에, 〈밤의 여행자들〉, 1847

두>, <백설공주> 등의 작품을 통해 예술작품과 사회문화적 상징에 사용된 '빨강'의 내포된 의미와 그것에 투영된 인간의 욕망에 대해서도 '불멸과·영광의 색', '유혹과 금기의 색', '열정과 소비의 색' 등으로 시대와 상황에 따라 변해왔음을 알겠다.

온통 화폭을 화려한 칼라로 물들이는 다른 시인에 비해 그는 대부분의 작품에 밝은 회색이나 초록, 흰색 물감을 바르고 완성하며 간간이 그 위에 붉은 열정을 덧칠하며 울분을 토로한다. 무채색의 시대에서 색채의 시대로 넘어오면서 그의 세계에 들어갔을 때 우리가 만나게 되는 것은 본질 속에서 허구를 찾고 허구 속에서 본질을 찾아내는, 즉 비가시적인 것의 가시성에 나타난 색채이다. 그 속에 살짝살짝 끼어 있는 붉은 색채어를 통해 변별해낸 시적 은유는 키노타입보다는 아키타입의 암시가 길게 남는 작품이 많았다.

그가 쓰는 색은 화사한 듯하지만 튀거나 가볍지 않고 고졸한 음성언어의 생동감을 보여준다. 이것은 나이 들면서 비움의 자세로 도 닦듯이 시에 매달려온 세월이 있었기에 가능한 현실태였다. 자연과 사물의 본질을 집요하게 파고드는 정신의 깊은 독법과 서늘한 사유가 느껴지는 수신修身을 넘고서도 범람하지 않는 모노크롬 시적 치유의 예술을 이야기한다. 生이 함축되고 생략된 그의 시의 행간에서 읽어내는 천상과 지상은 그래서 장미처럼 덥기도 하고 크레바스처럼 춥기도 한 순환의 우로보로스이다.

그는 진실과 비진실이 혼동되는 기존 문단의 가치와 형식을 부정하면서도 스스로 그 구도에서 멀리 벗어나지 못한 한계를 지닌다는 평가를 받는다. 하나의 전통이란 다른 모든 전통의 충격과 파괴를 통해 이룩되기 때문이다. 다시 말해 이것은 자신을 다스리는 성숙한 방어로서 퇴행적 대처를 하지 않았다는 말이기도 하다.

성기조의 유가론적인 무의식이 색채로 드러난 모노크롬^{단색화} 시 작품에서 붉은 색채의 시 34편을 골랐고 그중 13편을 통해 성기조 시 작업 변천사를 살펴보았다. 붉은색 도상^{圖像}에 의지하여 규격화되지 않은 다중적인 시어들의 재규정된 심리구조를 분석하였다.

말을 말로 기술하는 모든 이해는 해석학적 순환에 빠진다는 당위에 기대어 그의 시적 세계에 나타난 붉은색으로 쓴 에크리튀르의 의미를 살펴보았다. 그의 시에 나타나는 붉은색의 이미지가 주는 따뜻한 가족애와 인간애, 민족애의 웅혼 같은 심리적 배경은 화려한 회화적 색채요소보다는 고졸하면서도 웅대한 남성적 기백의 이미지들이 작가의 페르소나로 표출된 것을 확인하였다.

이런 경향을 지닌 작품에 드러난 붉은색이란 감각어의 일렁임에서 개인의 상징과 집단상징을 거쳐 주술적 전통상징으로 둔중하게 굳어진 현묘한 정신의 붉은 임계점인 것이다.

19회

사랑에게
사랑을 묻다

이스트먼 존슨, 〈떠나는 소녀〉, 1824~1906

아디제^{Adige} 강이 시내 북서쪽을 휘감고 흐르는 이탈리아 베로나는
중세적 매력과 세련된 도시 분위기를 함께 갖춘 프랑스 북부의 도시
다. 줄리엣과 로미오의 도시로 널리 알려진 베로나는 세계 최대 규모

의 와인박람회 '비니탈리^{Vinitaly}'가 열려 관광객들이 몰려들듯 해마다 수천 통의 편지가 날아드는 매력적인 곳이다. 줄리엣과 로미오가 현존인물인 것처럼 자신의 연애 사연이나 자신의 트라우마를 털어놓는 전 세계의 편지다. 특히 밸런타인데이 때는 절절한 편지가 더 쇄도한다고 한다. '줄리엣 클럽'이라는 자원봉사자들의 모임이 그런 편지에 답을 해주고 가장 아름다운 편지를 선정해 시상도 한다나.

사랑의 기다림과 고통에 대해 노래하는 아래 시는 꼭 베로나에서 선정된 한 통의 아름다운 편지 같다. 사랑의 마법에 빠진 감정의 파라다이스. 그러나 파라다이스를 지향하는 사랑의 소비는 감정의 수업료를 담보한다. 상처가 깊을수록 착불의 사랑은 아름답게 채색된다. 아름다움은 상처 위에서 성장하기 때문이다. 상처 위에서 어김없이 꽃을 피우는 것 또한 속세의 사랑공식이다. 사랑은 절대 끊어지지 않으며 쉴 새 없이 상처가 흐르는 탯줄을 지닌다. 상처와 사랑은 공통적으로 남기는 메시지가 있다. 숨죽인 불면의 칸칸마다 비브라토^{vibrato} 하모니카 음을 남긴다는 것이다. 글썽글썽 들꽃 엮어 시린 목에 걸어주던 사랑도 야반도주했는지……. 사랑을 말할 때, 아니 사랑을 하다 헤어진 후에 누군가에게 그 사랑에 대해 비하해서 말하고 싶을 때 남자들은 흔히 '빠졌다', '물렸다'라고 표현한다. 그 남성 심리용어가 내 의식 저편에 서성이는 한 여자를 쳐다본다. 피안^{彼岸}의 거처에 몸을 누이고 알을 낳고 싶은가 보다.

봉투를 열자 전갈이 기어 나왔다
나는 전갈에 물렸다
소식에 물렸다

델핀 엘졸라스, 〈편지〉, 1892

전갈이라는 소식에 물렸다

그로부터 나는 아무도 모르게 혼자 빙그레 웃곤 하였다
축축한 그늘 속 팽이버섯도 웃었다 곰팡이도 따라 웃었다
근사하고 잘생긴 한 소식에 물려 내 몸이 붓고 열이 들떠 끙끙
앓고 있으니

아무튼, 당신이 내게 등이 푸른 지독한 전갈을 보냈으니
그 봉투를 그득 채울 답을 가져오라 했음을 알겠다
긴 여름을 다 허비해서라도
사루비아 씨앗을 담아 오라 했음을 알겠다

류인서, 「전갈」

   기다리던 그의 편지가 도착했다. 봉투를 여느라 페이퍼 나이프를 찾는다. 반가움으로 열어젖힌 봉투에서 그에게 평생 기식했던 전갈이 기어 나온다. 물도 먹지 않고 사막에서 1년을 버티는 독종 전갈^{scorpion}은 적경 16h 20m, 적위 −26°, 7월 21일 21시에 자오선을 통과하는 동안 전갈좌로 변신하여 그의 전갈^{message}을 들고 시간의 자궁으로부터 기어 나와 나를 덥석 물어버린다. 설렘과 떨림을 헤아릴 시간도 없이 치명적인 독을 가진 전갈이 편지봉투 안에 있었다는 이야기다. 보이지 않는 그에게 물리고서 아무도 모르게 혼자 빙그레 웃는 시인은 그가 어딘가에 있다고 규정하는 인간적 시간$^{le\ temps\ humain}$의 욕망을 긍정하기 때문이 아니었을까?

   내 몸 안에 푸른 독으로 새겨진 그의 욕망은 내 욕망의 또 다른 얼굴이다. 한 사랑을 만나면 사람들은 서로의 가면 뒤에 있는 얼굴에서 필연적인 운명을 찾고 싶어 한다. 강렬한 쓴맛 끝에 꿀맛이 숨겨져 있는 사랑은 롤러코스터 타기다. 무서운 속도로 달리다가 아찔하게

회전하고 정신없이 높은 곳에서 아래로 내리꽂힌다. 사랑의 고비고비를 통과할 때마다 상처에는 눈물이 탄생하고 주변풍경이 흐려지는 조건이 되기 일쑤다. 나는 눈물 바닥에 남아 있는 사랑의 흔적을 울적한 마음으로 바라본다. 그저 바라보기만 한다. 사랑 너머로 내가 보는 아름다움은 그러나 낯설고 두려운 그다.

　사랑하는 사람이 생길 때마다 나는 사라진다. 내 눈, 내 몸, 내 말은 사라진다. 내 몸의 그림자, 그 아이덴티티도 사라진다. 사물을 보아도 그 사람의 눈으로, 말투도 웃음소리도 그 사람을 흉내 내며 닮기를 기원하고, 음식을 먹어도 그 사람의 입맛으로, 사랑을 해도 그 사람의 체온으로 젖어든다. 아직도 "근사하고 잘생긴 한 소식에 물려 내 몸이 붓고 열이 들떠 끙끙 앓고 있으니" 물린 부위가 뻐근해지면서 팅팅 부어오르는 건 당연한 일이다. 몸이 없으면 물릴 일도 없다. 물렸다는 건 가슴이 터질듯 답답해지고 열이 수시로 오르며 꼬리에 든 전갈의 신경 독으로 인해 내 몸은 경련과 마비증상을 보이다가 사망할 수도 있다는 위급한 상황을 경보한다. 이 재난의 아나크로니즘anachronisme 시간이란 이쪽이 아닌 저쪽의 시간, 내가 경험하지 못한 시간을 전갈로 보내온 마법의 시간이다. 마법의 유기적 기억을 통해 자발적인 아나토피즘anatopisme 공간에서 나는 가끔 내 몸에 박힌 하늘의 별자리를 보고 점을 치기도 했을 것이다. 젖어 번들거리는 몸 위로 용서처럼 사랑도 흘렀을 것이다.

　장석주는 이 시에 대해 사랑하는 것은 "최고의 수동성이고, 모든 피난처를 버리고 자기를 드러내서 몸을 바친 후 항복하는 것"알랭 핑켈크로트이다. 시의 마지막 구절을 곰곰이 읽어 보라. "긴 여름을 다 허비해서라도/사루비아 씨앗을 담아 오라 했음을 알겠다." 사랑은 그것을 이루기 위해 제 존재를 탕진하는 것이다. 탕진된 나는 어디로 가는가. 나는 타자에게 물리고, 마침내 타자의 배腹 속으로 떨어진다. 그 지옥으로, 웃으며, 자발적으로. 그게 사랑의 비극이고, 사랑의 역설이라고 말한다. 그렇다. 나는 등 푸른 그의 전갈을 받고 화를 내는 대신 긴 생을 허비해서라도 사루비아 꽃을 피우겠다고 보이지 않는 그의 명령에 복종하려 한다. 부족한 중에도 빛나는 작은 것을 서로에게 얹어주던 때가 있었다는 뜻이겠다. 그렇다면 복종의 행복 속에는 얼마만한 광휘가 숨어 있어 그 광휘가 그들도 모르게 시인도 모르게 독자도 모르게 따뜻한 마음에 감동을 주는 걸까? 이때의 감동이란 부재의 현존인 그에게 온전히 자신을 내어주겠다는 욕구된 욕망의 이타적인 모습에 다름 아닌데……

　해 지는 시간을 기록한 마지막 음절이 다할 때쯤 남쪽 하늘을 바라보면 안타레스라는 1등급 별이 보인다. 은하수가 물푸레나무처럼 파르스름하게 지평선으로 떨어지는 그 시간에 주위를 살펴보면 15개의 별들이 S자字를 이루며 구불거리는 별자리를 발견하게 된다. 전갈자리는 저 푸른 어스름을 들어 올려 안타레스에게 밝음을 기꺼이 헌사한다. 오늘 밤 나의 전갈자리는 사랑의 비밀재료로 환하다. 무조건적인 사랑의 상표는 묵언정진 하는 돋을새김 사루비아다. 너무나도 아름답고 뚜렷하게 보이는 붉디붉은 욕망으로의 전갈이다. 그러나 사랑은 지나가는 거라고 이때 사루비아가 내게 말한다. 그러므로 살아온 시간과 견뎌온 시련과 접촉한 만큼 꼭 그만큼 넓어진 마음으로 격조 있게 사랑을 대할 수 있는 자신의 정체성을 다시 획득하는 때도 바로 이때이다.

빈센트 반 고흐, 〈아를의 별이 빛나는 밤〉, 1889, 오르세 미술관

류인서는 사하라사막 가운데에 앉아 이 작품을 썼을지도 모르겠다. 바닥을 치는 베두인족 사내들을 바라보며 삶의 새로운 사실을 창조하거나 주조하며 자신의 어린 왕자를 기다리고 있었을지도 모르겠다. 피를 뚝뚝 흘리면서 자신의 전쟁을 끝끝내 치러내겠다는 원형질의 몸부림만이 온전히 그녀의 몫이 되는 삶에서 어린 왕자의 전갈이라면 천 번인들 물리지 못할 것이 없겠다고 말하면서 말이다.

노벨 문학상 수상자인 존 스타인벡의 『진주』[1948]에는 돈이 없어 전갈에 물린 아이를 치료하지 못해 죽음으로 몰고 가는 멕시코의 슬픈 민담이 있다. 묵직하고 진지한 김원일의 소설 『전갈』[2007]에서는 전갈에게 물리면 치유할 독이 필요하다며 전갈 목걸이를 준 안나에게 자신이 전갈이 되겠다고 한다. 이에 김원일은 독하게 살 수밖에 없는 이 生의 조건이 쓸쓸해서 책 제목을 '전갈'로 했다 한다. 전갈^{message}이 전갈^{scorpion}로 비유되든, 전갈^{scorpion}이 전갈^{message}의 진경이 되든, 아니면 몸소 그들의 겹쳐진 몸에서 상상의 은유가 출발하든, 당신의 삶은 당신이 생각하는 쪽으로 기울어질 것이다. 누렇게 바래다가 문득 흔적도 없이 스러져갈 터. 당신 마음의 농도에 맞추어 진하게 혹은 아주 연하게!

20회

비의(秘意)의
공간미학

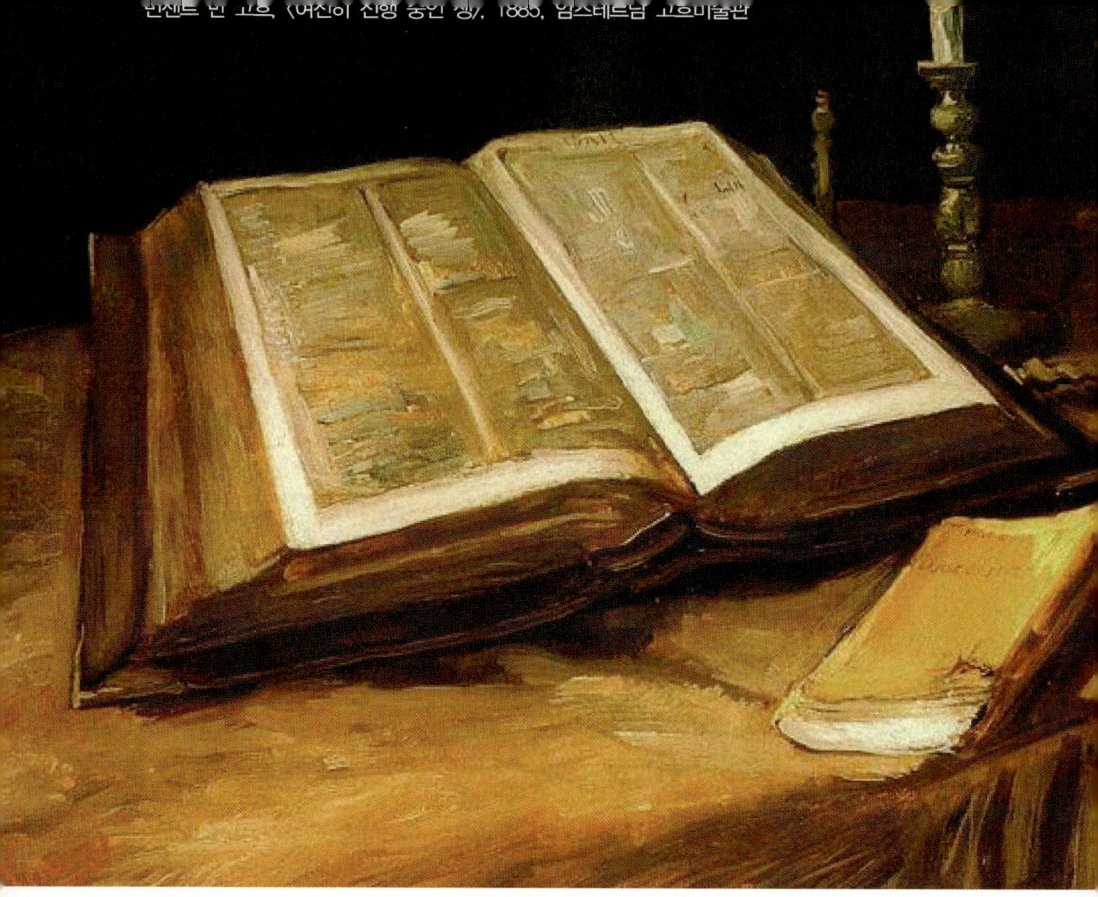

　박종우 시인은 자신의 내면, 뒷모습, 그림자, 꿈속, 추억이란 오브제를 통해서 기억의 사진을 인화한다. 삶의 전 부면에 드러나지 않던 장소애Topophilia의 무의식이 인화된 사진 속 한 귀퉁이에서 서서히 깨어난다. 이 괴리의 삼투압은 시공간에 뒤섞여 흘러 들어온 천진·동경·사랑·이별·상처로 박종우에게 심리적으로 붕괴되고 결핍되었던 세계를 복구해주고 지지하며 손잡고 나아가게 하는 힘으로 나타난 것이다.

삶과 죽음/의식과 무의식에 대한 그가 빚어낸 작품들에서 발견할 수 있는 것은 풍경과 공간의 미학이었다. 오래된 풍경들이 없었더라면 작품이 가능했을까 싶을 정도로 시에서 공간의 미학은 잊혀 가는 풍경을 따뜻한 시각으로 바라보는 기제로 작용한다. 그런 점에서 시의 공간적 배경이 시인의 고향마을이라는 것은 특별한 의미를 지닌다. 존재의 안정감을 떠받치는 근간으로서 詩 속 고향은 명징한 지표로서 다분히 서사적이다. 그의 시들은 시인이 나고 자란 공간에 건강한 삶을 위치시킴으로써 자연에 대한 대상화된 인식을 가로 지르고 자연에 순응하는 삶의 자세를 견지한다.

그의 시에는 살아오면서 만난 이웃들의 소박한 삶이 오롯이 담겨 있다. 적막이 키운 만다라曼陀羅를 마주하는 듯한 맑은 일상의 언어들로 빛나는 창창한 결기와 무장해제 된 언어의 실험실은 쉽고도 투박하다. 형이상학적 형식 실험들이 유행처럼 번지고 있는 시류와는 거리를 둔 것이 눈에 띄는 점이다. 도시의 환락적인 풍경의 부정적 이미지를 배제하고 따뜻한 감성으로 써 내려간 힘이란 바로 어린 시절부터 지금까지의 공간이 미친 영향이라는 걸 부정할 수 없겠다. 장소애의 미학이 어떻게 인간의 삶을 변화시키는 것일까? 그의 시를 통해 가늠해보자.

개구리 덤벙덤벙
물오리 물질하는
뙤약볕 한내 강변
한가로워 시원하구나

뒷짐 진 잉어 거들먹거리고
풀 속 뻔질나게
송사리 떼 드나들며
조잘대는 소리도 시원스럽고
(하략)

「강가」 부분

장 프랑수아 밀레, 〈거위를 지키는 소녀〉, 1867

옴므 앙팡$^{Homme\ enfant}$, 즉 내재 과거 아를 바라보는 화자의 시선이 싱
그럽다. 내면의 소년을 성인이 된 자신이 돌아보는 일이다. 어린 시절
에서 발단하는 위의 시는 어린 시절을 화자에게서 떼어 놓지 못한다.
이 시에서 자기애적 대상선택은 한내 강변에서 물질하는 개구리와
물오리, 잉어와 송사리 떼이다. 타인을 사랑할 때도 그 대상을 사랑하
는 것이 아니라 그 대상에 비친 자기 이미지를 사랑하는 것과 같이

풍경에 담담히 발 담그고 앉은 화자는 어린아이가 되어 고무신에 송사리를 잡기도 하며 깔깔깔 물장구를 치는 것이다. 풍경을 보듯 사람을 보고 사람을 보듯 풍경을 본다. 자기 이미지를 미화시키지 않고 부풀리지 않은 채 이상화시키지 않는 것이 이 작품의 미덕이다. 추억은 늙지 않는다.

　　수다쟁이 꽃들이
　　모여 사는 내 동네
　　아기 뺨 아기 손
　　어루만지며
　　눈 구슬 혀 구슬
　　바쁘기도 해라

　　수다쟁이 꽃들이
　　모여 사는 내 동네
　　시어머니 속마음
　　훔쳐다 내어
　　내 동무 네 동무
　　돌려다 보네

　　수다쟁이 꽃들이
　　모여 사는 내 동네
　　남편바지 조바심
　　뒤집어 놓고
　　조심조심 조마조마
　　담금질한다

「수다쟁이 꽃동네」 전문

클로드 오스카 모네 〈정원의 여인들〉, 1867

　어느 시인이 소격동의 적산가옥을 개조해 집들이를 했다. 자동차 소리 붕붕대는 대로로부터 넉넉잡아 10분 거리에 오밀조밀하게 옛 정취가 배어나오는 집이 있다는 것이 새삼스러웠다. 고향 집 같은 그 집에서 내 눈을 사로잡은 것은 방과 복도에서 배어나오는 은은한 창 호의 맛도 좋았지만 작은 장독대 옆에 심어진 키 작은 꽃들이었다. 또한 그 꽃들의 웃음소리가 흘러나오는 지금은 보기 힘든 옛 골목의 정취였다. 창연한 아름다움과는 거리가 멀지만 삶의 여운이 배어나오 기에 족한 공간에 깃든 무한한 이야기들.

위의 시「수다쟁이 꽃동네」역시 생활 속에서 보고 듣고 느끼는 단상들을 특별한 기교 없이 이야기를 펼쳐냈다는 점에서 궤를 같이한다고 할 것이다. 그렇다면「수다쟁이 꽃동네」의 공간에는 어떤 꽃들이 피어 있을까? 가본 적이 없음으로 확실치는 않지만 아마도 봉숭아, 채송화, 분꽃, 백일홍, 달리아, 달맞이꽃이 피어 있지 않을까. 꽃그늘에 모여 앉은 동네 새댁들이 "아기 뺨 아기 손 어루만지며" 시어머니 흉도 보고, 남편 흉도 실컷 보는 날이다. 수다쟁이 꽃동네는 꽃들로 지천이지만 수다 또한 오월의 염화미소처럼 지천이다. 그렇지만 행여나 시어른들 지나가다 들으실까 조심조심 불립문자로 묘사된 행간엔 이젠 볼 수 없는 아날로지^{analogy}가 품은 옛이야기 같은 보랏빛이 어른거린다. 희귀본 그 향기라니.

  얼음 속 헤집고 흰 꽃으로 피었다
  (……)

  짓밟고 짓밟혀도
  뭉개고 뭉개어도 굴하지 않고
  고난과 좌절 딛고 일어나
  얻어진 영광 쟁취의 끝이 무엇인가
  (하략)

                                  「인동초에 부쳐」부분

  일제침탈 무자비한 탄압 앞에
  분연히 일어나 독립투쟁 이끌었던
  이준 열사와 함께한 이상설 선생
  그 분골 수이푼 강에 흘려 내려놓고
  의연한 모습 당당하게 유허비 되어
  찬란했던 발해 옛 성 바라보고 있네
  (……)

단지동맹 결의한 안중근 의사에게
하르빈의 총성 미리서 꽤 뚫어보고
브라우닝 권총 쥐어준 최재형 선생

이토록 우수리스크의 항일투쟁은
마침내 상해 임시정부 태동케 했고
한인 이주 140주년 기념관은
잃어버린 대한의 국권 되찾기 위해
가족도, 친구도, 고향도 등져야 했던
독립운동사 생생하여 눈물짓게 하네

「독립운동의 본향」 부분

상해 임시정부 내부

상해 임시정부 안내표

　자기정체성^{identity}은 살아가면서 확립되는 기제이다. 프랑스 해석학자 리쾨르에 의하면 자기동일성은 자기정체성에 근거하며 자기언어에 의해, 자기행위에 의해, 그리고 자기이야기에 의해 규정된다고 말한다. 그러기 위해서는 인생의 나침반인 가치체계가 제대로 형성되어야 한다. 가치란 나를 나답게 하는 가장 기본적인 개념이기 때문이다. 박종우 시인은 어린 시절부터 일시적인 것, 지나가 버리는 것보다는 영원한 세계에 대한 갈망이 많았던 듯싶다. 아름다운 세상, 가치 있는 세상을 살아내기 위해서는 선나^{禪那}를 통해 유형, 무형을 넘어선 경건한 비애감을 지나 심오한 정신으로까지 확대되었다. 오늘의 길을 걷

게 한, 두 개의 수레바퀴인 애향·애국심 그리고 깊은 시심은 이 과
정에서 얻어진 것이라 할 수 있다.

「독립운동의 본향」은 낯선 나라, 낯선 도시에서 우리의 비극적 현
실이었던 독립운동사와 마주한다. 눈 속에서도 얼지 않는 인동초금은
화^{金銀花}처럼 한편의 추리영화 같은 구성으로 화자의 시선을 잡아끈 것
은 상대에 대한 공감이나 배려가 완전 무시된 일제의 상징인 "을사늑
약 원흉인 이토 히로부미를 2천만 대한의 정의로 필살"하는 데 일익
을 담당한 '이상설 선생'이다. 자전^{自轉}을 멈춘 그 치열했던 현장을 보
고 그들이 겪어야만 했던 일본침략이라는 묵직한 주제에 대한 분노

를 마치 화자 자신이 자신의 존재 전체를 거절당한 분노로 녹여낸 것만 같은 민족적 자존감을 맛보게 되는 작품이다. 그렇다. 종종 문학이란 한 사회가 어쩔 수없이 당한 수인으로서의 수모, 발자국만 남고 몸짓은 남지 않은 이상한 충정, 알게 모르게 결여된 것들, 그 사회가 앓지 못한 것을 대신 보여주고 대신 앓는다. 그래서 사람들은 문학을 일러 그 사회의 병적 징후라고도 말한다. 눌리고 갇혀 있던 억압된 정서는 어떤 방식으로건 회귀하려는 속성을 갖기 마련이고 한 사회로부터 억압받은 트라우마는 그 사회의 상징형식으로서 문학 속에서 앓고 있기 때문이다.

다음은 여행에서 돌아와 다시 일상의 보상심리에 대한 기대가 허물어지면서 인지부조화를 거친 대상에 대해서조차 초월적인 깨달음을 불러내는 시이다. 오방색 수사가 상강을 건너가는 화엄을 보자.

먼동이 트는 보금자리
날짐승처럼 떠나
한내 길섶 접어들 때
밤안개는 미처 추슬러 걷히지 못하고
온갖 풀 찬 바람에 기대여 누어 있네

옛 길 회복하기
정말로 어려워
(……)

세월은 쉬지 않고 흘러가는데
(……)

그러니
사모하는 일

촌음인들
어찌
아끼지 않겠는가

「나그네」 부분

마지막으로 치닫는 절기
상강에 덮인 산사의 가을은
고독마저 아름답다
(……)

딱정벌레 느린 걸음 제집 들고
호랑나비 알 실어
월동해야 하는 것을 알았다면

낙엽 뒤숭숭 고독
그것 때문에
우매하게 번뇌하지 않았겠네

「산사의 가을」 부분

리투아니아 속담에 "타인의 지혜로는 멀리 갈 수 없다"는 말이 있
다. 치열하고 농밀한 관조를 넘어서 성찰에 다가가기까진 홀로 투명
해지는 수밖에 없다. 그래서 무욕의 세계를 향한 자기실현의 욕구는
억압이나 회피방어를 벗어내는 대신 우매한 번뇌가 일러주는 깊고
서늘한 어떤 침묵의 공간을 명징하게 바라보는 길밖에 없다. 그리하
여 본성의 불협화음과 자기분열의 고통이 만나 통렬히 부서져 내릴
때 시인의 무아정적無我靜寂에는 에피파니Epiphany, 현현라는 예술적 무늬가
찾아든다.

「국화 향기에 시름 씻고」에서는 나이 든 화자가 "노니는 송사리에
함박웃음"을 띠며 그의 본향인 흙의 본질을 잃지 않으려 자연이란 범

아르놀트 뵈클린, 〈성전〉, 1887

주에 스스로를 속박하며 집착한다. 그러던 것이 「산사의 가을」에 와
서는 "낙엽 뒤숭숭 고독/그것 때문에/우매하게 번뇌하지 않았겠네"라
는 깨우침에 이르고, 「나그네」에서는 손가락 사이로 흘러내리는 모래
같은 촌음조차 아끼려 지혜를 모은다. "상강에 덮인 산사의 가을은"
작은 공간에 불과하지만 무한한 하늘의 숨결과 우주 속에 숨겨진 땅
의 정기와 측은지심으로 통찰에 이르는 화자의 마음을 고즈넉이 담
아낸다. 사람의 말 혹은 사물의·말에 귀 기울여 들을 줄 아는 이는 분

명 현자이다. 장경藏經 바다 분주함 속에서 스스로 여유로움을 찾고자
시인이 시라는 작은 공간에서 희구의 미학을 건져 올리고 있는 다음
시로 다가가 보자.

> 강가 번지러운 길 언저리
> 어제도 오늘도
> 나부끼며 군무하는 갈대를 본다
> (……)
>
> 갈대 숲속에는 평생토록
> 외로움만 이야기하는
> 그리움이 살고 있는가 보다
>
> 「갈대」 부분

> (상략)
> 유랑하는 해님 손등으로 가리며
> 찡그려 바라보고 있는데
> 삼성산의 신선
> 세속의 영화 모르는 척하고
> 동녘엔 달님 벌써 그림자 드리우며
> 어서 산 내려가라
> 야속하게 다그치며 재촉하네
>
> 「삼성산 바위에 앉아」 부분

「갈대」가 사는 곳엔 그리움이 산다. 갈대는 그리움의 잇자국이다.
화자가 자신에게 위로를 해주는 그리움이 사는 갈대의 숲이란 시인
의 미시체계 중의 하나이다. 이때 그리움은 삶이 어딘가에 막혀 자연
스럽게 흐르지 못할 때 느껴지는 적체감인 동시에 삶의 구석구석에
나른하게 고여 있는 애가이기도 하다. 시인은 다시 그 "평생토록/외

테오도어 폰 회어만, 〈풍경 앞 나무벤치〉, 1840~1895

로움만 이야기"하던 그리움을 좇아 삼성산으로 방향을 전환한다. 산은 그대로 귀 닳은 자연의 사원이다. 여기서는 문명의 겉옷을 벗고 가슴의 폐허를 열어 그 속에 숨어 있는 내밀한 자신을 보라고 훈계한다. 뾰족 바위에 앉아 "삼성산의 신선"에게 화자가 위로를 청하자 대뜸 "어서 산 내려가라/야속하게 다그치며 재촉"하는 것 또한 실재적 자기$^{Real\ self}$가 이상적인 자기$^{Ideal\ self}$에게 느끼는 강박이다. 다만 어느새 내려갈 나이의 은유가 먼저 밝힌다. 가을의 서문이 하마 길다. 옆도 뒤도 둘러볼 겨를도 없이 오직 수직으로만 올라가던 걸음을 멈추고, 이젠 천천히 속도를 줄여 하늘도 보고 나무도 보고 새소리도 들으며 여유를 가지라는 전언이다. 자연의 전언에 동일시하며 실재적 자기의 오래된 미래를 만나는 다음 시를 살펴보자.

　　당신을 당신을
　　그리워하고 사모하는데

당신은 멀리에 있습니다

외롭지 않으셨어요
엄동설한 이불삼아 덮은 눈
춥지 않으셨나요 오늘따라
(……)
따뜻한 품에 안기려 해도
다가갈 수 없는
당신이었습니다
(……)
사모하는 눈물
빗물처럼 앞을 가려
앙탈도 못 부렸답니다

용서하소서! 용서하소서!
어머니!
추운 겨울 앞두고
목 놓아 당신을 불러봅니다

「당신을 그리워합니다」 전문

밀레,
〈어머니와 아들〉, 1857

박종우 시인은 재채기 직전 몸의 세포가 하나하나 재채기를 향해서 응집하는 것처럼 원초적 동굴인 어머니에게로 다가선다. 이승을 하직한 지 오래된 어머니는 화자의 가슴속에 바니타스^{Vanitas}, 덧없음라는 정물로 놓여 있고 아이가 된 화자는 낯선 환경 속에 방치된 채 그 그림을 본다. 때때로 낯달 한 입 물고 앙탈이라도 부려보고 싶지만 사모하는 눈물이 앞을 가려 그도 저도 못하고 만다. 이런 감정은 실재하지 않는 대상에 대해 느끼는 감정으로 유전자 속에 깃들인 본성이기도 한 감염주술의 무의식적인 실체로 보인다. 공감주술의 한 갈래에 속하는 감염주술은 '접촉의 법칙'으로서 한 번 접촉한 것은 접촉이 단절된 후에도 시공을 초월해서 계속 영향을 미친다는 원리에 근거를 둔다. 이에 따르면 어떤 사람의 머리카락, 손톱, 옷 조각 및 발자국의 흙, 음성으로도 가능하다. 마찬가지로 시인은 자신을 둘러싸고 있던 초자연적 힘이었던 어머니에 대한 인식과 인과론적 집단인식이 뒤엉켜, 윤리적인 각성이나 형이상학적 성찰에 앞서 삶의 직접적인 문제들과 부딪힐 때마다 찾게 되는 근원으로의 감염인 셈이다. 따라서 황홀한 아수라^{Asura}로 자기 내면의 소리 듣기는 상상적 유희를 통한 이미지 재현이 가능하게 하기 때문에 그로 인한 통합된 자아획득이 가능해진 결과이다.

우리들의 만남이
세월 깊숙한 곳에서부터 자라나고 있어
특별한 우연인 줄 알았습니다

봄이면 의례히 새싹 돋아 여름 꽃 한참타가
알알이 가을 알곡 영글듯이 시간에 따라

항해하는 인연 속 우연인 줄 알았습니다
(……)
어느 날 개벽천지 기쁨의 아픔 이겨내고
무한토록 존귀하고 사랑하는
이 세상 둘도 없는 부모님 몸 빌려 태어난 건

범사 그것까지 감사하라는 하느님 명이지만
필연이 너무나 소중해
당신을 사랑하고 사랑합니다
(……)

「필연으로의 만남」 부분

그의 시가 처음부터 끝까지 물고 늘어지는 로즈버드[Rose bud]는 그리움이다. 그 그리움 속에는 천진, 열정, 공감, 사랑, 깨달음, 동일시라는 아니마의 얼굴들이 등장한다. 때론 맑고, 때론 가볍고, 때로는 안타깝기도 하지만 하나 같이 관조를 띤 것이 특징이다. 「필연으로의 만남」역시 같은 어머니와 시인의 공간에 사랑이란 고명을 듬뿍 뿌린 바로 이 지점에서 출발한다. 인간은 태생에서부터 의존할 누군가를 필요로 한다. 사람들은 자주 의존성을 사랑이나 우정과 착각하기도 하지만 애착을 서로 주고받으며 그 행위를 통해 자신의 존재를 확인한다. 그리스 로마신화에 등장하는 대지모신이 데메테르[Demeter]다. 데메테르는 풍요와 다산의 곡식여신이자 모성애의 원형으로 자기 아이에 대해 육체적으로나 정신적으로나 지주 노릇을 하려는 여성의 대표욕구를 차용한 개념이다. 이는 훌륭한 자식 뒤에는 훌륭한 어머니가 계시다는 찔리지 않는 쾌감이기도 하다.

위의 작품 「필연으로의 만남」에서의 시적 자아의 의존은 병리적 의존이 아닌 건강한 대모신에의 원초적 의존이다. 예컨대 시인들이

월리엄 블라이어 영, 〈역마차 회사〉, 1906

시신의 호명을 받아쓰기 하는 것 또한 의존성의 발현으로 본다. "당신이 옆에 있어 즈런즈런 행복하고/당신이 가까이에 있어 삶의 의미를 알았고/비로소 존재한다는 것 이제야 알았습니다//대지 밟고 우뚝 선 당신"이라고 표현하는 시인의 공간미학 심리에는 데메테르 같은 어머니가 행복한 유년이란 선물을 남긴 것 같다. 삶의 비의에 대해, 존재하는 것은 언젠가 다 소멸한다는 명제에 대해, 인생이란 따뜻한 회상의 프리즘을 통해 드러내는 사랑과 그리움의 소몰이 창법이다. 시인은 공적 자기의식public self consciousness을 배제시키지만 詩는 공적 자기의식의 관점이 투철해야 한다. 즉, 시를 잘 수행해내기 위해서는 일상의 과제를 통해 '낯설게 보기'가 필요불가결하다는 생각은 윌리엄 포크너의 "남보다 잘하려고 고민하는 대신 지금의 나보다 잘하려고 애쓰라"는 말에 다름 아니다. 이로써 시인은 하나의 성좌가 되기 위해 질주본능에 시동을 걸어둔 채 오늘도 하늘의 지면을 밭갈이해야겠다.

긴긴 연애편지가 이제야 쿠션에 편안하게 머리를 묻고 미소 짓는다. 천근 집착 드러낸 입술에 묻은 예감은 가렵다. 점성술로 착색된 설탕을 핥는 동안 에로스와 타나토스가 유리잔에서 짤랑거리며 부딪친다. 사랑했던 그 최초의 시간을 지나 오늘에 이르기까지 연애편지 점괘가 어떻게 나왔든 당신에게 보내는 사랑과 애도를 여기서 끝맺는다. 눈물의 출입으로 상처를 위로받고 푸후훗 하고 퀼트 같은 폭소로 힘을 받는 대신 아하 하고 고개를 끄덕였던 함정 같았던 페르소나의 모든 심리에게도, 별점으로, 찻잎 점으로, 삶의 비의를 찾아갔던 날들에게도, 이제 모두 안녕! 당신의 해안선에 끊임없이 부서지는 다양한 파도의 외피들이여, 귓불을 만지면 반짝반짝 불어나던 푸르른 날들의 은하수여, 우리도 이쯤에서 아듀!

THE END

윤향기 ─────

경기대학교 교수
문학박사, 시인, 열린시학회 회장
시집 『피어라, 플라멩코!』 외 5권
수필집 『아니무스의 오래된 변명』 외 3권
여행기 『따시델렉 티베트』 외 1권
명화에세이 『키스 스캔들』
학술서 『에로티시즘 시 심리학에 말 걸다』 외 총 15권
orangeyoon1@hanmail.net

당신의 무의식을 치료하는

연애편지
점성술

초 판 인 쇄 | 2013년 4월 8일
초 판 발 행 | 2013년 4월 8일

지 은 이 | 윤향기
펴 낸 이 | 채종준
펴 낸 곳 | 한국학술정보㈜
주   소 | 경기도 파주시 문발동 파주출판문화정보산업단지 513-5
전   화 | 031) 908-3181(대표)
팩   스 | 031) 908-3189
홈 페 이 지 | http://ebook.kstudy.com
E - m a i l | 출판사업부 publish@kstudy.com
등   록 | 제일산-115호(2000. 6. 19)

ISBN   978-89-268-4228-7 03810 (Paper Book)
          978-89-268-4229-4 05810 (e-Book)

이담 Books 는 한국학술정보(주)의 지식실용서 브랜드입니다.